C H V

Tilman Rammstedt

MORGEN MEHR

Roman

Carl Hanser Verlag

für Robert

ERSTES KAPITEL

in dem es aufgrund eines kleinen Problems noch nicht losgehen kann

Ich weiß ja schon alles. Ich weiß, wie alles werden wird und mache mir dennoch Sorgen, weil man mit Sorgen nie verkehrt liegt. Ich weiß, dass ich knapp dreihundert Meter über dem Erdboden zur Welt komme. Ich weiß, dass ich viel später die Silbermedaille in einer Randsportart gewinne und der Liebe meines Lebens im längsten Stau der Welt begegne. Ich weiß, wie mich mein bester Freund verrät. Ich weiß die Nacht im Gefängnis und den Sommer mit beiden Beinen in Gips. Ich weiß dieses Weihnachten, an dem die Mädchen mir zum ersten Mal etwas schenken, das sie selbst gekauft haben, dieser aufgeregte Stolz in ihren Augen. Ich weiß, wie wenig ein Meer tröstet und wie sich fremde Haut anfühlt, wenn sie nicht mehr fremd ist. Ich weiß das entscheidende Gewitter und wie ich in der U-Bahn zum ersten Mal höre, dass ich alt bin. Ich weiß ein Wiedersehen nach vierundvierzig Jahren, und wie einfach auf einmal alles ist, wenn man in einen See springt. Ich weiß, wie ich mich zwischen zwei Lügen für die falsche entscheide. Ich weiß, wie mich Fäuste treffen. Ich weiß die Müdigkeit und wie ganze Jahre verschwinden. Ich weiß, wie es ist, nicht zum Mond zu fliegen, und ich weiß das Wartezimmer und wie es dann doch gutartig ist, wie so vieles gutartig ist, und ich weiß, wie oft ich das vergesse.

Ich weiß, wie ich die Unschuld verliere, nicht den ersten Sex, obwohl ich den auch weiß, sondern die echte Unschuld, wenn man sicher ist, nie wieder einwandfrei glücklich zu sein. Ich weiß den milchigen Blick des Elefanten in Kalkutta. Ich weiß sämtliche Klingeltöne. Ich weiß den Schneesturm, wenn ich das letzte Mal »Ich liebe dich« sage, ohne es zu meinen. Ich weiß, wie ich glaube, Gott zu sehen, und dann war er es doch nicht. Ich weiß, wie sich das Auto überschlägt, zweimal, dreimal, vielleicht öfter, ich weiß das »Jetzt ist es aus«, ich weiß, wie wahr es scheint und dass es dann doch erst Tage später aus sein wird in diesem gelblichen Provinzkrankenhauszimmer mit Blick auf Weinberge und alles doch kein Wunder ist. Es wird früher Nachmittag sein, ein Donnerstag, der Fernseher läuft, aber das weiß ich dann nicht mehr, das weiß ich dann endlich nicht mehr.

Es wird ein volles Leben gewesen sein, zumindest werde ich mir das glauben. Ich werde manchmal schön sein und manchmal ein wenig zu weise. Ich werde mir beides verzeihen. Ich werde mir vieles angewöhnen und nur selten Gutes. Ich werde das meiste nicht beenden. Vielleicht wird nichts nach mir benannt, und vielleicht ist das auch tatsächlich nicht entscheidend. Ich werde dabei gewesen sein, das weiß ich sehr genau.

Und an all das will ich mich erinnern, an dieses Leben, das schon da liegt, bereit liegt, das doch nur mir passt. Von all dem will ich erzählen, aber nicht hier, in einer anderen Geschichte, später, viel später, denn vorher gibt es noch das eine, kleine Problem: Ich bin noch nicht geboren.

ZWEITES KAPITEL

in dem ich alles ein wenig erkläre

Wenn man noch nicht geboren ist, hilft es einem leider herzlich wenig, alles schon zu wissen. Von außen betrachtet fällt das Wissen auch verdächtig leicht, alles ist übersichtlich und rührend sinnlos und nichts geht einen wirklich an, nichts kommt einem zu nah. Das ist oft angenehm, daran kann man sich schnell gewöhnen und beschließt, lieber doch nicht mitmachen zu wollen bei diesem Leben, sondern weiter hineinzuschauen wie in ein Aquarium oder wie in eine Schneekugel, die man hin und wieder durchschütteln kann, und ein paar Sekunden lang ist es dann stürmisch und sehr undurchsichtig, ein paar Sekunden lang kann man hoffen, von etwas überrascht zu werden, aber dann legt es sich und alles ist eindeutig beim Alten.

Innerhalb der Schneekugel ist es bestimmt jedes Mal eine gute Nachricht, dass alles beim Alten ist, dass der Sturm keine bleibenden Schäden angerichtet hat, dass alle unverletzt scheinen. Innerhalb der Schneekugel ist es jedes Mal ein kleines Wunder. Man ist noch einmal davongekommen, mit dem Schrecken oder einem leichten Schwindel, und alle können ihr Glück kaum fassen.

Und deshalb will ich doch auch endlich gern da drin sein. Deshalb will ich auch zur Welt kommen. Deshalb will ich auch geboren sein. Ich will zumindest einmal durchgeschüttelt werden und dabei meine Hand nicht mehr vor Augen sehen. Ich will vor Schreck kurz alles vergessen, vor allem, wie ungefährlich so ein Schneekugelsturm von außen aussieht. Ich will, dass es für einen Moment nur darum geht, noch einmal mit heiler Haut davonzukommen. Und dann legt sich der Schnee, die letzten torkelnden Flocken, und alles ist genau wie davor, nur viel schöner. Alles ist wieder so still wie immer, nur viel ruhiger, und die Haut ist jedes Mal so heil wie nie. Ich will auch einmal dabei sein, wenn das Glück kaum zu fassen ist.

Aber leider ist es kein einfacher Weg hinein in die Schneekugel. Es ist nicht so, dass ich mich nur noch einmal wenden müsste, behutsam in Position bringen und dann könne alles losgehen, das erste Geschrei, das erste Verstummen und der ganze lange Rest. Ich werde nicht schon freudig irgendwo erwartet. Ich werde auch nicht erschrocken erwartet oder sonst irgendwie. So wie es aussieht, werde ich überhaupt nicht erwartet. Ich bin kein kleiner, pulsierender Punkt inmitten einer Kraterlandschaft, ich bin keine Wölbung, trete nicht von innen beherzt gegen die Bauchdecke oder spiele in Ermangelung anderer Beschäftigungen mit der Nabelschnur herum, um schon einmal die Langeweile zu üben. Ich sorge ja noch nicht einmal für morgendliche Übelkeit. Dabei würde ich nichts lieber wollen, als so wunderbar wahllos und ausgeliefert vor mich hinzuwachsen. Dann hätte ich neun Monate Zeit, um mich auf alles vorzubereiten. Ich könnte mir zum Beispiel in Ruhe überlegen, was wohl mein erstes Wort sein soll, damit mir nicht im entscheidenden Moment doch nur wieder »Mama« oder »Ball« herausrutscht, das wäre mir unangenehm, da habe ich höhere Ansprüche.

Aber ich kann mir nichts in Ruhe überlegen. Ich muss ja die ganze Zeit aufpassen, ich muss notfalls mithelfen, ich muss für Ordnung sorgen oder besser noch für Unordnung, denn etwas so Abwegiges wie meine Geburt verträgt sich mit Ordnung wahrscheinlich schlecht. Meine Eltern haben ja noch keine Ahnung von mir. Sie haben noch nicht einmal Ahnung voneinander. Sie sind sich noch nie begegnet und das muss sich nun schleunigst ändern.

Und ich habe dafür nur noch einen einzigen Tag Zeit, nur noch diesen Tag, den 30. Juni 1972, heute. Das ist meine letzte Chance, danach bin ich zu alt, um noch geboren zu werden. Und glauben Sie mir: Ich habe nicht vor, sie zu verpassen.

Das Dumme ist nur, dass genau jetzt, in diesem Moment meine Mutter drauf und dran ist, sich von jemandem schwängern zu lassen, der nicht mein Vater ist. Und mein Vater, fast genau tausend Kilometer entfernt, ist genau in diesem Moment drauf und dran, mit frisch einbetonierten Füßen in den Main geworfen zu werden.

DRITTES KAPITEL

in dem sich meine Mutter aus einem für mich schwerwiegenden Verhängnis rettet und ich einen etwas zu gesuchten Franzosen in seine eigene Geschichte entlasse

Man kann meiner Mutter wahrscheinlich keinen Vorwurf machen. Schließlich hieß er Jean-Baptiste Drieu de la Chapelle, das hatte er ihr mehrfach versichert, und er sah auch fast danach aus. Er hatte seit Tagen alles richtig gemacht mit dieser achtlosen Schwermut, mit dieser kurz angebundenen Entschiedenheit beim Bestellen in Restaurants und natürlich mit den sorgsam eingesetzten Lachfalten, für die hatte er lange trainiert, und an diesem Abend hatte er alles besonders richtig gemacht. Und ja, dieses Gewitter. Und es wäre tatsächlich unmöglich gewesen, trockenen Fußes ins Hotel zu gelangen, da hatte Jean-Baptiste schon recht gehabt, auch wenn sein »Sie holen sich sonst noch den Tod, Mademoiselle« meiner Mutter etwas übertrieben erschien. Aber dabei hielt er den Regenschirm, den er irgendwo hervorgezaubert haben musste, über sie und bemühte sich, mit möglichst gleichmütiger Miene klitschnass zu werden. Also noch zu ihm, gleich um die Ecke, auf einen Kaffee, der dann Rotwein wurde, und er sagte »Oui« auf die Frage meiner Mutter, ob das tatsächlich eine Chaiselongue sei, und sie sagte »Oui«, als er fragte, ob er noch nachschenken dürfe, und dann sagten sie beide »Oui«, erst noch schüchtern oder zumindest Schüchternheit vortäuschend, und dann immer deutlicher, immer wortloser. Durch die unebenen Fensterscheiben bog sich Marseille, vereinzelte Palmen wankten im Unwetter und bildeten eine angemessen unwirkliche Kulisse. Und als Jean-Baptiste sie mit müder Entschlossenheit Richtung Schlafzimmer führte, als läge es auf dem Weg irgendwohin, kam es meiner Mutter zum ersten Mal gelegen, dass sie doch deshalb hier war, in dieser Stadt, in diesem Land, um ihre Liste abzuarbeiten, und auf der stand als Punkt 19 eindeutig: »Mit einem schwermütigen Franzosen schlafen« und war zwar eigentlich schon durchgestrichen, aber Yves war im Rückblick gar nicht so wahnsinnig schwermütig gewesen und außerdem auch halber Belgier. Und ja, das Bett war nun einmal gusseisern und die Decke bauschte sich so offensiv einladend, dass alles andere als ein Hineinlegen ein Affront gewesen wäre.

Und auch Jean-Baptiste kann man im Grunde keinen Vorwurf machen, so gern ich das auch täte. Meine Mutter war schön, verloren und auf der Durchreise, eine für ihn bestechende Kombination, und er selbst fundamental gelangweilt, er hatte ein paar Wochen zuvor sogar begonnen, Münzen zu sammeln, nach zweien aber die Lust verloren und außerdem gerade Kleingeld für Zigaretten gebraucht.

Im Hintergrund liefen hingebungsvolle Lieder eines Sängers, der am Tag zuvor gestorben war und, falls nötig, für die Erinnerung an die Endlichkeit aller Dinge sorgte, und im hingebungsvollen Vordergrund war meine Mutter im Begriff, wegen eines kleinen Wolkenbruchs und drei Gläsern Wein meine angehende Existenz aufs Spiel zu setzen. Um das gusseiserne Bett herum lagen Kleidungsstücke verstreut, eine Strumpfhose, ein Schnürschuh, ein hellblaues Hemd mit lächerlich vielen Initialen, Jean-Baptistes Hose war sorgsam über einen Stuhl gehängt, was dieser Situation nun wirklich nicht angemessen war, und alles, was sich inmitten der Kleidungsstücke abspielte, betrachtete ich lieber nur aus dem Augenwinkel, doch auch so war es deutlich genug.

Und glauben Sie mir, es tut mir selbst am meisten leid, meine Mutter in einer solch fragwürdigen Situation zum ersten Mal auftauchen zu lassen, ich habe mir das nicht ausgesucht. Aber so spielte es sich heute nun einmal ab, und ich habe nichts anderes als heute zur Verfügung. Außerdem möchte ich zu ihrer Verteidigung daran erinnern, dass es 1972 nicht einfach war, als unverheiratete Frau an Verhütungsmittel zu gelangen, schon gar nicht in der Fremde, und ja, ihr hätte auffallen müssen, dass an der Arztpraxis »Vétérinaire« stand, aber sie war halt verständlicherweise sehr aufgeregt gewesen und der Arzt sehr freundlich, auch wenn die Tabletten, die er ihr in die Hand drückte, weniger gegen Empfängnis als gegen Tollwut halfen. Aber im Grunde muss ich dem Arzt dankbar sein, schließlich wollte ja auch ich in den nächsten vierundzwanzig Stunden empfangen werden.

Dafür allerdings musste ich erst mal die sich hier im Gusseisernen anbahnende Zeugung irgendwie verhindern. Und ja, das war natürlich selbstsüchtig, denn vielleicht wäre meine Mutter sehr glücklich geworden mit dem auf diese Weise vollkommen unbeabsichtigt entstehenden Ersatz für mich. Vielleicht hätte auch Jean-Baptiste sich als große Liebe entpuppt und es wäre geheiratet worden und sie wären zu dritt, zu viert, womöglich zu acht in südfranzösische Sonnenuntergänge geritten, wären immer kleiner geworden und schließlich ganz verschwunden. Das ist alles möglich, wenn auch nicht besonders wahrscheinlich, aber noch war auch ich möglich, wenn auch ebenfalls wenig wahrscheinlich, und viel Zeit blieb mir nicht mehr, nur noch ein paar Atemzüge, das Rascheln wurde lauter, das Seufzen, das Keuchen, und ich versuchte verzweifelt, irgendetwas aufzuhalten, einen Stuhl umzuwerfen, ein Telefon klingeln zu lassen, eine Fensterscheibe einzuschlagen, einen Schwelbrand zu entfachen, eine Ratte ins Bett springen zu lassen oder ein paar apokalyptische Reiter. Ich versuchte, Jean-Baptiste verstörende Gedanken einzuflüstern, an seine Wasserschildkröte in aufreizenden Posen, an seine bevorstehende Wurzelbehandlung, an die Sache mit der verschwundenen Badehose und seiner Cousine damals im Lac Lérié, aber nichts schien zu helfen, und Jean-Baptiste hauchte schon hastig Unverständliches, das konnte nichts Gutes bedeuten, aber ich brauchte etwas Gutes und bekam immerhin ein Wunder.

Meine Mutter hatte nämlich, weil weder ihr Französisch noch ihr Vertrauen in Ärzte einwandfrei waren, vorsichtshalber die doppelte Dosis der Anti-Tollwut-Pillen eingenommen, weil man mit doppelt ja immer auf der sicheren Seite ist. Und die Tabletten hatten dann mit dem Rotwein einen so gewaltigen Streit angefangen, dass meine Mutter kurz vor Jean-Baptistes entscheidendem Hauchen tatsächlich punktgenau in Ohnmacht fiel. Dass sie es auch punktgenau um Mitternacht tat, spielt dabei keine Rolle. Ich war der einzige im Raum, der die Kirchturmglocken überhaupt wahrnahm. Nur ein paar Sekunden lang war meine Mutter nicht bei Bewusstsein, aber die reichten Jean-Baptiste, um erst sehr stolz und gleich darauf ausreichend verunsichert zu sein, und sie reichten mir, um so laut erleichtert aufzuatmen, dass ich unnötigerweise kurz fürchtete, jemand könne mich hören, und sie reichten anscheinend meiner Mutter, um zu beschließen, dass sie hier vollkommen falschlag, in diesem Bett, mit diesem Mann, auf dieser gewollten Flucht in ein Abenteuer, das am Ende dann doch wieder gar nicht so abenteuerlich sein würde. Und sie reichten ihr auch, sich einen passenden Satz zu überlegen, um aus dieser Episode sofort herauszukommen, halbwegs unbeschadet und, was für mich viel entscheidender war, vollkommen unbefruchtet. Sie schlug die Augen auf, lächelte, schob Jean-Baptiste höflich von sich herunter und sagte in etwas überakzentuiertem Französisch: »Mir scheint, das Wetter hat sich verbessert.« Dann zog sie sich an, eilig, aber nicht hektisch, zupfte Jean-

Baptistes Hose auf dem Stuhl noch einmal gerade, reichte ihm ihre Hand, die er verwundert schüttelte wie etwas sehr Klammes, und sagte im Hinausgehen noch: »Ihre Chaiselongue ist wirklich exquisit.« Vor der Tür strich sie Punkt 19 auf ihrer Liste ein zweites Mal durch und hoffte, dass sie auch damit auf der doppelt sicheren Seite war. Ich blieb noch einen Moment bei Jean-Baptiste, der mir auf einmal ein wenig leid tat, wie er da in den nächtlichen Regen schaute und fehlerfrei seufzte, das hatte er schließlich oft genug geübt. Er wird in dieser Geschichte keine Rolle mehr spielen, und vielleicht tröstete ihn diese Aussicht ein wenig. Auf der Straße angekommen strich sich meine Mutter die Haare hinters Ohr. Sehr wahrscheinlich tat sie das nicht zum ersten Mal, aber es kam ihr so vor. Und sie hatte sofort das Gefühl, dass es zu ihr passte. Dann schlug sie irgendeine Richtung ein, welche, war ihr erst einmal egal, alles Weitere lag ja in jedem Fall noch vor ihr.

Zur gleichen Zeit war sich mein Vater hingegen, was sein Weiteres betraf, alles andere als sicher. Aber auch ihm konnte die Richtung, dort am Ufer mit viel zu schweren Füßen, eigentlich egal sein. Hinter ihm lag der nachts fast vollständig geschwärzte Main und vor ihm zeigte der Lauf einer Pistole auf ihn, die ja, bewegungsunfähig wie er war, gar nicht mehr nötig gewesen wäre, aber auch da wurde vorsichtshalber verdoppelt.

VIERTES KAPITEL

in dem mein Vater erst vom Schicksal im Trainingsanzug angerempelt wird und dann nicht niest

Bevor die Füße meines Vaters am Ufer des Mains einbetoniert wurden, waren zweifellos auch schon andere Dinge in seinem Leben geschehen, wenn auch weniger spektakuläre. Und ich weiß, die meisten halten das kinderlose Leben ihrer Eltern für vernachlässigenswert, für ein unnötiges Vorgeplänkel, im besten Fall für eine Vorbereitung auf das Eigentliche, aber mein Vater hatte es tatsächlich geschafft, seine ganze Jugend auf so ereignislose Weise zu verbringen, dass er sich immerhin vor der Nostalgie vollkommen in Sicherheit wähnen konnte. Nur drei Dinge waren an ihm bemerkenswert: Erstens sah er Alain Dubois, dem männlichen Hauptdarsteller von *Was die Nacht verschweigt*, den im Frühjahr 1972 halb Europa schaute, wirklich verblüffend ähnlich. Er neigte, zweitens, dazu, in Momenten großer Aufregung ungeheuer laut zu niesen, was ihm zum Beispiel beim Versteckspielen als Kind wenig, bei seiner Musterung hingegen sehr entscheidend zu Gute kam. Und drittens war sein Herz seit dreiundvierzig Tagen irreparabel gebrochen, seit diesem Donnerstag im Mai, an dem Claudia ihre Sachen gepackt hatte, die Zahnbürste, den roten Rollkragenpullover, die zerfledderte Taschenbuchausgabe von *Schmetterlinge weinen leise*, auch wenn alle drei eigentlich meinem Vater gehörten, was er ihr noch hinterhergerufen hatte, aber sie hatte sich nicht mehr umgedreht.

Er hatte Claudia seitdem zu jeder vollen Stunde angerufen, obwohl er ja ahnte, dass sie nicht zu Hause war oder jedenfalls nicht allein, und ihr insgesamt hundertelf Gedichte geschrieben, was er davor noch für niemanden getan hatte und auch ohne Beton an den Füßen wohl nie wieder tun würde. Er hatte viele Dinge von links nach rechts geschoben, war viel mit den Fingerspitzen über Tischkanten gefahren, viel vom Schlafzimmer in die Küche gegangen, wo auch nichts besser war, also ging er wieder zurück. Das Haus hatte er immer nur verlassen, um sich ein neues Paket Dosenravioli im Wasserhäuschen um die Ecke zu kaufen, acht große Konservenbüchsen, die reichten für vier Tage. Und er verachtete sich dafür, immer noch ab und an Hunger zu haben, obwohl das seiner Meinung nach nicht zu einem irreparabel gebrochenen Herz passte, und er verachtete sich noch mehr dafür, dass ihm Dosenravioli auch nach all den Wochen noch schmeckten. In einem seiner Gedichte hatte er Claudias Lippen mit der warmen Weichheit eines Raviolo verglichen, die Passage aber wieder gestrichen.

Und heute war er schon wieder mit einem Paket Ravioli im Arm auf dem Heimweg gewesen, eilig, um es rechtzeitig zur vollen Stunde ans Telefon zu schaffen, als ihn dieser Mann im blauen Trainingsanzug anrempelte und nicht um Verzeihung bat, und mein Vater konnte noch nicht wissen, dass der Mann ihm noch viel schwerwiegendere Anlässe zum Verzeihen geben würde.

Er konnte auch nicht wissen, dass es sich bei diesem Mann um Dimitri handelte, auch wenn Dimitri selbst fand, dass das jeder wissen sollte, das war jedenfalls sein Plan, Dimitri hatte das mittlerweile schon halb vergangene Jahr nämlich mit dem Vorsatz begonnen, »Frankfurts neuer Unterweltkönig« zu werden, wie er es in seinem Tagebuch formuliert hatte, das er, weil er seiner eigenen Angabe nach ja kein »kleines Mädchen mit beschissenen Locken« war, natürlich nicht »Tagebuch« nannte, sondern einfach nur »Buch«. Er wusste allerdings weder, wer eigentlich der amtierende Unterweltkönig war, noch wie er das mit der Thronfolge anstellen sollte. Aber das waren beides, wieder seiner eigenen Angabe nach, »Details«.

Als er gestern Abend auf der Straße meinen Vater angerempelt hatte, war Dimitri jedoch aus anderen Gründen äußerst schlechter Laune gewesen. Er hatte sich im Kino nämlich gerade *Was die Nacht verschweigt* angesehen, angeblich auf Wunsch seiner Freundin, mit der er noch vor der berühmten Szene mit den geschmolzenen Schneemännern in einen derartigen Streit über den Film geraten war, dass er die Vorstellung wutentbrannt verlassen hatte, und nun, als er meinen Vater ansah, traute er seinen Augen nicht.

»Du bist doch du, oder?«, hatte er gefragt, und mein Vater, der sich trotz gebrochenem Herzen ziemlich sicher war, er selbst zu sein, hatte nur genickt, woraufhin Dimitri »Dein Film ist scheiße, oder?« sagte, eine Dose Ravioli aus dem Paket nahm und sie meinem Vater auf den Fuß fallen ließ. »Dein Film hat viel mehr wehgetan«, sagte er noch und ging weiter, aber mein Vater, der seit dreiundvierzig Tagen nichts als diese zudringliche, rechthaberische Trauer empfunden hatte, wurde durch den Schmerz im Fuß daran erinnert, dass es andere Gefühle überhaupt noch gab, Gefühle, die schon seit Wochen darauf warteten, auch mal wieder zum Einsatz zu kommen, und am ungeduldigsten hatte offenbar die nackte Wut gewartet, sie drängelte sich ganz nach vorne, und mein Vater holte tief Luft, warf das Paket mit den Raviolidosen nach Dimitri, verfehlte ihn aber, rannte los, sprang ihn von hinten an und begann, wie wild auf seinen Rücken einzuschlagen, weil so ein Rücken reichlich Platz dafür bietet. Er bot Platz für Claudias Lachen, er bot Platz für Claudias wippenden Gang, er bot Platz für Claudias Blick, wenn sie ihn um einen Gefallen gebeten hatte, er bot Platz für Claudias zitternde Stimme vor dreiundvierzig Tagen, er bot Platz für Claudia in den Armen ihres Neuen, er bot Platz für ihre Schreie der Lust, für ungeahnte Stellungen, und für die schnurrende Befriedigung danach, die sie so noch nie gekannt hatte, das wurde sie bestimmt nicht müde zu betonen. Er bot sogar Platz für Claudias leuchtend weißen Schal, das letzte, was er gesehen hatte, als er ihr damals vom Fenster aus nachschaute, und den er unendlich beneidet hatte für seinen Platz so nah an ihrer Haut. All das traf mein Vater mit seinen Fäusten auf Dimitris Rücken, und all das verschwand dennoch nicht, und Dimitri, den die Schläge eher belustigten als versehrten, drehte sich um, hielt die Arme meines Vaters fest, hielt meinen ganzen Vater fest, presste ihn an sich, und mein Vater grub seinen Kopf in Dimitris Schulter und wimmerte und schluchzte und weinte Rotz und Wasser, und das war Dimitri dann schließlich doch unangenehm.

Dass mein Vater aber eine halbe Stunde später mit den Füßen in noch nicht gänzlich ausgehärtetem Zement am Mainufer stand, hatte noch weitere Gründe. Zum einen wusste Dimitri zwar wenig über den normalen Tagesablauf eines Unterweltkönigs, aber er war sich ziemlich sicher, dass auf jeden Fall dazu gehörte, Menschen mit einbetonierten Füßen in einem Fluss zu versenken, und damit konnte man gar nicht früh genug beginnen. Zum anderen hatte er vor, das Ganze fotografisch festzuhalten, um damit seinem noch wenig furchteinflößenden Ruf im Milieu auf die Sprünge zu helfen. Und zum dritten mochte er Filme wie *Was die Nacht verschweigt* wirklich überhaupt nicht. Er verstand sie nicht, er wollte sie nicht verstehen, er hielt sie für falsch und immer wurde darin irgendetwas in Großaufnahme gezeigt, eine Hand, das Kohlenauge eines Schneemanns, ein viel zu langes Schweigen, und von Großaufnahmen träumte Dimitri schlecht. Das alles erklärte er auch meinem Vater, während er ihn in seinen Ford Taunus verfrachtete und mit ihm Richtung Industriehafen fuhr, er erklärte es, als er noch einmal zurückfuhr, weil er die Kamera vergessen hatte, er erklärte es, als er schließlich an einem geeigneten Uferstück den Plastikeimer mit dem Blitzzement aus dem Kofferraum holte, den er gleich nach seinem Neujahrsvorsatz gekauft hatte und der seitdem auf seinen Einsatz wartete. Er erklärte es, während er, den Packungsanweisungen folgend, den Zement anrührte. Und er erklärte es auch noch, als er meinen Vater mit vorgehaltener Waffe zwang, in den Plastikeimer zu steigen und sich nicht mehr zu rühren. Dann war er fertig mit seinen Erklärungen, und sie standen sich unbeholfen gegenüber, wortlos und verschwitzt, wie die beiden Schneemänner in *Was die Nacht verschweigt*. Ein Frachter fuhr vorbei und beide schauten ihm nach, bis er außer Sichtweite war.

»Also dann«, sagte mein Vater schließlich, weil er das Schweigen nicht länger ertrug. »Wir müssen noch warten«, sagte Dimitri. »Worauf?«, fragte mein Vater. »Dass der Zement aushärtet«, sagte Dimitri, und so zehn, fünfzehn Minuten werde das wohl leider noch dauern. Dimitri fing an, ein Lied zu pfeifen, wusste aber nach ein paar Tönen die Melodie nicht mehr und hörte bald wieder damit auf, und mein Vater wunderte sich, wie unpassend ruhig ihm zumute war. Er wunderte sich, dass er nicht nieste, obwohl der Tod doch zweifellos Anlass zu größter Aufregung bot. Er dachte an Claudia, er dachte daran, dass er zum ersten Mal den stündlichen Anruf bei ihr verpasst hatte, und war sich sehr sicher, dass sie nicht nur seine Zahnbürste, sondern auch seinen kompletten Lebenswillen mitgenommen hatte, und dass es nur folgerichtig war, wenn er jetzt ertrinken würde, weil Claudia beim Abschied doch mit großer Geste »Alles ist im Fluss« gerufen hatte, und dann würde er ihr eben recht geben, als letztes Geschenk, und auch im Fluss sein.

Ich fand schon damals ziemlich lächerlich, was mein Vater so alles dachte. Aber auch ich war unpassend ruhig. Es war erst kurz nach Mitternacht, mein entscheidender Tag hatte gerade erst begonnen und war nun, wie es aussah, schon gleich wieder vorbei, und damit nicht nur dieser Tag, sondern alle Tage, alle Hoffnung auf dieses anberaumte Leben. Aber die Luft war sommerlich warm und weich, zwei Männer standen am Wasser und schwiegen, und dass der eine von ihnen einen Revolver in der Hand hatte und der andere einen Eimer an den Füßen, konnte man leicht übersehen. Vielleicht wollte ich das einfach nur noch einmal genießen, und war es auch nur als Zaungast. Vielleicht ahnte ich aber auch schon, dass es lange nicht wieder so ruhig werden würde wie jetzt, wie in diesen wenigen Minuten, bevor mein Vater schließlich doch noch einen Grund zum Niesen fand.

FÜNFTES KAPITEL

in dem ich einige ausgesuchte Stellen aus
den Gedichten meines Vaters zitiere,
von denen er behauptet, dass sie so aus dem
Zusammenhang gerissen natürlich nicht
in ihrer vollen Erhabenheit zu erkennen sind

»Nichts reimt sich auf / Claudia / außer halt / Claudia«
»Die leere Dose schon / halb voller Tränen, / und mit dem rechten Auge / habe ich noch gar / nicht angefangen«
»Du ließt mich mich immer so leicht fühlen, als wäre ich aus Wolke«
»Ohne dich vergeht / alles, nur / der Tag will nicht vergehen, es ist / jetzt dreihundertsiebzehn Uhr und / null Minuten / den Minuten fühle ich / mich ähnl- / ich«
»Komm zurück, bitte / bitte, bitte, bitte, bitte, bitte, bitte, bitte, bitte, bitte, bitte, / bitte.«

SECHSTES KAPITEL

in dem mein Vater eine anregende Bekanntschaft
macht und drei Männer im Pelz besser nicht ins Kino
gegangen wären

»Ich bin im Grunde kein schlechter Kerl«, sagte Dimitri, während sie gemeinsam darauf warteten, dass meinem Vater seine neuen Schuhe passten. Dimitri behauptete das gern von sich, auch wenn er Beispiele für diese These meist schuldig blieb, aber es fühlte sich gut an, das zu sagen, und gerade hatte er das starke Bedürfnis, sich etwas Gutes zu tun.

Mein Vater schaute weiter aufs Wasser, auf die schmächtigen Wellen, die sich auch alles größer vorgestellt hatten. »Ich auch nicht«, sagte er und dachte an Claudia. »Das hier ist mehr so etwas Grundsätzliches«, sagte Dimitri, ohne genau zu wissen, was er damit meinte. »Ich weiß«, sagte mein Vater und dachte an Claudia. »Danke für dein Verständnis«, sagte Dimitri, und mein Vater sagte nichts mehr und dachte an Claudia.

Ich war aus einleuchtenden Gründen kein großer Freund von dieser Claudia gewesen, als sie noch an der Seite meines Vaters war. Sie hatte mich genervt mit ihrem dauernden Haarspitzengefummel, ihren dauernd aufgerissenen Augen und ihrem dauernden Nicht-meine-Muttersein. Aber ihre Abwesenheit nervte mich noch mehr, oder vielmehr das, was ihre Abwesenheit aus meinem Vater machte. Wie er da eingesunken stand und seine letzten Gedanken an jemanden verschwendete, der ständig Erkältungsbäder nahm, ohne im Geringsten erkältet zu sein. Anstatt sich ans Leben zu klammern, sich an mein Leben zu klammern, schaute er beinahe vorfreudig in den Main, und sein selbstmitleidiges Lächeln ließ mich kurz seine Vorfreude teilen, bevor ich mir diesen Gedanken wieder rasch verbot. Aber was hätte ich für seine Rettung schon tun können? Etwa Dimitri von Jean-Baptistes Wasserschildkröte erzählen?

Dimitri räusperte sich. Ihm war in der Zwischenzeit ein wenig langweilig geworden, und er nahm sich vor, beim nächsten Mal besser ein Buch mitzubringen, er musste zu Hause irgendwo noch eines haben. Dann fotografierte er meinen Vater, nicht ohne ihn zu ermahnen, ausreichend verängstigt auszusehen, prüfte noch einmal die Härte des Zements, beschloss, dass es nun gut sei, und klopfte meinem Vater auf die Schulter. »Alles klar, oder?«, sagte er, und mein Vater nickte tatsächlich, bis ihm auffiel, dass das ja gar nicht stimmte. Dimitri fing an, ihn näher an die Uferkante zu schleifen, der Plastikeimer kratzte laut über die Steine, eine Möwe erwachte verwundert, dann war die Kante erreicht. Dimitri legte seine Hände auf die Brust meines Vaters, mein Vater hielt den Atem an, ich hielt den Atem an, Dimitri atmete aus, und ich schloss die Augen, weil ich das alles nicht mit ansehen wollte, dabei gab es ausgerechnet in den folgenden Sekunden erstaunlich viel zu sehen.

Ich hätte zum Beispiel sehen können, wie mein Vater noch einmal mit den Armen ruderte und dann ins Wasser fiel. Wie es ihn in die Tiefe zog. Luftblasen, Algen, Plastiktüten, Schwärze. Ich hätte sehen können, wie sein Körper vergeblich versuchte, die Schwerkraft zu einer Ausnahme zu überreden, wie er den Grund erreichte, dort stehen blieb, schwankend wie eine großgewachsene Balkonpflanze. Ich hätte sehen können, wie er die Augen schloss, um sich ein letztes Mal Claudia vorzustellen, ihr Lächeln, ihr Haar, ihren Hals, ihre Hand, die er in Gedanken umschloss, ihre kühlen, weichen Finger, die er deutlich spüren konnte, ungewöhnlich deutlich. Und ich hätte sehen können, wie er die Augen wieder öffnete und zu seinem Erstaunen entdeckte, dass er tatsächlich eine Hand umschlossen hielt, eine zarte, weiße Hand, und ich hätte sehen können, was er sah, dass die Hand natürlich nicht Claudia gehörte, sondern einem schmalen, beinah noch ansehnlichen Mann, der dort direkt neben ihm auf dem Grund stand, Eimer an Eimer, und gemeinsam mit ihm schwankte, der ihn anlächelte, verzerrt und verzweifelt und so überaus tot, dass mein Vater endlich, endlich doch noch niesen musste, stärker als jemals zuvor.

Und oben am Ufer hätte ich sehen können, wie im gleichen Moment, als mein Vater ins Wasser fiel, ein roter Mercedes um die Ecke bog, wie Türen aufflogen und drei Männer in Pelzmänteln ausstiegen. Wie sie Dimitri fragten, was er hier mache, und er antwortete, dass sie das nichts angehe und was denn sie hier machten, und sie antworteten, dass ihn das ebenfalls nichts angehe. Dabei hätten sie sich das ruhig erzählen können, schließlich waren sie alle aus dem gleichen Grund hier. Wie mein Vater in diesem Augenblick einige Meter weiter unten feststellte, war es ein ziemlich beliebter Ort, um Menschen zu versenken. Womöglich hätten sie herzlich über die Sache lachen können, sie hätten Tipps und Erfahrungen austauschen können, so aber standen sie sich nur mit gezückten Revolvern gegenüber. Da Dimitri aber allein gegen drei war und sein Revolver ohnehin nicht geladen, konnte man nicht im engeren Sinne von einer Pattsituation sprechen.

Das alles hätte ich sehen können. Ich hätte ein paar Meter weiter auch sehen können, wie die vorhin aufgeschreckte Möwe ihren Schnabel wieder ins Gefieder steckte und einschlief, was von all diesen Möglichkeiten fraglos der friedlichste Anblick gewesen wäre. Ich machte die Augen jedenfalls erst wieder auf, als mein Vater plötzlich schlotternd und triefend und atemlos am Ufer stand.

Er selbst behauptete später, es sei tatsächlich die enorme Wucht seines Niesens gewesen, die ihn aus dem

Zement heraus und im hohen Bogen aus dem Wasser schießen ließ. Dimitri bezeichnete das als blanken Unsinn, es habe einfach etwas mit dem Zement nicht gestimmt oder die hätten mal wieder zu viel Chemie in den Fluss gekippt, auf jeden Fall sei mein Vater nicht aus dem Wasser geschossen, sondern hätte sich ächzend und schnaufend und mit letzter Kraft ans Ufer gezogen. Ich selbst kann wie gesagt keine Aussage darüber treffen, und die übrigen Augenzeugen des Geschehens, die drei Männer im Pelz, äußerten sich nicht mehr zu dem Vorfall, da sie beim Anblick meines Vaters schreiend wegrannten, was Dimitri später unbedingt auf seinen »patentierten Killerblick« zurückführen wollte. In Wahrheit hatten die drei Pelzträger ein paar Nächte zuvor genau an dieser Stelle den Mann versenkt, dem mein Vater soeben in der Tiefe begegnet war, und nun gedacht, er sei zurückgekehrt. Und zwar genau zur Geisterstunde, wie es sich für Untote gehörte. Und geholfen hatte bei dieser Verwechslung auch nicht unbedingt, dass sie am Abend *Was die Nacht verschweigt* verpasst und sich stattdessen den Film angeschaut hatten, den Dimitri auch viel lieber gesehen hätte, nämlich *Er kam aus der Tiefe*.

Dimitri hatte an diesem Tag jedenfalls zu viel erlebt, um sich noch über irgendetwas zu wundern. Er ging zum roten Mercedes, zerrte einen an Händen und Füßen gefesselten Mann vom Rücksitz, schloss die Hintertür und rutschte, während der Mann so schnell er konnte davonhoppelte, auf den Fahrersitz, massierte sich mit Daumen und Zeigefinger die Augäpfel und fragte meinen Vater: »Kommst du?«

Und mein Vater wusste nicht, ob es daran lag, dass Dimitri das so leise fragte, fast bittend, oder daran, dass er nicht wusste, wohin er sonst gehen sollte, oder schlichtweg daran, dass die Sitze des Mercedes so weich aussahen, so warm und einladend. Er wusste nur: Es war ein langer Tag gewesen. Es waren viel zu viele viel zu lange Tage gewesen. Er fühlte sich unendlich müde. Er nickte und stieg ein.

SIEBTES KAPITEL

in dem eine erste Inventur versucht wird

WAS WIR BISLANG WISSEN

Noch nicht viel. Aber immerhin, dass es noch nicht zu Ende ist.

WAS WIR NOCH NICHT WISSEN

Ob der bislang etwas fragwürdige Männergeschmack meiner Mutter ein gutes Zeichen für mich und meine Geburt sein könnte, wenn man bedenkt, wie fragwürdig sich mein Vater bislang gezeigt hat.

Wer diese bislang erst sehr angebliche Freundin von Dimitri ist und ob sie ihn tatsächlich, wie er behauptet, bei seiner Karriereplanung »voll und ganz unterstützt«.

Ob mein Vater Claudia vielleicht auch deshalb so ausschweifend vermisst, weil ihm generell Halt im Leben fehlt. Und ob er mit seiner Entscheidung, sich nach einem abgebrochenen Studium der Volkswirtschaft als Unternehmensberater selbstständig zu machen, wirklich, wie er es behauptet, »seiner Zeit leider voraus war«. Sein einziger Kunde, Claudias Vater, antwortete jedenfalls auf die Frage, ob er ihn noch einmal beauftragen würde, mit: »Mal sehen.«

Ob *Was die Nacht verschweigt* im Februar 1973 zu Recht nicht den Oscar für den besten fremdsprachigen Film gewann. Und ob es tatsächlich so schade ist, dass Regisseur Louis Tenier danach aus Verbitterung beschloss, nie wieder einen Film zu drehen. Wir kennen nur Dimitris Einschätzung dazu: »Also meinen Segen hat er.«

Ob Jean-Baptiste Drieu de la Chapelle am Morgen nach der für ihn unbefriedigenden Nacht mit meiner Mutter ein tadelloses Paar Handschuhe in die Mülltonne warf, weil er das unbestimmte Gefühl hatte, jemanden bestrafen zu müssen, oder weil sie einfach nicht den richtigen Braunton hatten.

Dass es auch die frühen 1970er Jahre nicht immer leicht hatten, auch wenn sie sich damals einredeten, das sei lediglich eine Phase.

Ob Dimitri wirklich Dimitri heißt und, wie er behauptet, »irgendwo dahinten aus der Sowjetunion stammt«. Dagegen sprechen unter anderem folgende Tatsachen: 1. Er redet mit unüberhörbar hessischem Dialekt Offenbacher Färbung. 2. Auf die Frage, wie er eigentlich mit Nachnamen heißt, murmelt er Unverständliches, das, wenn er es auf Nachfrage wiederholt, viel länger klingt. 3. Seine Mutter nennt ihn Uwe, allerdings, so Dimitri, lediglich »zur Tarnung«.

Und darüber hinaus wissen wir nicht, was eigentlich geschieht in diesem Kapitel, außer dass Dimitri und mein Vater entschlossen ziellos in die Nacht fahren, schweigend, aber einvernehmlich, und dass Dimitri sich dazu zwingt, hin und wieder abzubiegen, mal nach links, mal rechts, damit es so aussieht, als wisse er, wo es langgeht, als wisse er, dass es zumindest irgendwo langgeht, und dass mein Vater den Sitz nach hinten stellt, seine Schläfe an die Fensterscheibe drückt und einsieht, dass er nun wohl doch nicht tot ist, sondern nur nass und hungrig und gründlich leer, und da eine Erleichterung ist, gegen die er nichts ausrichten kann und, wie er feststellt, auch gar nichts ausrichten will, und dass Dimitri schließlich doch noch etwas sagt, nämlich »Na ja«, und diese Worte selten so gestimmt haben, und dass anschließend die Stille auffällt und Dimitri deshalb das Autoradio anschaltet und dieses Lied läuft, das pausenlos läuft in diesem Sommer, das mit der Zukunft und wie klein sie ist, und dass erst Dimitri mitsingt, so weit er kommt, und dann mein Vater mitsingt, so weit er kommt, und wie draußen die Nacht an uns vorbeifliegt, schwarz und satt, und ich schließlich auch mitsinge, ganz für mich, und wir uns alle drei kurz einbilden können, tatsächlich kein Ziel zu haben. Und dass meine Mutter zur gleichen Zeit in einer Telefonzelle in Marseille steht und nur noch eine Ziffer fehlt, die sie wählen müsste, die Acht, aber die hat einen langen Weg einmal rund um die Wählscheibe, und dass meine Mutter auf halber Strecke zögert, und etwas weiter zögert, und schließlich zu lange, und dass sie die

Wählscheibe wieder zurückdreht, langsam und gleichmäßig, und dann übertrieben lange der Stille zuhört, dem leisen Rauschen, dem Knacksen, und sie leise »Hallo« in den Hörer sagt, und sich freut, dass niemand antwortet.

ACHTES KAPITEL

in dem geübt wird, wie man bis drei zählt,
und meine Mutter Unglück im Glück hat

Mein Vater schlief dann tatsächlich auf dem Beifahrersitz ein, weil alles so gleichmäßig war, die Dunkelheit, die Geschwindigkeit des Mercedes, die Abstände zwischen Dimitris Zigaretten, und auch weil mein Vater im Zweifelsfall immer einschläft, bei jedem Streit mit Claudia nickte er spätestens nach dem dritten »und außerdem« ein, was aber wenig half, weil er sich im Traum dann weiterstritt, mit Händen und Füßen und einzelnen unwirschen Lauten, aber jetzt sah er sehr friedlich aus, dort an die Scheibe gelehnt, und Dimitri fand das offenbar auch, denn er machte die Musik leiser und stellte das Abbiegen ein, weil ihm geradeaus ohnehin einfacher schien und geradeaus ja auch wirklich meist einfacher ist.

Ich wäre auch gerne eingeschlafen, aber das konnte ich leider nicht. Ich durfte nichts verpassen, ich musste achtsam bleiben, den ganzen langen Tag. Und außerdem weiß ich ja noch gar nicht, was das genau ist: Schlaf. Manchmal lege auch ich mich hin, und manchmal schließe ich sogar die Augen, aber ich bin immer da, wenn auch nie richtig.

Und wenn ich dann anschließend gähne und mich strecke, mache ich das nur zur Übung und es fühlt sich falsch an, wie sich vieles noch falsch anfühlt, Lächeln und Lügen und Verzeihen und Warten. Ich weiß, wie man aufgibt, ich weiß, welches Gesicht man macht, wenn jemand einem ein Geheimnis anvertraut, aber ich habe noch nie aufgegeben und mir wurde noch nie ein Geheimnis anvertraut, doch wenn es dann endlich passiert, werde ich gut vorbereitet sein.

In der Ferne leuchtete ein Tankstellenschild und Dimitri hielt ein paar Meter davor an und rüttelte an meinem Vater. »Du hast Geld, oder?«, fragte er und mein Vater brauchte etwas Zeit, um sich in die Situation einzuordnen, schaute Dimitri erst verwirrt, dann ängstlich und schließlich wieder verwirrt an und schüttelte den Kopf. »Nur ein paar Mark«, sagte er, suchte in seinen immer noch nassen Hosentaschen die Münzen zusammen und ließ sie in Dimitris ausgestreckte Hand fallen. Dimitri betrachtete sie verächtlich. »Ich meinte echtes Geld«, sagte er, und dass sie schließlich Benzin brauchten und Zigaretten und bestimmt auch falsche Pässe und wie sich mein Vater das denn bitteschön vorgestellt hätte mit nur ein paar Mark in der Tasche. Und mein Vater verstand wahrscheinlich genau so wenig wie ich, er fragte: »Warum denn falsche Pässe?«, und Dimitri sagte, echte Pässe würden notfalls auch gehen, aber die seien ja noch teurer, und mein Vater sagte »Ach so«, und Dimitri wühlte in seiner Zigarettenschachtel herum, aber die war zweifellos leer, dann schaute er meinen Vater ernst an und fragte: »Also, was ist der Plan?« Und mein Vater, der nicht wusste, dass er es war, der einen Plan haben sollte, der es in den letzten Stunden doch vielmehr genossen hatte, nicht am Steuer zu sitzen, nichts zu entscheiden, nichts zu hinterfragen und sich einfach fahren zu lassen, und sei es auch in sein Verderben, sagte: »Na ja, vielleicht erst mal«, und dann sagte er nichts mehr und schaute sich hilfesuchend um, aber da war ja niemand, am wenigsten ich, obwohl ich den perfekten Plan doch wusste, nämlich schleunigst zu meiner Mutter zu gelangen und sich auf dem Weg dahin zu überlegen, warum es eine gute Idee für sie beide sei, ein gemeinsames Kind zu bekommen. Und Dimitri schüttelte den Kopf und sagte: »Das ist ein Scheißplan, oder?« Denn kein guter Plan fange mit »Vielleicht« an, gute Pläne erkenne man daran, dass sie mit »Erstens« anfangen, und dabei müsse man den Daumen ausstrecken, nämlich so, und er machte es meinem Vater vor, und dann müsse ziemlich bald »Zweitens« folgen und dann »Drittens«, mit Zeige- und Mittelfinger, und dann müsse Schluss sein. »Niemals noch ›Viertens‹«, schärfte er meinem Vater ein, das mache alles kompliziert und kaputt. »Bis ›Viertens‹ kann keiner planen«, sagte er, und er seufzte, als hätte er das schon einmal versucht. Und mein Vater, dem langsam wieder klar wurde, wo er sich befand, nämlich mitten im dunklen Nirgendwo mit einem bewaffneten Fremden, der ein paar Stunden zuvor noch versucht hatte, ihn im Main zu versenken, schlug vor, einfach auszusteigen, damit jeder von ihnen seinen eigenen Plan verfolge, aber davon wollte Dimitri nichts hören. Er schüttelte den Kopf, er strich dabei sogar zur Verdeutlichung über den Revolver auf dem Armaturenbrett und sagte, das komme leider nicht in Frage. »Ich habe dir das Leben gerettet«, sagte er, langsam und stolz und schwer, »und deshalb bin ich jetzt für dich verantwortlich.« Mein Vater wollte anfangen zu widersprechen, weil das schließlich eine etwas gewagte Beschreibung der Geschehnisse war, aber Dimitri wiederholte noch einmal: »Ich habe dir dein Scheißleben gerettet, oder?«, und mein Vater nickte, weil ihm irgendetwas an diesem Satz einleuchtete, ohne zu wissen, was genau das war. »Also«, sagte Dimitri und streckte seinen Daumen aus. »Das ist der Plan: Erstens, du findest einen Plan. Zweitens, ich komme mit. Drittens, alles wird gut.« Mein Vater schaute auf die drei ausgestreckten Finger vor ihm und dachte an alles, was hinter ihm lag, all das Verschwommene, all das Verlaufene, all das Falsche. »Oder?«, fragte Dimitri und mein Vater nickte dreimal langsam und sagte: »Ja«.

Meine Mutter hingegen sagte in genau dem gleichen Moment »Nein«. Sie sagte es etwas zu schnell und etwas zu laut, und der Gendarm, der sie gefragt hatte, ob sie vielleicht Hilfe brauche, schaute skeptisch, ging dann aber weiter. Das Gewitter war vorübergezogen, die Straßen glänzten nass und erschöpft und waren hier in der Gegend der bezahlbaren Hotels vollkommen ausgestorben. Alles schlief oder versuchte es zumindest, nur meine Mutter wollte nicht schlafen. Sie wollte nie wieder schlafen, sie war so unglaublich wach. Und sie streckte die Arme aus und merkte zum ersten Mal seit viel zu langem, dass sie überhaupt Arme hatte, dass sich alles bewegen ließ. Und zum Glück hatte sie gerade doch nicht ihre Eltern angerufen, um zu sagen, dass sie nach Hause kommen und alles erklären würde. Das war nur ein kleiner Moment der Schwäche gewesen. Das war nur wieder kurz sie selbst gewesen. Und zum Glück hatte sie es im letzten Moment gemerkt. Sie wollte schließlich nichts erklären. Dann würde nur wieder besorgt geschaut, und sie wollte keine Sorgen mehr, am wenigsten Sorgen um sich selbst. Und sie schaute in den leer geregneten Himmel und wollte lachen, weil das doch passend wäre, zur Wachheit, zur Sorglosigkeit, und sie setzte dazu an und dann kam ihr in letzter Sekunde das Weinen dazwischen.

NEUNTES KAPITEL

in dem meine Mutter von einer aufdringlichen Reisebegleitung eingeholt wird und ein Gendarm nicht an Gespenster glaubt

Und ja, natürlich brach es mir das Herz, wie meine Mutter da so weinend an der Straßenecke stand, den Blick immer noch zum Himmel gerichtet, ihre zuckenden Schultern. Ich wollte so gern helfen, trösten, auch wenn sie gerade umfassend trostlos aussah und all das Wache aus ihr herausgesaugt schien, und jetzt war da nur noch Schwere und Nacht und Pfützen und Fremde, und ich wollte wenigstens »Ich weiß« sagen, aber ich wusste ja nichts, ich kannte nur die Tatsachen, und die führten nicht weit. Die Traurigkeit hielt meine Mutter fest im Arm, strich ihr übers Haar und murmelte: »Da bin ich doch wieder. Ich bin doch bei dir«, und meine Mutter schüttelte sich, doch es ließ sich nicht abschütteln. Sie versuchte einen Schritt, auch das misslang, und sie stützte sich an der Hauswand ab, weil es dafür schließlich Hauswände gab, und ich stand neben ihr, nutzlos nah, und hörte, wie die Traurigkeit auf meine Mutter einredete, ruhig und fast besonnen, wie sie ihr sagte, dass sie gut zuhören solle, und wie wichtig es sei, jetzt einfach hier stehen zu bleiben. Die Traurigkeit sagte ihr, dass sie noch längst nicht fertig mit ihr sei, dass sie sogar gerade erst angefangen habe, »Hör zu, hör genau zu«, weil ja nur sie, die Traurigkeit, recht habe, nur sie allein, und alles andere sei Ablenkung, alles andere sei nur unzureichendes Vertuschen, nur kurze Unterbrechung, aber die sei jetzt vorbei, so leid ihr das tue, und meine Mutter gehorchte, das kann man verstehen, das muss man verstehen, sie stand reglos da, weinte nicht einmal mehr, und ließ die Traurigkeit wühlen, »Hör zu, hör genau zu«, und sie hörte zu und dann hörte sie noch eine Stimme, und die sagte: »Mademoiselle«.

Meine Mutter drehte sich erschrocken um und sah den Gendarm wieder, der lieber noch einmal zurückgekommen war, in dieser ausgestorbenen Nacht hatte er ohnehin nichts anderes zu tun, und der nun »Mademoiselle« sagte, nicht fragend, nicht vorwurfsvoll, und ich hörte, wie die Traurigkeit zischte, dass er sich verziehen solle, dass sie jetzt nicht gestört werden wollten, sie kämen gut allein zurecht, aber diesmal gehorchte meine Mutter zum Glück nicht. Der Gendarm blieb stehen, höfliche zwei Meter von meiner Mutter entfernt, er rückte seine Mütze zurecht, die das gar nicht nötig hatte, und sagte: »Kommen Sie, ich begleite Sie nach Hause«, und meine Mutter überlegte kurz, ob sie sagen sollte, das sei aber ein langer Weg, womöglich ein jahrelanger, doch zum einen fiel ihr auf die Schnelle nicht ein, wie das auf Französisch hieß, und zum anderen kam es ihr doch etwas aufgesetzt vor. Der Gendarm breitete den Arm aus, »Kommen Sie«, und sie kamen tatsächlich, zuerst meine Mutter und dann auch die Traurigkeit. Der

Gendarm ging voran, auch wenn er den Weg ja gar nicht kannte, an jeder Ecke blieb er stehen und schaute sich nach meiner Mutter um, die mit dem Kopf dann kurz nach links oder rechts oder vorne deutete, dann ging er weiter. Dass es kühl geworden sei, sagte er, und die Traurigkeit sagte: »Nicht kalt genug«, und meine Mutter sagte: »Ja, es ist etwas kühl.« Ob sie Urlaub hier mache, fragte der Gendarm, und die Traurigkeit sagte: »Das ist kein Urlaub, du wirst nie wieder Urlaub machen, jedenfalls nicht ohne mich«, und meine Mutter sagte: »Ja, Urlaub.« Ob es ihr in Marseille gefalle, fragte der Gendarm, und die Traurigkeit sagte: »Nein, dir wird es nirgendwo mehr gefallen, du brauchst dieses Wort gar nicht mehr, du kannst es wegwerfen, du kannst alles wegwerfen«, und meine Mutter sagte: »Nein, es gefällt mir nicht sehr gut.« Und der Gendarm lachte, aber weil meine Mutter nicht mitlachte, hörte er wieder damit auf. »Mir auch nicht«, sagte er und dann schwieg er, bis sie das Hotel erreicht hatten. »Ist sonst noch etwas?«, fragte er, während sie auf den Nachtportier warteten. Und die Traurigkeit zischte meiner Mutter zu: »Sag ihm, dass sie tot ist. Los, sag es ihm. Sag ihm, dass Eva tot ist. Sag ihm, dass deine Schwester tot ist und tot bleibt, und dass nichts anderes zählt, sag ihm, dass sie auch hier tot ist, dass sie in ganz Frankreich tot ist und in ganz Spanien tot ist und in Neufundland und auf dem ganzen Mond, sag ihm, wie wenig du ohne sie bist, viel, viel weniger als die Hälfte, sag ihm das alles«, und meine Mutter schaute den Gendarm zum ersten Mal direkt an, sie sagte: »Entschuldigen Sie, aber ich bin tot«, und der Gendarm runzelte die Stirn, rückte sich wieder seine Mütze zurecht, dann lächelte er kurz und sagte: »Das sieht man Ihnen gar nicht an, Mademoiselle.«

ZEHNTES KAPITEL

in dem sieben Minuten nicht ihr Ende finden und Dimitri eine berechtigte Frage stellt

Meine Mutter sah tatsächlich nicht wie eine Tote aus. Nur Tote sehen wie Tote aus, alles andere ist, soweit ich das ermessen kann, maßlos übertrieben. Aber meine Mutter war immer noch erstaunt darüber, am Leben zu sein. Auch wenn es sich überflüssig anfühlte, unglaubwürdig, wie ein Missverständnis, das sich bestimmt bald aufklären würde. Und bis es so weit war, wurde in ihr noch dieser vollkommen unverhältnismäßige Aufwand betrieben: Das Herz pumpte, die Lunge füllte und leerte sich, Nerven gaben alles sofort weiter, als wäre noch etwas dringend, die Ohren hörten, auch wenn es nichts zu hören gab.

So albern lebendig stand meine Mutter jetzt in ihrem Hotelzimmer. Ihre Augen sahen, weil ihnen niemand gesagt hatte, dass sie das auch lassen könnten. Da war das Bett mit der festgezurrten Decke, da war ihr Koffer, da war der kleine Tisch, an dem sie nie saß und der aussah, als könnte er auf seinen dünnen Beinen jederzeit davonlaufen, und zwischen all dem blieb dennoch genug Platz, um nicht von der Stelle zu kommen.

Meine Mutter streifte eilig ihre Schuhe ab, warf sich aufs Bett und zog die Liste aus ihrer Handtasche, vier zerknitterte, doppelt gefaltete Seiten, und es war nicht schwer, den Punkt zu finden, nach dem sie gesucht hatte. Er stach dunkel aus den anderen heraus, schon so häufig durchgestrichen, dass er aussah wie fest verschnürt und die Schrift darunter nicht mehr zu erkennen war, aber ich wusste ja, was da stand: »Weitermachen«. Und sie konnte sich an all die vorigen Striche erinnern, die zornigen, die ängstlichen, die flehenden und vollkommen verwunderten. Da waren trotzige Striche und zitternde und klagende und zweifelnde und schmerzhafte, und nun strich meine Mutter das Wort noch einmal durch, mit einer kurzen, klaren, ganz und gar erschöpften Linie. Sie warf noch einen Blick auf die Liste, auf die Wörter und Sätze in dieser Handschrift, die fast genau wie ihre aussah, aber nicht ihre war, auf all die Dinge, die Eva sich vorgenommen hatte, und von denen sie nur die wenigsten selbst durchgestrichen hatte, noch nicht einmal dieses so einfache »Weitermachen«, schon gar nicht das Weitermachen.

Eva war damals zuerst auf die Welt gekommen, sieben Minuten vor ihr, und deshalb war sich meine Mutter immer auch ganz sicher gewesen, dass Eva sieben Minuten vor ihr sterben würde. Und sie hatte sofort mit dem Zählen begonnen, bis hundert, bis zweihundert, vierhundert, und dann gewartet, die verbleibenden Sekunden über, die aber nicht vergingen, die sich dehnten, aufblähten, ganze Tage verschluckten, und meine Mutter hatte weitergezählt, bis tausend, bis hunderttausend, bis zweihundertfünfzigtausend, und dann hatte sie damit aufgehört.

Und mein Vater schaffte es noch nicht einmal, bis drei zu zählen. Er saß am anderen Ende der Geschichte und wollte einen Plan, er brauchte dringend einen Plan, weil sonst wahrscheinlich Dimitri das übernehmen würde, und mit dessen Plänen hatte mein Vater bislang keine guten Erfahrungen gemacht. »Ich mache es dir noch einmal vor«, sagte Dimitri und rieb sich die Augen. »Erstens, wir kaufen jetzt Zigaretten, dafür reicht das Geld noch. Zweitens, wir rauchen die Zigaretten. Drittens, wir überlegen weiter.« So gehe gutes Planen, sagte er, während er ausstieg und meinem Vater bedeutete mitzukommen. »Ich kann sonst nicht auf dich aufpassen«, erklärte er ihm, und man wisse schließlich nicht, wer sich hier nachts so alles herumtreibe, und mein Vater öffnete die Beifahrertür, schaute auf den Revolver, den Dimitri gerade in seiner Jacke verstaute, er schaute in den Wald, der ein paar Meter weiter dicht und dunkel begann, und in dem sich tatsächlich jemand herumtreiben könnte, er fragte sich, ob der im Vergleich zu Dimitri unbedingt die schlechtere Wahl wäre, verneinte das, schloss die Augen und rannte los.

Um genau zu sein, war es allerdings kein richtiges Rennen. Um genau zu sein, war es mehr ein Stolpern, ein Straucheln, oder um ganz genau zu sein: ein Fallen. Seine Füße gehorchten ihm einfach noch immer nicht richtig nach dem Wechselbad aus Zement und Flusswasser, und Dimitri war mit ein paar Schritten bei ihm, packte meinen Vater am Kragen, zerrte ihn hoch und ließ seinen Kopf auf die Kofferraumklappe knallen. »Du bist bescheuert, oder?«, rief er. Und dass er doch für ihn verantwortlich sei, und wie man bitte für jemanden verantwortlich sein könne, der lieber in den Wald rennt als Zigaretten zu kaufen. »Bist du ein Reh?«, rief er. »Bist du ein beschissenes Reh?«, und er knallte den Kopf meines Vaters noch einmal auf den Kofferraum, der, bevor mein Vater auf eine der Fragen antworten konnte, plötzlich aufschwang, und gerade als Dimitri ihn wieder schließen wollte, sah er den Koffer, schwarz und ledern und einsam. Dimitri ließ meinen Vater los, trat einen Schritt zurück und fragte: »Gehört der dir?« Mein Vater schüttelte den Kopf. »Mir auch nicht«, sagte Dimitri nach einer Weile. Er nahm den Koffer heraus, roch kurz daran und schüttelte ihn. »Dann gehört er wahrscheinlich den Pelzmännern«, sagte er. Er befühlte das Leder, die silbernen Verschlussschnallen, ließ sie aufspringen und öffnete den Koffer. »Verdammte Scheiße, oder?«

ELFTES KAPITEL

in dem meine Mutter alles, alles doppelt macht

Nachdem meine Mutter damals nach zweihundertfünfzigtausend Sekunden mit dem Zählen aufgehört hatte, wollte sie aufstehen, fand aber kein Gleichgewicht und fiel sofort auf den Boden. Etwas stimmte mit der Statik nicht, ihr Körper war verschoben und noch tagelang musste sie sich so weit wie möglich zur Seite lehnen, damit sie einigermaßen aufrecht stand. Und alles musste doppelt geschehen. Sie sagte jeden Satz zweimal hintereinander, sie öffnete zweimal hintereinander die Tür, bevor sie hindurchging, sie träumte jede Nacht zweimal denselben Traum und bei Evas Beerdigung übergab sie sich ins ausgehobene Grab und dann gleich noch einmal.

Eva hatte ihr einfach alles übriggelassen, das ganze restliche Leben. Dabei war meine Mutter schon mit ihrem eigenen Leben vollkommen beschäftigt, aber nun hatte sie auf einmal noch ein zweites geerbt. Und sie wollte es nicht haben. Es passte ihr nicht, es stand ihr nicht, sie hatte keine Ahnung, wie man sich darin bewegte. Und immer wenn sie es versuchte, hörte sie Evas vorwurfsvolle Stimme: »Nein, doch nicht *so*«, und meine Mutter entschuldigte sich dann leise.

Sie schlief kaum noch. Ein Tag war einfach zu kurz für zwei Leben, vor allem, wenn man das eine davon nicht gut konnte, wenn man es erst lernen musste. Ihr war auch ständig übel, weil sie immer zwei Mahlzeiten zu sich nahm, und die eine davon schmeckte ihr selten. Und dann war ihr auf einmal die Liste eingefallen. Die Liste, aus der ihr Eva früher manchmal vorgelesen hatte. Das war schon Jahre her, und meine Mutter hatte keine Ahnung, ob die Liste für Eva überhaupt noch zählte. »Ach, dieses alte Ding«, hätte sie wahrscheinlich nach einem kurzen Moment des gespielten Überlegens gesagt. »Die habe ich längst weggeschmissen.« Aber sie war noch da gewesen, sogar ganz oben in der Schreibtischschublade. Und meine Mutter hatte sie Punkt für Punkt durchgelesen. Und an manche konnte sie sich gut erinnern (»3. Einen Kartentrick lernen«, »26. In ein Haus einbrechen«), bei manchen war sie sogar dabei gewesen (»40. Einen Autoreifen aufschlitzen«, »52. Von einem Riesenrad spucken«), aber die meisten waren ihr neu, und die meisten waren nicht durchgestrichen. Und sie hatte die Liste vorsichtig zusammengefaltet und eingesteckt, dann eine große Tasche geholt, Evas Hemden, Evas Röcke, Evas Schuhe, Evas Schallplatten und sogar Evas Topfpflanze hineingeworfen, dann hatte sie die Hälfte der Sachen wieder ausgepackt und die Tasche stattdessen mit allen Wertsachen gefüllt, die sie im Haus finden konnte, weil Eva das bestimmt auch so gemacht hätte, Schmuck und Silberbesteck und diese lächerlichen Porzellanfiguren, sie war zum abgelegensten Pfandhaus der Stadt gefahren, wo man auch tatsächlich keine Fragen stellte, und von dort direkt zum

Bahnhof, sie hatte zwei Fahrkarten gekauft, und am nächsten Morgen konnte sie schon selbst einen Punkt auf Evas Liste durchstreichen: »41. Allein mit dem Nachtzug fahren und dabei die ganze Zeit aus dem Fenster schauen.«

Das war vor drei Wochen gewesen und seitdem hatte meine Mutter jeden Tag mindestens einen der Punkte durchgestrichen, meistens mehr. Sie war nachts nackt im Meer geschwommen, Punkt 8, und hatte sich anschließend, obwohl es vollkommen dunkel war, unter ihrem Handtuch wieder angezogen, sie hatte in einer Hotelbar geweint, Punkt 22, auch das war leicht gewesen, sie hatte Austern gegessen und ihr hatten Austern nicht geschmeckt, sie hatte einen Ring gestohlen und sich erst eine halbe Stunde später wieder zu atmen getraut, sie hatte einem Fremden eine Rose geschenkt, auch wenn er nicht mehr ganz fremd war, sie war auf einem Motorrad durch die Nacht gefahren, zwar nicht selbst am Steuer und nur ein paar Straßen weit, aber das zählte wohl trotzdem, sie hatte Jonglieren gelernt, an drei penetrant wolkenlosen Tagen, und sich tatsächlich kurz gefreut, als es gelang, sie hatte jemandem einen Drink ins Gesicht geschüttet, dem armen Mann mit den großen Ohren, und sich danach lange entschuldigt, sie war schreiend und winkend einem Postauto hinterhergelaufen, um noch unbedingt einen Brief mitzugeben, auch wenn er in Wahrheit gar nicht so wichtig gewesen war. Und heute hatte sie zum zweiten Mal mit einem schwermütigen Franzosen geschlafen oder jedenfalls damit begonnen, Punkt 19, und wieder einmal, weil nichts anderes nahelag, den Punkt 81 erfüllt: Weitermachen.

Und jetzt waren nur noch drei Aufgaben übrig, die schwierigste, die einfachste und die unmögliche. Seit Tagen waren sie schon übrig, und seit Tagen nahm sich meine Mutter vor, sie nun endlich anzugehen, und dann verschob sie es doch immer, weil es die letzten Punkte waren und sie nicht wusste, was es sich danach noch vorzunehmen gab.

ZWÖLFTES KAPITEL

das vielleicht auch nur der Platzhalter
für das wirkliche zwölfte Kapitel ist,
das wir nie lesen werden

WAS WIR BISLANG WISSEN

Wir wissen jetzt, wie Pläne aussehen müssen, aber wir wissen nicht, ob sie funktionieren. Wir wissen, dass man das nie weiß. Wir wissen, dass man sich das nur irgendwann einreden muss.

Wir wissen, dass man den Inhalt unbekannter schwarzer Koffer leicht überschätzt, dass man immer hofft, darin eine Lösung zu finden, selbst wenn es davor gar kein Problem gab. Wir wissen, dass sich fast nie Lösungen darin befinden, sondern nur Platzhalter für die Lösungen. Wir wissen, wie langsam wir die Koffer wieder schließen, wie auf einmal etwas fehlt, obwohl wir es doch heimlich geahnt hatten.

Wir wissen, dass der Mann mit den großen Ohren sich kaum gewundert hatte, einen Drink ins Gesicht geschüttet zu bekommen. Wir wissen, dass er schon seit Jahren sicher war, genau das zu verdienen.

Wir wissen, dass ich nötig bin. Nötig, aber unwahrscheinlich. Ich könnte doch die Lösung für meine Eltern sein. Keine passende Lösung, keine endgültige Lösung, aber zumindest doch ein einfacheres Problem. Oder der Platzhalter eines Problems.

Wir wissen, dass die Zeit vergeht. Dass es jetzt zum Beispiel schon zwei Uhr nachts ist. Wir wissen, dass mir die Zeit davonrennt, als hätte ich Böses mit ihr im Sinn. Wir wissen, dass es sich, wenn überhaupt, anders herum verhält.

DREIZEHNTES KAPITEL

in dem eine Pudelmütze zum Vorschein kommt

Mein Vater bot dort am Heck des roten Mercedes einen vollkommen jämmerlichen Anblick: die klamme Kleidung, der Schüttelfrost, die zementverkrusteten Schuhe, dazu die Platzwunde an der Stirn von seiner doppelten Begegnung mit der Kofferraumklappe und sein von dreiundvierzig Tagen Claudiavermissen ohnehin im Leiden eingerasteter Gesichtsausdruck. Er wollte nach Hause, allerdings nicht zurück in diese verlebten anderthalb Zimmer voll verkrusteter Konservendosen und schlechter Erinnerungen, sondern in sein wahres Zuhause, dieses luftige Haus am Waldrand mit reichlich Platz für Claudia und Gewissheit, das doch irgendwo auf ihn warten musste, das er doch klar sehen konnte, wenn er die Augen schloss, nur gerade jetzt konnte er sich nicht darauf konzentrieren, weil Dimitri neben ihm pausenlos schimpfte. Dass doch jedem, wirklich jedem klar sei, was in so einen schwarzen Koffer gehöre, schimpfte er, nämlich haufenweise Geld, alles andere sei einfach schlechtes Benehmen, und wenn schon kein Geld, dann eben Schmuck oder Drogen oder wenigstens die ein oder andere Mona Lisa, irgendetwas, das sich mit einem kleinen Schlenker zu haufenweise Geld machen lasse, und er sei ja durchaus bereit für einen Kompromiss gewesen. Aber nein, schimpfte er, es habe ja ein [**PLATZHALTER**] sein müssen da im Koffer, ausgerechnet ein [**PLATZHALTER**]. »Kannst du das glauben?«, fragte er meinen Vater, und mein Vater sagte: Ja, er könne das problemlos glauben, schließlich sei er ja eben dabei gewesen, und Dimitri schimpfte weiter, über die Pelzmänner, die nicht nur bei der kleinsten auferstandenen Wasserleiche das Weite suchen würden, sondern ihre Koffer auch noch mit so sinnlosem Zeug befüllten wie einem [**PLATZHALTER**]. Er seufzte verächtlich und sagte: »So wird das ein verdammt kurzes Abenteuer«. Und mit dem Seufzen hatte er recht, mit dem Rest zum Glück nicht.

Zumindest Zigaretten wollte er aber nun endlich kaufen, weil sich ja, wie er sagte, selbst die zu fein dafür gewesen seien, sich im Koffer zu befinden. Und er befahl meinem Vater mitzukommen. »Und nicht wieder diese Rehnummer«, sagte er, und mein Vater lief artig oder resigniert oder beides hinter ihm her, die paar Schritte bis zur Tankstelle, die tatsächlich noch offen zu haben schien, und mein Vater hatte gerade große Sehnsucht nach allem Offenen.

Es gab aber keine Zigaretten an der Tankstelle. Wahrscheinlich, weil es in den 70er Jahren nur selten Zigaretten an Tankstellen gab. Ich kenne mich da nicht so gut aus. Und ich glaube, auch die 70er Jahre selbst kannten sich nicht gut mit sich aus. Sie wollten so gern die Zukunft sein, auf die sich alle jahrzehntelang gefreut hatten, sie wollten so vieles einlösen, und wussten doch genau, dass sie dabei nur enttäuschen konnten, weil noch so viel Zukunft auf sie folgen würde, und dass alles nicht unbedingt besser wurde. Es ist schwer, sich noch Mühe zu geben, wenn man das weiß. Es ist schwer, dann Zigaretten zu verkaufen. Aber Dimitri war empört, Dimitri war sogar verzweifelt. Er fragte einzeln alle Marken ab, die ihm einfielen, »Auch keine Camel? Auch keine Stuyvesant? Aber Ernte 23, oder?«, und der Tankwart schüttelte anfangs noch jedes Mal den Kopf, dann schloss er irgendwann wortlos das Schiebefenster, und Dimitri schlug mit der Faust dagegen, was aber, wie er feststellte, auch nicht viel nutzte. »Das ist nicht gut«, sagte er, »das ist alles gar nicht gut.« Und mein Vater klopfte noch einmal leise an die Scheibe, weil er nach Pflastern für seine Platzwunde fragen wollte, aber der Tankwart reagierte auch darauf nicht mehr, stattdessen fragte eine Stimme von hinten: »Was benötigen Sie denn?«

Es war ein etwa zwölfjähriger Junge mit blauer Pudelmütze, der an den Zapfsäulen stand, die Daumen unter die Riemen seines Rucksacks gesteckt, um den Hals einen klobigen schwarzen Kopfhörer, dessen geringeltes Kabel nirgendwo eingesteckt war, der Walkman war ja noch nicht erfunden.

»Nichts, was du hast«, sagte Dimitri. »Ein Pflaster«, sagte mein Vater und deutete auf seine Stirn, und der Junge wühlte in seinem Rucksack und schüttelte dann den Kopf: »Da muss ich tatsächlich passen.« »Wir auch«, sagte Dimitri, suchte kurz auf dem Boden nach einem Stein, den er auf das Tankstellenhäuschen werfen konnte, auf seine Enttäuschung, auf all die fehlenden Zigaretten und fehlenden Pläne und fehlende Geldhaufen in schwarzen Koffern, fand aber keinen und ging los Richtung Auto. Mit etwas Glück würde der Tank noch bis nach Hause reichen, sagte er, und das sei jetzt der neue Plan: »Erstens, nach Hause. Zweitens, Scheiße. Drittens, auch Scheiße«, und mein Vater humpelte einverstanden hinterher, und der Junge sagte: »Ich komme wohl mit.« Dimitri winkte ab, »Das kommst du wohl nicht«, aber der Junge ließ sich nicht beirren. Doch, er habe gerade noch einmal nachgedacht, und das sei eine gute Idee, und Dimitri lächelte müde und sagte: »Wenn du in deinem Rucksack nicht zufällig einen Zigarettenautomaten hast, ist das überhaupt keine Idee«, und der Junge wühlte noch einmal langwierig in seinem Rucksack herum. »Nein«, sagte er, so etwas habe er nicht. »Aber das da«, und er hielt einen Hundertmarkschein hoch. Dimitri blieb stehen. »Ist der echt?« Der Junge nickte. »Soweit ich das beurteilen kann.« »Geklaut, oder?«, fragte Dimitri, und der Junge sagte: »Nicht im eigentlichen Sinne.« Dimitri dachte an den verschwendeten Zement, das verschwendete Kinoticket, die bislang fast vollkommen verschwendete Nacht. »Wohin willst du denn?«, fragte er, und der Junge dachte nach, sagte dann: »Ich will endlich los«, und alle wussten sofort, dass das die richtige Antwort war.

VIERZEHNTES KAPITEL

in dem sich ein Notizheft weiter füllt

Man kann natürlich die Frage aufwerfen, warum ein ausgewachsener und wenig zimperlicher Mann wie Dimitri das Geld eines zwölfjährigen Jungen nicht auf sagen wir unbürokratischere Weise hätte an sich bringen können. Und Dimitri war sogar der erste gewesen, der diese Frage aufwarf. Aber er war sich sicher, von meinem Vater im Anschluss irgendwelche Vorträge gehalten zu bekommen, dass man kleine Jungs nicht einfach ausrauben dürfe und andere Merksätze, die zu seinem Schüttelfrost und dem klagenden Blick passten, und Dimitri wollte keine Vorträge, er wollte seine Ruhe.

Und immerhin fuhren sie wieder, immerhin mit vollem Tank. Dimitri saß am Steuer, einen dünnen Zweig zwischen den Lippen als Zigarettenersatz, den er sich sogar kurz angezündet hatte, was aber, wie er selbst zugab, zwar eine gute Idee war, jedoch keine so gute Wirklichkeit. Mein Vater blies sich auf den Finger, den er sich beim Tanken im Deckel eingeklemmt hatte, im Autoradio sang jemand über den Blues in den Schuhen und der Junge auf dem Rücksitz blätterte in einem Notizheft, das er gleich nach dem Einsteigen aus seinem Rucksack geholt hatte.

»Mögen Sie Musik?«, fragte er meinen Vater, und mein Vater sagte, ja, er habe nichts gegen Musik, und der Junge notierte sich die Antwort. »Und Sie?«, fragte er Dimitri, »mögen Sie auch Musik?«, und Dimitri sagte: »Halt die Schnauze«, und auch das notierte sich der Junge.

»Treiben Sie einen Vereinssport?«, fragte er meinen Vater, und der sagte »Nicht direkt«, und Dimitri rief: »Bist du bei der Hobbypolizei oder was sollen die Fragen?« und drehte die Musik lauter, und der Junge machte sich eine Notiz.

»Wir fahren nach Nordosten«, sagte der Junge. »Aha«, sagte Dimitri. »Richtung Frankfurt«, sagte der Junge. »Blitzmerker«, sagte Dimitri. »Was machen wir in Frankfurt?«, fragte der Junge. »Nichts«, sagte Dimitri, und der Junge sagte, das klinge aber nach nicht besonders viel, und Dimitri sagte, nein, aber mit allem anderen als nichts habe er in letzter Zeit keine besonders guten Erfahrungen gemacht, und der Junge nickte beim Notieren. »Spielen Sie ein Blasinstrument?«, fragte er dann, und weil niemand antwortete, fragte er weiter: »Wohnen Sie zur Miete?« Pause. »Haben Sie Haustiere?« Pause. »Glauben Sie, dass das dieses Jahr noch was wird mit der Eintracht?« Pause. »Verstehen Sie die jungen Leute heutzutage?« Pause. »Was macht die Gesundheit?«, keine Pause, denn Dimitri stieg in die Bremsen, alle wurden nach vorne geschleudert, auch die Gurtpflicht gab es ja noch nicht, und mein Vater schlug sich am Handschuhfach die Lippe auf. »Raus!«, sagte Dimitri, aber der Junge notierte sich das nur, und Dimitri zog den Revolver aus seiner Jacke, richtete ihn auf den Jungen und rief: »Sofort raus! Du machst mich krank!«

Der Junge rührte sich nicht. Aber ich hörte, wie sein Atem stockte, ich sah, wie er einen kleinen Revolver in sein Notizheft zeichnete. »Was macht Sie denn gesund?«, fragte er dann, und schaute dabei nicht auf. Und irgendetwas an dieser Frage schien berechtigt, irgendetwas ließ sie im Auto herumschweben, sich ausbreiten, und ich hörte, was mein Vater dachte, nämlich, dass Claudia ihn gesund machen würde, nur Claudia, ihre Schritte auf der Treppe, wenn sie zu ihm kam, ihre verschlafene Stimme am Morgen, ihr lautes, fast dreckiges Lachen, ihre Hand in seinem Nacken und seine Hand überall auf ihr, der Geruch von Erkältungsbädern, den er nie mochte und der ihm nun über alles fehlte, und er sagte: »Ich vermisse Claudia.« Und ich hörte, was Dimitri dachte, nämlich, dass ihn ein Plan gesund machen würde, kein perfekter Plan unbedingt, seinetwegen noch nicht einmal ein guter, aber irgendetwas, das man verfolgen konnte, in das man sich verbeißen konnte, damit nicht alles so zerfließt. Ein Auftrag würde ihn gesund machen, ein klarer, beschwerlicher Auftrag, der nur ihm gehörte, weil nur er dafür in Frage kam. »Wir zählen auf Sie«, müsste am Anfang gesagt werden, und am Ende würde er nur sagen »Ist erledigt« und oben in der Brust dieses Leichte spüren, das er schon fast vergessen hatte, und er deutete auf meinen Vater und sagte: »Er vermisst Claudia.«

»Wer ist Claudia?«, fragte der Junge, und Dimitri sagte: »Keine Ahnung«, und mein Vater sagte: »Claudia ist das claudiaförmige Loch in meinem Herzen«, eine Formulierung, die aus einem der einhundertelf Gedichte für sie stammte, und er erzählte Dimitri und dem Jungen von der Liebe und dem Aufkündigen der Liebe und von den stündlichen Anrufen und davon, wie nichts im Fluss ist, sondern alles versickert und ausgetrocknet, nur die Ravioli verschwieg er lieber, er erzählte von Claudias neuem Liebhaber, und wie sie gesagt hatte: »Das ist halt einfach passiert«, aber dass so etwas doch nicht einfach passiere, und man nicht einfach nach München ziehe, da kenne sie sich doch gar nicht aus, da verlaufe sie sich doch bestimmt ständig, und Dimitri hatte nach dem dritten »Aber ich liebe sie« aufgehört zuzuhören und stattdessen mit den Schaltern der Autoheizung herumgespielt, und der Junge kam kaum mit dem Mitschreiben hinterher und rief irgendwann »Stopp!« und mein Vater hörte tatsächlich auf zu reden. Der Junge schrieb zu Ende, dann fragte er: »Mögen Sie es, sie zu vermissen?« »Nein«, sagte mein Vater und hoffte, dass das stimmte. Der Junge überlegte kurz. »Dann würde ich empfehlen, damit aufzuhören«, sagte er dann, und mein Vater lächelte traurig und sagte, er könne erst damit aufhören, wenn er Claudia wiederhabe. Der Junge klappte sein Notizbuch zu. »Dann ist ja alles klar«, sagte er, und Dimitri und mein Vater drehten sich gleichzeitig zu ihm um und fragten, was denn bitte klar sei. »Wir erobern Claudia zurück«, sagte der Junge. Und natürlich hätte jetzt irgendjemand auflachen und »Auf keinen Fall« rufen müssen, aber keiner lachte und keiner rief, stattdessen kroch da eine weiche, säuselnde Hoffnung in meinen Vater, und Dimitri fand, dass der Plan zwar leider nur aus »Erstens« bestand, aber immerhin ein Plan sei, nur ich wollte unbedingt dazwischenrufen. Dass es ein Fehler sei, die vollkommen falsche Richtung, die vollkommen falsche Frau, und dass ich einen viel einfacheren Plan anzubieten hätte. Mein Vater solle einfach schleunigst auf direktem Weg zu meiner Mutter gefahren werden, und die beiden müssten sich dann nur in die Augen schauen, ein kurzer Blick werde da sicherlich reichen, und dann wüssten sie sofort, wie unsinnig alles andere sei, weil es nur darum gehe, augenblicklich ein gemeinsames Kind zu bekommen. Das war doch schließlich der einfachste Plan der Welt. Aber so wie ich die Beteiligten bisher kennengelernt hatte, waren sie vollkommen unempfänglich für einfache Pläne. Und ich konnte nur zusehen, wie mein Vater nickte, wie er »Ja, wir erobern

Claudia zurück« sagte und dabei weniger kämpferisch klang, als er es gehofft hatte. Und Dimitri nickte ebenfalls. »Das wird ein Kinderspiel, oder?«, sagte er und schlug meinem Vater auf die Schulter. Ich sah, wie er den Motor wieder startete, das Lenkrad herumriss und wie sie in die entgegengesetzte Richtung losfuhren. Und ich sah mein Leben dort am Straßenrand stehen, kleiner werdend, immer kleiner.

FÜNFZEHNTES KAPITEL

in dem meine Mutter ihr Taschenwörterbuch bemühen muss und ein unschuldiger Mann sie hungrig macht

Meine Mutter wollte liegen bleiben. Noch fünf Minuten oder fünf Tage oder besser Jahre. Es war auch fast noch Nacht, nicht einmal sechs Uhr morgens, und wie immer lag noch viel zu viel Tag vor ihr, und dann wohl noch einer und dann der nächste und so weiter, und alle würden sie gleich sein, fast genau gleich, nur manchmal Regen und meistens nicht, und ab und an wäre sie halt woanders, aber das wäre auch nur Kulisse.

Und die Traurigkeit war vollkommen einer Meinung mit ihr. »Ja, bleib einfach liegen«, flüsterte sie meiner Mutter ins Ohr und schmiegte sich an sie. »Den ganzen Tag nur wir beide im Bett. Wie früher«, und das wäre so einfach gewesen, schrecklich einfach, und die Traurigkeit zerrte an ihr, meine Mutter musste sie abschütteln, mit beiden Händen wegstoßen, um sich überhaupt aufsetzen zu können.

Durch die Fensterläden drängte sich schon die Sonne ins Zimmer. Es würde wieder ein unnachgiebig heißer Tag werden, meine Mutter durfte nicht zu lange warten. Sie rieb sich die Augen und nahm die Liste vom Nachttisch. Anfangs hatte sie sich vorgenommen, morgens immer blind auf einen der Punkte zu deuten, aber meistens hatte sie sich nicht daran gehalten und sich stattdessen für die Aufgabe entschieden, die gerade machbar schien, und in den letzten Tagen war es oft auch nur Punkt 131 gewesen, der letzte auf der Liste, hinter dem gar nichts stand, bei dem Eva anscheinend nichts mehr eingefallen war. Und je mehr Punkte sie durchgestrichen hatte, desto häufiger musste meine Mutter blinzeln, um überhaupt noch eine unerledigte Aufgabe zu treffen. Heute jedoch ließ sie die Augen vollständig offen. Sie wusste, wonach sie suchte. Punkt 63. Auf den hatte sie in den vergangenen Wochen schon ein paar Mal zufällig gezeigt, dann aber immer so getan, als sei ihr Finger verrutscht. Aber heute durfte nichts verrutschen, heute musste sie es ernst meinen, damit sie sich noch glauben konnte, damit sie nicht weiter auf der Stelle trat. Sie legte den Finger auf die Zeile, schloss kurz die Augen und öffnete sie wieder. Dann stand sie auf, schminkte sich die Lippen röter als seit Wochen und verließ das Hotel.

Es war natürlich noch viel zu früh, das war klar. Und sie brauchte eine üble Gegend, das war auch klar. Sie brauchte in dieser üblen Gegend eine üble Bar, und sie brauchte auf jeden Fall vorher eine Stärkung, also aß sie ein Croissant im ersten Café, und im zweiten trank sie einen Whiskey mit viel Wasser und im dritten einen Whiskey mit wenig Wasser und dann lieber noch einen, und sie schwankte schon, als sie am Hafen ankam, und dort Bar um Bar absuchte. In den meisten wurde nur schnell gefrühstückt oder es saß ein einsamer alter Mann am Tresen, das konnte sie nicht gebrauchen, und sie suchte weiter, Café um Café, bis sie das *Flamingo* fand und richtig war. Am Tresen drei vereinzelte Männer und eine Frau, alle mit einem Bier vor sich, alle auch um diese Zeit nicht mehr nüchtern oder immer noch nicht, alle ins Leere starrend. Sie steuerte auf den Mann zu, der am stärksten aussah, und entschied sich dann doch lieber noch einmal anders, für den mit den kurzen schwarzen Haaren und der Nase, die schon geradere Tage gesehen hatte, setzte sich neben ihn und bestellte ebenfalls ein Bier. Der Mann murmelte etwas, das vielleicht »Guten Tag« heißen sollte, aber auch alles andere kam in Frage.

»Sie sind sehr hässlich«, sagte meine Mutter, und war froh, dass ihre Stimme dabei kaum zitterte. Der Mann lachte kurz auf, sagte »Danke« und nahm einen Schluck von seinem Bier.

»Sie sind hässlich und riechen nicht gut«, sagte meine Mutter, und der Mann runzelte die Stirn, atmete einmal laut aus, und sagte, dass sie abhauen solle.

Meine Mutter drehte sich zu ihm um, traute sich aber immer noch nicht, ihn direkt anzusehen. »Sie haben ein kleines Geschlecht, das tut mir leid für Sie.« Der Satz stand im Raum, einsam und nachhallend. Dann stemmte der Mann die Hände auf den Tresen. Ob sie es sehen wolle, sein Geschlecht, fragte er, und meine Mutter bemerkte, wie sie zitterte, und sie durfte nicht zittern, sie durfte auf keinen Fall zittern. Eva hätte schließlich auch nicht gezittert. »Ich brauchte dafür wohl eine Brille, und ich brauche sonst nie eine Brille«, sagte sie, und hoffte, dass sie das grammatikalisch einigermaßen korrekt gesagt hatte.

Der Mann schnaubte, drehte sich weg, trank sein Bier, und meine Mutter merkte, dass sie sich vorher zu wenig Sätze überlegt hatte. Sie zog ihr Taschenwörterbuch aus der Jacke und blätterte hektisch darin herum. »Ihre Mutter ist eine preiswerte Prostituierte des Hafens«, sagte sie und vielleicht gerade, weil der Satz so misslang, schlug der Mann mit der Faust auf den Tresen und schrie, dass sie aufhören solle, und er tat meiner Mutter leid, dagegen konnte sie nichts machen. »Sie werden einsam sterben«, sagte sie trotzdem, und der Mann schubste sie weg, »Niemand wird für Sie weinen«, und der Mann schubste noch einmal, meine Mutter nahm sein Bierglas, schüttete es ihm über die Hose, und der Mann sprang auf, zornig, bebend, die Faust geballt. Dass sie abhauen solle, sofort, rief er, und der Barbesitzer rief das auch, und meine Mutter sagte: »Sie sind lächerlich, ein übelriechendes Pferd«, weil ihr auf die Schnelle kein besseres Tier einfiel, und der Mann beugte sich über sie, sein Bieratem, seine funkelnden Augen, sein »Ich schlage keine Frauen«, und meine Mutter versuchte zu lachen, und es gelang tatsächlich, sie lachte hoch und falsch und schlug zu, traf seinen Kiefer, nicht sehr stark, aber stark genug, dass ihre Knöchel schmerzten, und stark genug, dass der Mann zurückwankte, sich fing und schnaubend wieder auf sie zu trat. »Ich bin keine Frau«, sagte meine Mutter. »Eine Frau wäre nicht in Ihrer Nähe. Schlagen Sie zu, los, schlagen Sie zu«, und sie gab ihm mit der Rechten eine Ohrfeige, und der Mann hielt ihre Hand fest, und sie gab ihm mit der Linken eine Ohrfeige, und dann schlug er zu, dann schlug er endlich zu, auf ihr Kinn, es knirschte, es dröhnte, sie stürzte vom Barhocker, rappelte sich wieder hoch, es fiepte in ihrem Ohr. Auch Eva hätte das verdammt wehgetan. Aber sie hätte es nie zugegeben. Sie hätte behauptet, es sei ein schöner Schmerz gewesen oder irgendeinen anderen Unsinn, den nur sie sich geglaubt hätte. »Nur noch ein bisschen«, sagte sich meine Mutter. »Nur noch ein kleines Stück«, und sie warf sich auf den Mann, schlug auf ihn ein, biss in alles, was sie erreichen konnte, den Arm, die Schulter, die Luft, und der Mann versuchte, sie von sich wegzudrücken, und meine Mutter zeigte auf ihr linkes Auge, »Ich sehe doch, wie schwächlich Sie sind, ich sehe es genau«, und tatsächlich holte der Mann noch einmal aus, tatsächlich schlug er noch einmal zu und tatsächlich genau aufs Auge, das sofort zuschwoll, wie sie es gewollt hatte, oder eher: wie Eva es gewollt hatte. Aber Eva war ja nicht hier, die hatte gut reden, und es war alles andere als ein schöner Schmerz. Ihr Kopf baumelte schwer hin und her, sie flog nach hinten, direkt in die Arme des Barbesitzers, der sie zur Tür schleifte und auf die Straße stieß. »Verschwinde«, sagte er. »Lass dich hier nie wieder blicken«, und meine Mutter rief noch »Merci, Monsieur« in die Bar, dann schlug die Tür zu, und meine Mutter stand da, wankend, betrunken und atemlos, alles tat weh, eindeutig weh, und sie befühlte ihr Auge. »Ist es blau?«, fragte sie die Traurigkeit, und die Traurigkeit sagte: »Noch nicht, aber bald, sehr bald«, und meine Mutter nickte. Sie hatte plötzlich Hunger. Immer, wenn sie einen Punkt von der Liste erledigt hatte, bekam sie Hunger.

SECHZEHNTES KAPITEL

in dem ein unmöglicher Raststättenkaffee kalt wird

Ich habe auch Hunger, aber ich kann noch nichts essen. Und ich bin sehr aufgeregt, obwohl ich noch gar nicht genau weiß, was das ist: Aufregung. Die echte, die lebendige Aufregung werde ich wahrscheinlich erst kennenlernen. Aber das hier ist wohl schon einmal ein guter Vorgeschmack aufs Leben. Alles geht voran, und ich kann nur hoffen, dass die Richtung einigermaßen stimmt. Und ich bin jetzt schon außer Atem, weil ich ja ständig zwischen den Beteiligten hin und her springen muss. Ich bin schließlich im Zentrum von allem. Und das soll jetzt gar nicht so größenwahnsinnig erscheinen. Jeder ist schließlich im Zentrum seines Lebens und alle anderen sind nur mehr oder weniger große Nebenfiguren, Statisten, Erfüllungsgehilfen, die das irgendwie in ihrer Freizeit machen, denn hauptberuflich sind sie ja selbst alle im Zentrum, und das macht es furchtbar kompliziert. Und im Zentrum von allem zu sein, klingt viel besser, als es in Wahrheit ist. Im Zentrum ist man die ganze Zeit umzingelt, im Zentrum muss man sich die ganze Zeit nach allen Seiten umdrehen, und je schneller man sich dabei dreht, desto weiter entfernen sich die anderen um einen herum, das ist Physik. Und ich würde gerne kurz einmal anhalten, kurz Atem holen, aber man wartet ja auf mich, ohne es zu wissen. Meine hungrige Mutter wartet in Marseille, und mein Vater wartet mit den anderen im roten Mercedes, der noch nach kaltem Rauch riecht. Mir wird immer leicht schlecht davon. All diese angefangenen Menschen warten, zwischen denen ich mich einsam fühle, natürlich tue ich das, ich kenne sie ja auch kaum. Selbst meine Eltern sind mir noch fremd, ich beobachte sie verstohlen, versuche mir Gesten zu merken und Angewohnheiten, die mich hoffentlich noch lange begleiten werden. Und beide haben sich jetzt ihre eigenen Pläne und Sorgen eingebrockt. Die müssen sie schnell hinter sich bringen, damit es noch rechtzeitig geschieht, damit es noch heute geschieht, denn es muss ja heute sein, so ist das nun einmal mit dem Universum, es ist lächerlich und kleinkariert und ausnahmslos, und ich ahne, dass auch für mich keine Ausnahme gemacht wird, das will ich ja auch gar nicht, ich will ja Teil davon sein und nicht die Ausnahme.

Und weil ich endlich Teilnehmer sein will, kann das hier nicht meine Geschichte sein. Seine eigene Geschichte kann man ja gar nicht erzählen, jedenfalls nicht so, dass sie einem irgendjemand glaubt. Und deshalb kann ich nicht anhalten, deshalb kann ich mich jetzt nicht einfach in irgendeine Autobahnraststätte setzen, auf halbem Weg zwischen meiner Mutter und meinem Vater, kann keinen Kaffee bestellen, keinen dieser dünnen Raststättenkaffees, die ich doch auch nur vom Hörensagen kenne. Ich kann nicht aus dem Fenster schauen, hinter dem nicht viel passieren würde. Der Himmel wäre einfallslos blau, Autos würden durch den Blick fahren und nichts wäre wichtig, kurz einmal wäre nichts wichtig, kurz hätte das alles nichts mit mir zu tun. Und ich darf jetzt nicht darüber nachdenken, wie verlockend das ist. Ich darf nicht darüber nachdenken, dass man ja vielleicht nicht unbedingt geboren werden muss.

SIEBZEHNTES KAPITEL

in dem mein Vater Claudias Bein rettet und München nicht zu Amerika gehört

Claudia, also. München, also. Ein Umweg also, der mir überhaupt nicht gefiel, aber im Mercedes breitete sich Aufregung aus. Mein Vater war aufgeregt, die vermeintlich große Liebe seines Lebens wiederzusehen. Dimitri war aufgeregt, endlich etwas Klares zu tun zu haben. Und selbst der Junge war aufgeregt, weil er irgendwo dabei sein durfte, weil es ja immerhin losging. »Also wir machen das so«, sagte Dimitri. »Erstens, du kaufst ihr Blumen. Zweitens, sie weint und sagt, dass sie einen Riesenfehler gemacht hat. Drittens, ihr nennt euer Kind zum Dank Dimitri.« »Wenn es ein Junge wird«, fügte er noch hinzu, überlegte dann einen Moment und sagte: »Oder halt ein Mädchen.« Und mein Vater sagte, er wisse nicht, ob Blumen reichen würden, da müsse schon etwas besseres her, und der Junge blätterte in seinem Notizbuch und sagte: »Entdecken Sie am besten eine neue Tierart und benennen Sie die nach ihr«, und Dimitri sagte, das sei keine schlechte Idee, allerdings müsste es dann schon ein Schmetterling oder ein Raubtier sein, und nicht irgendeine Assel, aber neue Raubtiere seien extrem selten und Schmetterlinge ziemlich flink, und der Junge blätterte weiter, und sagte: »Oder Sie schreiben Claudias Namen mit einem Flugzeug in den Himmel«, und mein Vater sagte, er könne leider nicht fliegen und Dimitri sagte: »Unsinn, jeder kann fliegen«, und der Junge sagte, dass man aber aufpassen müsse, dass sich keine andere Claudia angesprochen fühle, und wie die richtige Claudia denn mit Nachnamen heiße, und mein Vater sagte: »Kleinehagenkämper«, und Dimitri sagte: »Kenn ich nicht«, und der Junge sagte, dafür wäre der Himmel vielleicht ein wenig zu klein, und Dimitri sagte: »Ich sag ja: Blumen«, und mein Vater sagte: »Oder ein Gedicht«, aber darauf reagierte niemand, und der Junge blätterte weiter und sagte: »Im achtzehnten Jahrhundert gab es noch keine unterschiedlichen Schuhe für links und rechts«, und mein Vater fragte, was das denn bitte mit Claudia zu tun habe, und der Junge sagte: Nichts, soweit er wisse, es sei aber interessant, und Dimitri sagte: »Schuhe gehen natürlich immer«, und mein Vater sagte, das sei alles nicht das richtige, Claudia mache sich nichts aus oberflächlichen Dingen, und Dimitri tätschelte ihm die Schulter und sagte, das tue ihm aufrichtig leid, und ob vielleicht irgendjemand zufällig doch noch irgendwo Zigaretten gefunden habe, aber das hatte niemand.

Ich schaute derweil aus dem Fenster, betrachtete die Landschaft, weil ich auch Landschaft noch nicht gut genug kannte. Ich mochte, wie sie sich auftürmte und verwischte. Ich mochte, wie pausenlos sie war. Und irgendwann hatte man sich im Auto darauf geeinigt, dass man einen glücklichen gemeinsamen Moment von Claudia und meinem Vater nachstellen müsste, weil der Junge in seinem Notizbuch den Satz »Wahre Liebe ist die Erinnerung an Liebe« gelesen hatte, was zwar keiner so richtig verstand, was aber sicherlich von jemandem stammte, der sich damit auskannte. Die einzige glückliche Erinnerung, die meinem Vater einfiel, war der gemeinsame Skiurlaub ganz am Anfang ihrer Beziehung, den sie komplett im Bett verbracht hatten, weil Claudia gleich am ersten Tag mit dem Knöchel umgeknickt war, und mein Vater sagte: »Nein«, als Dimitri vorschlug, Claudia als Erinnerungshilfe am besten das Bein zu brechen, und Dimitri sagte »Nein«, als der Junge fragte, ob das hier nicht schon München sei, dabei war es schon München, aber Dimitri hatte sich München größer vorgestellt, »mehr wie Amerika«, und war jetzt enttäuscht.

»Gut. Und wo wohnt deine Claudia?«, fragte er, und meinem Vater fiel jetzt erst auf, dass er das gar nicht wusste, hilfesuchend sah er über die Schulter zum Jungen, der in seinem Notizheft nachschaute, aber das wäre wohl ein allzu großer Zufall gewesen. »Kein Problem«, sagte Dimitri, er müsse nur ein paar Anrufe machen, und hielt an der nächsten Telefonzelle. Der Junge setzte seine Kopfhörer auf, und mein Vater behauptete, sich »kurz die Beine vertreten zu wollen«, stand aber nur unschlüssig neben dem Auto. Als Dimitri zurückkam, war er gut gelaunt. »Und?«, fragte mein Vater. »Was meinst du mit ›und‹?«, sagte Dimitri. »Hast du die Adresse?«, und Dimitri winkte nur ab, nein, er habe lediglich mit seiner Freundin telefoniert, die sich große Sorgen um ihn mache, was ein gutes Zeichen sei. »Sorgen sind immer gut«, sagte er und setzte sich wieder hinters Steuer. »Und jetzt?«, fragte mein Vater. Dimitri ließ den Wagen an. »Wir fahren einfach so lange rum, bis wir sie finden«, sagte er, das könne in so einem Städtchen ja nicht lange dauern. Aber selbst ich wusste, dass das kein guter Vorschlag war, selbst ich wusste, dass das lange dauern könnte, Monate lang, und wenn ich für eines keine Zeit mehr hatte, dann für Monate. »Ist Claudia ein Mensch?«, fragte der Junge plötzlich von der Rückbank. »Natürlich«, sagte mein Vater. »Dann wurde sie mal geboren, richtig?«, fragte der Junge. »Ich glaube schon«, sagte mein Vater. Der Junge notierte sich das. »Dann hat sie mit Sicherheit Eltern. Darauf müssen Sie nicht antworten, das kann ich mir selbst beantworten«, und mein Vater sagte trotzdem: »Ja.« »Vielleicht wissen die ja, wo ihre Tochter steckt. Manche Eltern wissen so etwas«, sagte der Junge, und mein Vater nickte langsam, dann nickte er schnell. Er ließ Dimitri bei der nächsten Telefonzelle halten. »Ist sieben Uhr morgens wohl zu früh für einen Anruf?«, fragte er, aber Dimitri bestätigte ihm, dass es sich um einen Notfall handele. »Hier geht es schließlich um Leben und Tod«, sagte er. »Oder zumindest um Leben.« Und das leuchtete meinem Vater ein, er stieg aus, betrat die Telefonzelle und rief erst die Auskunft und dann Claudias Eltern an. Ich hörte nicht, was er sagte. Er sprach erst sehr viel und dann gar nicht mehr, schluckte nur ein paar Mal und hängte den Hörer am Ende so vorsichtig zurück auf die Gabel, als wäre er das letzte Stück eines überaus gewagt gestapelten Turms, und als er wieder ans Auto trat, lächelte er so, wie man lächelt, wenn einem alles andere als nach Lächeln zumute ist. »Sie ist tot, oder? Sie ist komplett tot, oder? Der neue Typ hat sie umgelegt«, sagte Dimitri, und mein Vater schüttelte den Kopf, langsam und länger als notwendig. »Nein«, sagte er. »Aber sie hat gestern geheiratet.«

ACHTZEHNTES KAPITEL

in dem ein kleiner Mann in schwarzem Anzug schwitzige Hände bekommt und die Stadt Hanau einen begehrten Titel abtreten muss

WAS WIR BISLANG WISSEN

Wir wissen, was der Satz »Sie hat gestern geheiratet« in meinem Vater angerichtet hat. Wir wissen, dass der Satz sich ganz klein und unscheinbar machte, um in den Gehörgang kriechen zu können, durchs Trommelfell hindurch in die Hörschnecke, der nichts Verdächtiges auffiel, so dass sie die Laute einfach gelangweilt in Nervenimpulse umwandelte, wie es nun einmal ihre Aufgabe war. Der Hörschnecke tat es am Ende natürlich schrecklich leid, dass sie nicht gleich skeptisch geworden war, aber es wäre zu einfach, ihr die Schuld an allem zu geben. Der Satz ist also ohne Warnhinweis in die Hörbahn und direkt zum Schläfenlappen geraten, wo er auseinandergenommen wurde, in Vokale und Konsonanten zerteilt, in Tonhöhe und Melodie und Pausen und all das wurde blitzschnell und gründlich geprüft, bis ein vorläufiges Verständnis des Satzes präsentiert werden konnte, was, das wissen wir, im Gehirn immer ein kleiner, etwas fahriger Mann im schwarzen Anzug übernimmt, und diesmal war der Mann verständlicherweise besonders fahrig. »Ich fürchte«, sagte er an seinem Rednerpult und lächelte schief ins Blitzlichtgewitter. »Ich fürchte«, sagte er und wischte sich seine verschwitzten Hände an der Anzughose ab. »Ich fürchte, dieser Satz lässt nur eine Deutung zu. Dass nämlich, dafür sprechen all unsere Berechnungen, und wir haben das wirklich gründlich überprüft, dass nämlich Claudia gestern gewissermaßen, nun ja, geheiratet hat«, und dann duckte er sich schnell hinter sein Rednerpult, um den einprasselnden Fragen auszuweichen. »Zu diesem Zeitpunkt wissen wir leider nicht mehr als das«, rief er hinter dem Pult hervor, und dass es nun vor allem darauf ankomme, Ruhe zu bewahren. Aber wir wissen auch, was auf den Rat, Ruhe zu bewahren, immer folgt. Nämlich äußerste Unruhe, nämlich heilloses Chaos, nämlich blanke Panik.

Und im Gehirn wurden Schreibtische umgeworfen und Mülleimer angezündet und wild durcheinandergeschrien. Die Luftröhre wurde verengt, weil jemand der Ansicht war, dass das irgendwie von Nutzen sein könnte. Die Brust wurde zusammengepresst. Der Magen wurde auf »flau« geschaltet, weil das in irgendeinem Notfallplan stand, den seit vierhunderttausend Jahren keiner mehr überarbeitet hatte. Aus den Knien wurde alles Stabilisierende abgezogen, auch wenn niemand wusste, was man an anderer Stelle damit anfangen sollte. Jemand, der dafür offensichtlich nicht ausgebildet war, schaltete hektisch an den Schaltern für die Hitze- und Kältezufuhr herum, jemand ließ einen schrillen Pfeifton im Innenohr abspielen, was bestimmt gut gemeint war, aber alles nur noch schlimmer machte, und der kleine Mann im schwarzen Anzug rannte aufgeregt telefonierend in der Gehirnrinde auf und ab, erreichte aber immer nur einen automatischen Ansagetext, der aus nichts als einem pausenlosen »Ogottogottogottogottogottogottogottogottogottogottogott« bestand. Und dann war es für den Bruchteil einer Sekunde vollkommen still, alle blieben stehen, schauten sich erschrocken um, weil da ein Zittern war, ein Vibrieren, ein Beben, und dann explodierte es.

»Gesundheit«, sagte Dimitri. Und der Junge fragte, ob er recht in der Annahme gehe, dass es nicht mein Vater gewesen sei, den Claudia gestern geheiratet habe, und Dimitri zuckte nur mit den Schultern. »Gibt Schlimmeres als so eine kleine Heirat, oder?«, sagte er. Dann müsse sich Claudia halt wieder scheiden lassen, das sei heutzutage doch kein Problem, er kenne da einen guten Anwalt, der ihm noch einen Gefallen schulde oder dem er einen Gefallen schulde, das wisse er nicht mehr genau. Und eigentlich sei alles viel einfacher jetzt, weil so eine Heirat ja unter anderem mit Liebe zu tun habe. »Und unser Plan hat ebenfalls mit Liebe zu tun, oder?«, rief er strahlend. »Wir wissen jetzt also, dass sie anfällig dafür ist.« Im Grunde sei diese Hochzeit das Beste, was ihnen hätte passieren können, und er klatschte in die Hände und sagte, dass er nur noch mal kurz telefonieren müsse. Er ließ sich vom Jungen Kleingeld aus dem Rucksack geben, und wir wissen, dass er kurz darauf gut gelaunt wiederkam und sich hinters Steuer setzte. »Eine nette zukünftige Schwiegermutter hast du da«, sagte er zu meinem Vater, und dass es nun weitergehe. Und wir wissen, dass Dimitri das Weitergehen mochte. Wir wissen, dass es ihn nervös machte, wenn es nicht weiterging, weil er sonst anfing, sich Gedanken zu machen. Und wir wissen, dass die Gedanken es nicht immer gut mit Dimitri meinten, weil sie ihn andauernd Dinge fragten, auf die er keine Antwort wusste. Was er da eigentlich mache, zum Beispiel. Und warum nie etwas so werde, wie er sich das vorstelle. Und warum er immer behaupte, eine Freundin zu haben, obwohl er doch noch nie eine Freundin gehabt habe. Und ob er nicht merke, wie schlimm alles eigentlich sei. Kein Wunder also, dass Dimitri es eilig hatte. Er drehte sich zum

Jungen auf der Rückbank um und fragte: »In welcher Richtung liegt Paris?«, und der Junge zeigte schräg nach vorne. »Da entlang.« Und mein Vater wollte »Warum Paris?« fragen, doch das gelang ihm nicht, weil sein Sprachzentrum im ganzen Tumult sicherheitshalber evakuiert worden war, aber zum Glück wissen wir ja die Antwort. Wir wissen, dass Dimitri von Claudias Mutter erfahren hatte, wohin die Hochzeitsreise gehen sollte, nämlich in die »Stadt der Liebe«. Und wir wissen, dass Dimitri daraufhin »Also Hanau, oder?« gesagt hatte, weil seine angebliche Freundin doch aus Hanau stammte. Und wir wissen, dass Claudias Mutter ihm dann die richtige Stadt genannt hatte und auch das Abreisedatum, nämlich heute.

WAS WIR NOCH NICHT WISSEN

Wir wissen noch nicht, warum Dimitris Eile so angemessen war. Wir schauen nur nach vorne, nach schräg vorne, um genau zu sein, und haben deshalb keine Ahnung, dass die drei Männer im Pelz nicht nur den roten Mercedes, sondern auch den schwarzen Koffer vermissten. Wir haben keine Ahnung, dass sie in der Zwischenzeit ebenfalls ein paar Mal telefonieren mussten. Und vor allem haben wir keine Ahnung, dass sie in dieser Sekunde in Dimitris zerbeultem Ford Taunus die Münchener Stadtgrenze erreichten.

NEUNZEHNTES KAPITEL

in dem sich mein Vater, Dimitri und der Junge Richtung Paris aufmachen, die Morgensonne im Rücken, die Müdigkeit weggewischt, und in dem Dimitri den anderen gerade alles erzählt, was er über Paris weiß, also im Wesentlichen Eiffeltürme und »Amore«, und in dem mein Vater »Apropos Amore« sagt und schon wieder irgendetwas über Claudia erzählen will, weil ihm Sätze ohne Claudia allesamt belanglos erscheinen, Dimitri aber in letzter Sekunde seinen Revolver auf ihn richtet und damit eine langwierige Geschichte über ein verlängertes Wochenende im Elsass und eine besonders schöne Spiegelung der Sonne in Claudias Augen verhindert, und in dem der Junge anmerkt, dass er sich noch im Wachstum befinde und dringend mal etwas essen müsse, aber Dimitri sagt, wachsen und essen würden sie erst wieder in Paris, beides könne man da bekanntlich ausgezeichnet, und sie seien doch schon so gut wie da, aber damit liegt er eindeutig falsch, und in Wahrheit will er nur nichts essen, weil sie einfach kein Geld dafür haben, ein Problem, von dem er denkt, dass es sich schon von allein löse, wenn er es nur lang genug ignoriert, und er kann ja nicht ahnen, dass sich im Rucksack des Jungen neben eher vorhersagbaren Dingen wie einem Schweizer Taschenmesser und einem Gaskocher und weniger vorhersagbaren Dingen wie einem kaputten Bratenthermometer und dem zweiten Band der auch schon 1972 veralteten Reihe »Zukunft der Raumfahrt« noch etwas vollkommen Unvorhersagbares befand

Nämlich noch fast genau hunderttausend Mark in bar.

ZWANZIGSTES KAPITEL

in dem meine Mutter ein drittes Steak ausschlägt

Meine Mutter frühstückte ein Steak und dann gleich noch eines. Angeblich für Eva, aber vor allem, weil sie wirklich großen Hunger hatte. Sie hatte Hunger und ein blaues Auge, aber sonst hatte sie nichts, schon gar keine Erkenntnis. Sie war halt um eine Erfahrung reicher, die sie lieber nicht gemacht hätte, das war ein zweifelhafter Reichtum, denn die Erfahrung stand genauso hilflos in der Gegend herum wie all die anderen, die sie in den letzten Wochen gemacht hatte. Der Kellner erzählte irgendeinen Witz, den sie nicht verstand, aber mit vollem Mund hätte sie ohnehin nicht gut lachen können. Und sie bemerkte, wie die anderen Gäste sie immer unverhohlener anschauten, und dafür hatten sie auch allen Grund. »Du isst wie ein Schwein«, sagte die Traurigkeit. »Na und?«, sagte meine Mutter. »Die Leute starren schon«, sagte die Traurigkeit. »Ich weiß«, sagte meine Mutter. »Du magst das nicht«, sagte die Traurigkeit. »Vielleicht ja doch«, sagte meine Mutter. »Nein, Eva mochte das, und dir sollte das deshalb unangenehm sein«, und meine Mutter nickte. Fast alles von sich wusste sie nur mit Umweg über Eva. Meine Mutter war einfach immer die andere gewesen. Eva war die Laute, also war meine Mutter wohl die Leise. Eva war die Wilde, also war meine Mutter die Zahme. Eva war schlecht im Rechnen, also war meine Mutter gut darin. Eva rauchte, also blieb meiner Mutter nur das Husten. Sie wurde ständig mit Eva verwechselt, aber Eva nie mit ihr, und wenn jemand sie beide nach ihrem Namen fragte, sagte Eva: »Ich heiße Eva«, und meine Mutter sagte: »Ich nicht.«

Und jetzt war Eva tot, also war meine Mutter wohl lebendig und es hätte ihr doch leichtfallen müssen, aber es fiel ihr nicht leicht. Sie reichte hinten und vorne nicht. Sie hatte bisher schließlich immer nur den Platz eingenommen, der noch übrig war, und auf einmal gab es nun viel zu viel davon, auf einmal fehlten die Grenzen, und meine Mutter war ausgelaufen, zerfasert, verschwommen. Da waren all die von Eva zurückgelassenen Gebiete, all das, was sie nun selbst übernehmen musste, damit es nicht verwilderte, und sie lief durch diese Landschaft, die sie nicht kannte, die ihr oft unheimlich war und mitunter peinlich, und den einzigen Reiseführer, den sie dafür hatte, war die Liste, waren die einhunderteinunddreißig zweifelhaften Sehenswürdigkeiten. Fast alle davon hatte sie nun schon besucht, doch die Landschaft blieb fremd, Eva blieb fremd, und meine Mutter verlief sich immer weiter.

Der Kellner kam, um ihren leeren Teller abzuräumen. »Darf es noch ein Steak sein?«, fragte er lachend. »Nein«, sagte meine Mutter. »Das reicht fürs erste.«

Sie zog die nichtsnutzige Liste aus der Tasche. Die Seiten waren an den Rändern schon längst eingerissen, da waren Kaffeeflecke und Soßenflecke und sogar Blutflecke, da waren all die vergeblichen Durchstreichungen, und jetzt nur noch zwei verbleibende Aufgaben, noch zwei letzte Chancen, Punkt 77 und Punkt 130.

Punkt 130 würde sich ganz am Ende von selbst erledigen, der war einfach, aber Punkt 77 war alles andere als einfach, der war ganz und gar unmöglich: »Die Zeit anhalten.« Und meine Mutter sah Eva vor sich, wie sie diesen Punkt auf die Liste schrieb und dabei natürlich schon wusste, dass sie ihn nie erfüllen würde. Wie sie ihn nur aufschrieb, um sich etwas Unmögliches vorzunehmen, weil man am Unmöglichen ja guten Gewissens scheitern konnte. Weil alles Unmögliche eine willkommene Entschuldigung dafür war, sich mit all dem Möglichen, all dem Kleinlichen, all dem Mühsamen gar nicht länger aufhalten zu müssen.

Und meine Mutter nahm die Liste in beide Hände, zerknüllte sie zu einer faltigen Kugel und holte aus, um sie auf einen der starrenden Gäste zu werfen. Genau das hätte Eva schließlich getan. Eva hätte genau gezielt und sich anschließend auf unbestimmte Weise im Recht gefühlt. Sie hatte doch offenbar beschlossen, dass es sich alles nicht lohnte, wenn das Unmögliche nicht zu schaffen war. Sie hatte beschlossen, dass ihr der ganze Rest einfach nicht genügte und sie deshalb gar nicht weitermachen musste. Aber das war Eva gewesen. Und so sehr meine Mutter sich auch bemühte, es gelang ihr nicht, sich mit Eva zu verwechseln. Da war der ganze Rest, und ganz gleich, ob er genügte oder nicht, meine Mutter war für ihn zuständig. Und zu diesem Rest gehörte nun auch, die Zeit anzuhalten. Sie faltete die Liste wieder auseinander und strich die Seiten glatt. Das war alles möglich.

EINUNDZWANZIGSTES KAPITEL

in dem einem Ruhestand hinterhergefahren wird und ein Käfer vom Buchumschlag in die Geschichte gerät

Es ist übrigens ein haltloses Gerücht, dass es sich bei den drei Männern im Pelz um Brüder handelte, selbst von Drillingen war die Rede gewesen, dabei sahen sie sich nicht einmal ähnlich und hießen nur rein zufällig alle drei mit Nachnamen Hendel. Darüber hinaus hatten sie wenig Gemeinsamkeiten, sie mochten einander nicht besonders, und die Pelzmäntel waren einfach ein Geschenk zu ihrem fünfundzwanzigjährigen Unterweltjubiläum gewesen. Das war damals einfach so üblich. Man muss wissen, dass die Frankfurter Unterwelt in den frühen 70ern noch ziemlich arbeitnehmerfreundlich gestaltet war. Es gab Lohnfortzahlung im Krankheitsfall, es gab kostenlose Kinderbetreuung, es gab Wandertage und einen Kummerkasten für die Vorschläge und Beschwerden der Mitarbeiter. Und die drei Männer im Pelz standen allesamt kurz vor der Pensionierung, drei läppische Monate noch, und sie hatten keine Lust, sich den Ruhestand wegen eines gestohlenen Autos verderben zu lassen, denn bei aller Arbeitnehmerfreundlichkeit bedeutete ein missglückter Auftrag auch damals schon: in den Main, mit diesen schweren Schuhen an den Füßen.

Und natürlich hätten sie eigentlich keine Chance gehabt, den roten Mercedes orten zu können. Von GPS konnte man ja nur träumen, und die wenigen Überwachungskameras zeigten aus Kostengründen nur vorgefertigtes Material. Irgendein Vertreter hatte ihnen mal ein Kurzwellenpeilgerät aufgeschwatzt, aber mit dem ließ sich nur feststellen, dass das Angepeilte sich halt irgendwo befand, präziser ging es damals noch nicht, also verstaubte das Gerät auf dem Dachboden. Am Ende aber hatten sie einfach Glück gehabt, so wie man auch in der Unterwelt manchmal einfach Glück haben muss. Sie waren ziellos herumgefahren und plötzlich hatte es in ihren Walkie-Talkies geknackt, die sie vorschriftsgemäß bei sich trugen. Dimitri, der beim langen Monolog meines Vaters über Claudia gelangweilt mit den Knöpfen der Autoheizung herumgespielt hatte, war dabei auf den Schalter des eingebauten Funkgeräts geraten, und auf einmal konnten die drei Männer im Pelz jedes Wort aus dem roten Mercedes hören, sie hörten jede Menge »Claudia« und dann auf einmal »München«, sie machten sich sofort auf den Weg und hörten dabei »Blumen« und »Raubtiere« und wie Dimitri das Autoradio beschimpfte, sie hörten »Telefon« und »Heirat« und nun hörten sie »Paris«, und sie nickten sich schweigend zu, weil sie sich immer schweigend zunickten, egal, worum es ging, seit über vier Jahren, seit der missglückten Weihnachtsfeier, hatten sie kein Wort mehr miteinander gewechselt, so ging es einigermaßen.

Und nun fuhren sie in die gleiche Richtung wie mein Vater, Dimitri und der Junge, nur noch drei knappe Kilometer hinter ihnen. Es war kurz vor acht, das behaupteten jedenfalls das Armaturenbrett und ihre knurrenden Mägen. Bald würde ihr Chef aufstehen und er hatte deutlich gemacht, dass er sehr gern mit einer guten Nachricht in den Tag starten würde. Aus den Funkgeräten hörten die drei Hendels, wie Dimitri den Jungen fragte, ob der nicht irgendwann mal wieder Schule oder Eltern hätte, und sie hörten den Jungen antworten, in beiden Fällen habe es mit der Versetzung nicht so gut geklappt, und sie hörten meinen Vater im Hintergrund vor sich hin jammern, dass Claudia bestimmt schwanger sei, sonst hätte sie doch nicht so schnell geheiratet, und sie werde garantiert einen Jungen bekommen, der ihm überhaupt nicht ähnlich sehe, und bestimmt sei sie nur schwanger geworden, um etwas zu zeugen, das sie täglich nicht an ihn erinnere, und sie hörten Dimitri sagen: »Stichwort Zigaretten«, obwohl niemand zuvor Zigaretten erwähnt hatte, und dass er an der nächsten Raststätte rausfahren werde, und die drei Männer im Pelz nickten sich noch einmal zu, weil sie jetzt den Abstand endlich wieder verkürzen konnten, aber in genau dem Moment hörten sie den Jungen rufen: »Schauen Sie mal. Das da drüben ist wahrscheinlich Claudia.« Die drei Männer im Pelz schauten sich noch einmal an und vergaßen sogar zu nicken. Und ohne dass sie es wussten, dachten sie alle in diesem Moment genau dasselbe, sie dachten: »Bitte, lass es nicht Claudia nicht sein. Wir wollen keine Claudia. Wir wollen in den Ruhestand. Wir wollen die Pelzmäntel ein für alle Mal ausziehen und auf unseren Terrassen milde lächeln. Das haben wir uns verdient.« Und sie seufzten und der Motor des Ford Taunus seufzte ebenfalls, weil er einfach nicht schneller konnte. Und ich verstand das gut. Auch ich fand, dass der Junge doch einfach mal etwas hätte übersehen können. Wer nie etwas übersieht, kommt schließlich nicht weit. Aber er hatte natürlich recht. Natürlich war das Claudia. Dort vorne, in dem VW-Käfer, der noch mit Blumen geschmückt war und hinter dem ein Schwarm leerer Konservenbüchsen aufgeregt auf und ab hüpfte, als hätten sie ihr ganzes Büchsenleben schon davon geträumt, endlich mal nach Paris zu kommen. Und auf die Heckscheibe war ein großes Herz gemalt, darin ein C und ein F. »Das C ist klar, aber wofür steht das F?«, fragte der Junge, und Dimitri sagte: »Für Vollidiot natürlich«, und mein Vater sagte: »Für ›Fantastisch im Bett‹«, und der Junge nickte und nickte noch einmal und sagte, beides würde ihn sehr wundern, aber er wundere sich ja gern. Und damit war er als Einziger in dieser Geschichte am richtigen Platz.

ZWEIUNDZWANZIGSTES KAPITEL

in dem zwei Verdächtige verhört werden

MITSCHRIFT DER BEFRAGUNG DER SEHNSUCHT MEINES VATERS

Stimmt es, dass Sie über einen Zeitraum von dreiundvierzig Tagen immer wieder betont haben, wie wichtig es für meinen Mandanten sei, Claudia wiederzusehen?

Sehnsucht: Ja. Das stimmt.

Und stimmt es, dass Sie sich sogar zu folgender Behauptung haben hinreißen lassen, ich zitiere wörtlich: »Nichts anderes auf der Welt hat sonst noch irgendeine Bedeutung«?

Sehnsucht: Ich kann mich an den genauen Wortlaut nicht erinnern. Aber ja, sinngemäß trifft das wahrscheinlich zu.

Und trifft es auch zu, dass Sie meinem Mandanten wiederholte Male versprochen haben, alles werde wieder gut, wenn er nur die Chance bekomme, Claudia zu sprechen und ihr noch einmal alles zu sagen?

Sehnsucht: Nein, versprochen habe ich ihm das nicht. Die Möglichkeit angedeutet, das vielleicht schon.

Was genau hätte mein Mandant Claudia denn Ihrer Meinung nach alles sagen sollen?

Sehnsucht: Das wusste ich selbst nicht genau. Alles halt. Irgendetwas Großes und Ergreifendes. Ich verließ mich einfach darauf, dass ihm das schon einfallen würde, wenn es dazu käme. Und es war ja nun wirklich nicht davon auszugehen, dass der Fall jemals eintreten würde.

Sie haben also bewusst Hoffnungen geschürt für ein Szenario, das Ihnen selbst vollkommen unrealistisch erschien?

Sehnsucht: Selbstverständlich. Das ist meine Aufgabe als Sehnsucht.

Aber nun steht dieses Szenario unmittelbar bevor. Claudia ist nur noch zwei Autolängen entfernt. Wie ist Ihre Einschätzung der momentanen Lage?

Sehnsucht: (nuschelt Unverständliches)

Wie bitte?

Sehnsucht: Ich habe kein so gutes Gefühl.

Höre ich richtig? Seit dreiundvierzig Tagen belästigen Sie

meinen Mandanten mit Ermahnungen, wie entscheidend dieses Treffen ist, und nun haben Sie »kein so gutes Gefühl«?

Sehnsucht: Ja. Nein. Keine Ahnung. Vielleicht habe ich ein klitzekleines bisschen übertrieben. Möglicherweise ist dieses Wiedersehen doch keine so wahnsinnig gute Idee.

Und das hätte Ihnen nicht früher einfallen können?

Sehnsucht: Vielleicht. Was weiß ich? Ich bin doch hier nur die Sehnsucht. Ich mache nur meinen Job. Ich zeige auf, was alles fehlt. Nicht mehr und nicht weniger. Aber wissen Sie was passiert, wenn es dann plötzlich nicht mehr fehlt? Wissen Sie das? Ich löse mich auf. Ja, ganz einfach auf. Das ist kein Spaß. Das ist kein angenehmes Gefühl, glauben Sie mir. Sie sitzen hier in Sicherheit mit Ihrer gerunzelten Stirn und Ihren gerunzelten Fragen, und ich bin verdammt noch mal kurz davor, mich aufzulösen. Ich bin Opfer, kein Täter. Ich muss mir das hier nicht gefallen lassen. Sie haben kein Recht, mich weiter festzuhalten. Ich werde jetzt gehen.

(Sie bewegt sich nicht von der Stelle.)

MITSCHRIFT DER BEFRAGUNG DER SEHNSUCHT VON DIMITRI

Stimmt es, dass Sie immer wieder behauptet haben, ein fahrendes Auto zu rammen, sei mit Sicherheit eines der »erhabensten Gefühle der Menschheit«?

Sehnsucht: Japp.

Und nun hat mein Mandant tatsächlich die Chance, ein fahrendes Auto zu rammen. Würden Sie ihm immer noch dazu raten?

Sehnsucht: Japp.

Sie glauben also, dass das Gefühl in der Realität ebenso erfüllend ist, wie Sie es ihm immer beschrieben haben?

Sehnsucht: Hundertprozentig. Er soll es rammen, oder? Und zwar unverzüglich.

Keine weiteren Fragen.

DREIUNDZWANZIGSTES KAPITEL

in dem viel durcheinandergerufen wird
und es am Ende dreimal kracht

Ich kenne mich noch nicht so gut mit Leben aus. Ich weiß nicht, was alles richtig ist. Aber ich kann zumindest schon ahnen, was falsch ist. Und wenn man in Begleitung eines Unterweltkönigs namens Dimitri, der weder Unterweltkönig ist noch Dimitri heißt, und eines zwölfjährigen Jungen, der fast ausschließlich aus offenen Fragen besteht, auf der Autobahn neben seiner großen Liebe herfährt, die gerade auf direktem Weg in ihre Flitterwochen ist, ahne ich zumindest, dass es falsch ist, in genau dem Moment, wenn die Wagen auf gleicher Höhe sind, hektisch nach hinten zu greifen, dem Jungen die Pudelmütze vom Kopf zu reißen und sie sich übers Gesicht zu ziehen. Aber genau das tat mein Vater, weil die Sehnsucht ihm in letzter Sekunde noch schnell mitgeteilt hatte, dass es doch keine so gute Idee sei, wenn Claudia ihn jetzt wiedersähe. Und tatsächlich erkannte Claudia meinen Vater nicht, als sie nach links in den Mercedes blickte, und bekam stattdessen einen noch viel größeren Schrecken, weil sie einen vermummten Mann sah, und daneben einen wild winkenden Dimitri und auf dem Rücksitz einen Jungen, der seinen Fuß in die Höhe reckte, weil er Claudia an den schönen Skiurlaub mit dem verstauchten Knöchel erinnern wollte, und sie rief ihrem frisch angetrauten Mann zu, er solle schneller fahren, und der Käfer tat, was er konnte, und im Mercedes rief mein Vater: »Ist das Claudia? Sieht sie schwanger aus?«, weil er durch die dicke Wolle der Pudelmütze nichts richtig erkennen konnte, und der Junge und Dimitri riefen: »Vielleicht«, sie hatten Claudia schließlich nie zuvor gesehen, und mein Vater rief, worauf sich das »Vielleicht« denn beziehe, auf Claudia oder auf ihre Schwangerschaft, und Dimitri rief: »Die hauen uns ab, wir müssen sie rammen«, und der Junge rief: »Auf jeden Fall«, und mein Vater rief: »Auf keinen Fall«, und Dimitri riss das Steuer herum, und mein Vater griff ihm ins Lenkrad und riss es wieder zurück, und Claudia rief: »Fahr verdammt noch mal schneller« und ihr Mann rief bestimmt auch etwas, aber das war nicht zu verstehen.

Und ich weiß das natürlich nicht, doch ich ahne, dass es falsch von Dimitri war, Claudias Auto unbedingt rammen zu wollen, aber er hatte nun einmal schon sehr lange davon geträumt, einen Anlass zum Rammen zu haben, und solche Gelegenheiten ergeben sich nicht oft im Leben, also versuchte er, meinen Vater wegzudrücken, aber so verzweifelt, wie der in den vergangenen dreiundvierzig Tagen Claudia unbedingt wiedersehen wollte, so verzweifelt wollte er sie jetzt unter keinen Umständen sehen, oder jedenfalls nicht unter diesen Umständen, und eine Verzweiflung lässt sich nicht so leicht wegdrücken, das merkte auch Dimitri und zog zur Unterstützung den Revolver aus seiner Jacke, was drüben im Käfer verständlicherweise nicht unbedingt zur Beruhigung beitrug, zumindest zu Beginn einer Hochzeitreise will man schließlich nicht erschossen werden, und Claudia schrie vollkommen zu Recht: »Tu doch was«, und ihr Mann tat was und er tat das einzig Sinnvolle: Er trat in die Bremsen.

Der Käfer quietschte und schlingerte und mein Vater ließ das Lenkrad los und Dimitri riss es mit einer Hand herum, der Wagen sprang zur Seite, aber da war nichts mehr, was er rammen konnte, nur noch die leere Spur und dahinter die Leitplanke, und der Junge sagte noch: »Wir haben uns verfahren«, und dann krachte es, und dann krachte es noch einmal, weil mein Vater natürlich niesen musste, und gleich darauf krachte es ein drittes Mal, weil der Käfer nicht schnell genug anhalten konnte, Glas splitterte, Blech barst, zum ersten Mal schrien alle gleichzeitig und die Zeit blieb für einen winzigen, unnützen Moment stehen.

VIERUNDZWANZIGSTES KAPITEL

in dem Sorgen ihren Besitzer wechseln

Eva hatte früher einmal gewusst, wie man die Zeit anhält. Und sie hatte es meiner Mutter genau erklärt. Es musste um Mitternacht sein, »natürlich Schlag Mitternacht«, hatte sie gesagt, und meine Mutter hatte genickt, als verstünde sich das von selbst. Und eine Sekunde vorher müssten sie beide die Augen schließen und beide an genau dasselbe denken, was man vorher natürlich nicht absprechen durfte. Und es sei entscheidend, nur an diese eine Sache zu denken, an nichts anderes, eine Sekunde lang, das sei wirklich zu schaffen, und dann würde die Zeit, das versprach Eva hoch und heilig, tatsächlich stillstehen. »Für wie lange?«, hatte meine Mutter gefragt, und Eva hatte geantwortet: »Für immer«, wobei es »immer« dann natürlich nicht mehr geben würde, auch nicht mehr »sehr lange« oder »bald« oder »morgen« oder »vor hundert Jahren«, alle Zeit wäre verschwunden, was bedeuten würde, dass alles gleichzeitig geschehe, nur dass es halt auch kein »gleichzeitig« mehr gebe, und meine Mutter hatte gefragt, ob das nicht furchtbar verwirrend sei, und Eva hatte gelächelt und gesagt, nein, im Gegenteil, alles sei unendlich ruhig. Und sie hatte es mit so weicher Stimme gesagt, als wüsste sie ganz genau, wie sich das anfühlte, als ob sie die Zeit schon Dutzende Male angehalten hätte, und meiner Mutter war das nicht geheuer, aber Eva hatte sie beruhigt. Man müsse nur gleichzeitig an das Wort »weiter« denken, dann gehe die Zeit wieder los, und meine Mutter hatte sie skeptisch angeschaut und gefragt, wie das gehen solle, wenn es doch kein »gleichzeitig« mehr gebe, und Eva hatte gesagt: »Lass das mal meine Sorge sein.« Das hatte Eva meistens gesagt, wenn sie irgendwelchen Einwänden begegnete, und meine Mutter hätte auch wirklich gern alles immer Evas Sorge sein lassen, aber das ging leider nicht, weil die Sorgen Eva nicht mochten oder Angst vor ihr hatten, jedenfalls schienen sie stets einen großen Bogen um sie zu machen und kehrten dann umso lauter durcheinanderredend zu meiner Mutter zurück, aber davon erzählte sie Eva nichts. Die Sorgen gehörten nur ihr, immerhin die Sorgen.

Und um kurz vor Mitternacht hatten sie sich damals in Evas Bett gesetzt und auf den roten Wecker gestarrt. Eva hatte aus der Packung ihres Vaters zwei Zigaretten gestohlen, wo keine Zeit sei, könne man schließlich auch rauchen, und meine Mutter hörte, wie von draußen der Wind gegen die Fensterscheiben drückte, als wollte er dringend in Sicherheit, und sie überlegte, woran Eva wohl denken würde, wenn es gleich so weit war, und es schien ihr vollkommen unmöglich, das zu erraten, weil es so furchtbar viele Dinge gab, an die gedacht werden könnte, und sie fühlte sich schuldig, weil sie sich doch eigentlich blind verstehen sollten, und dann hatte sie beschlossen, einfach an alles zu denken, an einen riesigen Haufen aus allem, was es gab, Hunde und Hosen und Telefone und Radiergummis und Gabeln und Fenster und Wind in den Haaren und Schneemänner und Briefmarken und nicht erwiderte Liebe und Kaugummis und Zeitungsrascheln und Pflaster und Langeweile und die gelbe Handtasche, und sie war sich auf einmal ganz sicher, dass Eva auch an alles denken würde, und auf einmal war der Haufen keine Lösung mehr, sondern eine Bedrohung, weil sie gar nicht wollte, dass die Zeit stehen blieb, weil das Vergehen das einzige an der Zeit war, das sie mochte, sie mochte das »bald«, sie mochte das »später«, sie mochte das »wenn ich groß bin«, und nichts erschien ihr schlimmer, als hier und jetzt stecken zu bleiben, in diesem verwaschenen Schlafanzug, mit diesem albernen Pferdeschwanz und mit nichts, was sie richtig konnte, außer sich Sorgen zu machen, und Eva flüsterte: »Jetzt« und schloss die Augen, und meine Mutter riss ihre Augen auf, um keinesfalls aus Versehen zwinkern zu müssen, und sie wollte sicherheitshalber dringend an Blumenkohl denken, weil Eva keinen Blumenkohl mochte, aber das gelang nicht, es blieb der Haufen, nur dass nun auch noch Blumenkohl darauflag, und sie starrte auf den Sekundenzeiger, wie er die Zwölf erreichte, und sie wusste ja, dass er weiterziehen würde, weil ihre Augen schließlich offen waren und Evas Trick so nicht funktionieren durfte, aber dennoch gab es einen kurzen Moment, in dem der Zeiger zögerte, verharrte, und der Moment dauerte viel länger als eine Sekunde, meine Mutter hörte ihr Herz schlagen und sonst hörte sie nichts, keinen Wind, keine Eva, kein Ticken, alles stand still, grauenhaft still, dann kippte der Zeiger zur Seite, zum ersten Strich, dann zum zweiten, und Eva öffnete ihre Augen. »Es hat leider nicht geklappt«, sagte meine Mutter mit gespieltem Bedauern, und Eva sah tatsächlich enttäuscht aus, schaute sich nach allen Seiten um, dann schüttelte sie den Kopf. »Das wissen wir nicht«, sagte sie. »Vielleicht können wir uns auch nur nicht daran erinnern.«

Und jetzt, sechzehn Jahre später, stand meine Mutter in Marseille vor dem Bistro auf der Rue Caisserie und schaute auf eine Straßenuhr. Fünf Minuten nach zehn war es angeblich. Und über acht Millionen Minuten nach dem ersten Versuch sollte meine Mutter schon wieder die Zeit anhalten. Und sie schämte sich dafür, Eva damals tatsächlich kurz geglaubt zu haben. Sie schämte sich für die paar Augenblicke, in denen sie befürchtet hatte, womöglich etwas so Fundamentales wie die Zeit kaputt zu machen und alles unwiderruflich aus dem Gleichgewicht zu bringen. Und auch damals hatte sie sich gleich anschließend über Eva geärgert. Es schien nur wieder eine ihrer Mutproben gewesen zu sein, »Komm, wir fahren mit verbundenen Augen den Berg runter«, »Komm, wir kleben die Nachbarskinder aneinander«, »Komm, wir halten die Zeit an«, nur ein weiterer Vorschlag, bei dem sie darauf zählen konnte, dass meine Mutter ihn verhinderte, und Eva dann enttäuscht tun konnte, obwohl sie wahrscheinlich heimlich erleichtert war.

Aber meine Mutter hatte jetzt niemanden, der es für sie verhindern konnte. Sie musste sich mal wieder selbst im Weg stehen. Und es schien ihr fast wie ein höhnischer Gruß von Eva, sie nun noch einmal an genau derselben Aufgabe scheitern zu lassen. Dabei war sie ja gar nicht gescheitert. Eva war gescheitert. Und vielleicht war es auch gar keine Mutprobe gewesen, sondern tatsächlich ein verzweifelter Versuch, das »bald« zu verhindern, das »später«, das »wenn ich einmal groß bin«. Und ja, die Zeit anzuhalten war schon damals unmöglich gewesen, aber meine Mutter hatte kein Recht gehabt, es zu sabotieren. Sie hatte kein Recht gehabt, die Augen offen zu lassen und es nicht einmal zu versuchen.

Und jetzt war es zu spät, über acht Millionen Minuten zu spät. Und sie konnte Eva keine Sorgen mehr überlassen, und Eva konnte nicht mehr so tun, als ob sie von Sorgen nie eine Ahnung gehabt hätte. Auch die Sorglosigkeit musste meine Mutter jetzt übernehmen. Oder zumindest so tun. Und sie lief los, und die Traurigkeit fragte, was zum Teufel sie denn vorhabe. »Die Zeit anhalten natürlich«, sagte meine Mutter. Und die Traurigkeit lachte auf und rief ihr hinterher: »Du weißt doch ganz genau, dass du das nicht schaffst«, aber meine Mutter blieb nicht stehen. »Nein«, antwortete sie. »Nicht ganz genau.«

FÜNFUNDZWANZIGSTES KAPITEL

in dem vieles schon erledigt ist

WAS WIR ZUM BEISPIEL WISSEN

5. Einen Tag lang zu allem »Ja« sagen
12. Einem Schiff hinterherwinken
16. Beim Pferderennen wetten (so lange, bis man gewinnt)
21. Eine Eidechse fangen
28. Ein (kleines) Feuer legen
35. Eine Woche lang kein Wort sagen
44. Auf einem Friedhof übernachten
49. Eine ganze Torte essen, ohne die Hände zu benutzen
59. Einen Tiger streicheln (Löwe zählt auch)
72. Einem Taxifahrer sagen: »Folgen Sie diesem Wagen da«
73. Ein horrendes Trinkgeld hinterlassen
83. Zur Beichte gehen (und nicht lügen)
98. Im Supermarkt obszöne Zeichnungen auf Gemüse hinterlassen

107. Jemanden rächen
114. Einem Kind sein Eis klauen
128. Einem Fremden aus dem Telefonbuch eine Postkarte mit dem Satz »Ich weiß alles« schicken
131.

WAS WIR NICHT WISSEN

Von den meisten anderen Punkten auf der Liste wissen wir nichts, weil Evas Handschrift nicht besonders leserlich war.

SECHSUNDZWANZIGSTES KAPITEL

in dem alle zunächst mit dem Schrecken davonkommen und dann am Ende noch einmal

Zumindest ich blieb beim Unfall vollkommen unverletzt. Alles andere wäre ja auch ein Ding der Unmöglichkeit, aber dennoch übte ich schon einmal, wie sich Erleichterung anfühlte. Alle anderen hingen ein paar besorgniserregende Sekunden lang benommen in ihren Sitzen. In allen Köpfen surrte es, der Scheibenwischer des Mercedes war angesprungen und versuchte, etwas Unsichtbares von der Scheibe zu kratzen. Er nahm seine Aufgabe sehr ernst. Claudia war die erste, die wieder zu sich kam. Sie fragte ihren Mann, ob er in Ordnung sei, und ihr Mann fragte sie, ob sie in Ordnung sei, und mein Vater fragte den Jungen, ob er in Ordnung sei, und der Junge reagierte nicht, dafür fragte Dimitri, ob ihm endlich mal jemand sagen könne, ob er selbst in Ordnung sei, und mein Vater sagte: »Ja, scheint so«, und Dimitri sagte, das höre er gern.

Später würden alle sagen, sie seien zum Glück noch einmal mit dem Schrecken davongekommen. Dabei kann so ein Schrecken mitunter viel komplizierter ausfallen als jeder Beinbruch. Ein Schrecken kann sich entzünden, ein Leben lang, er kann schief zusammenwachsen und schwere Haltungsschäden verursachen, wenn man schon längst nicht mehr damit rechnet. Manche Schrecken sind sogar vererblich, und vielleicht ist es gar kein Wunder, vielleicht nicht einmal ein Zufall, dass mich, wenn alles gut geht, schließlich ein Autounfall töten wird, dass der Schrecken einfach fast siebzig Jahre auf den richtigen Moment gewartet haben wird. Mein Vater und Dimitri waren aber einfach nur froh darüber, noch alles bewegen zu können, auch wenn sich mehr bewegte, als ihnen lieb war, nicht nur ihre Arme und Beine und Hüften und Hälse, sondern auch die Fahrbahn, der Gegenverkehr, die Felder, der Himmel, alles schüttelte sich aus, alles wankte, und als mein Vater die verbeulte Beifahrertür aufstieß, die sofort müde auf den Asphalt schepperte, und er nach Claudia sehen wollte, sprang der VW-Käfer in seinem Blickfeld so wild hin und her, dass es ihm schwerfiel, sich für eine genaue Richtung zu entscheiden.

Claudia hatte natürlich keine Ahnung, wer dieser Mann war, der da mehr oder weniger auf sie zuwankte und dabei etwas rief, was ungefähr nach ihrem Namen klang. Die Windschutzscheibe war zersplittert, mein Vater trug immer noch die Pudelmütze des Jungen überm Gesicht, und Claudia rüttelte aufgeregt an ihrem Mann und fragte ihn, was zum Teufel eigentlich los sei, aber das wusste der ja ebenso wenig, auch er hatte sich die Flitterwochen anders vorgestellt, und er wollte, dass sie endlich begannen, er wollte alle Hindernisse aus dem Weg räumen, und das größte Hindernis war gerade eindeutig mein Vater, also stieg er aus und stellte sich ihm in seinen ungeraden Weg, und dann ging alles sehr schnell.

Claudias Mann wollte ihm die Mütze vom Kopf ziehen, aber genau dann überrollte meinen Vater die Wut. Auf sein Leben, das nun anscheinend von einem anderen gelebt wurde, auf diese Abzweigung, die er nun nehmen musste, und die doch geradewegs in Sackgassen führte, auf die gelähmten Tage und die unaussprechlichen Gedichte, auf all die Schrammen und Beulen und Verluste, und er holte mit dem Kopf aus und hämmerte seine Stirn Claudias Mann ins Gesicht, und Claudia sprang sofort aus dem Wagen, weil sie den Schwur, sich auch in schlechten Zeiten beizustehen, nicht schon nach ein paar Stunden brechen wollte, und Dimitri sprang aus dem Wagen, weil er sehr gerne etwas brechen wollte, und Claudia und ihr Mann nicht so aussahen, als könnte ihm selbst dabei viel passieren, und genau in dem Moment, als alle mitten auf der Autobahn standen, erreichten die drei Männer im Pelz die Unfallstelle.

Später würden alle sagen, sie wüssten gar nicht mehr genau, was dann geschah. Aber ich weiß es. Claudia schrie und schlug auf meinen Vater ein. Dimitri umklammerte Claudias Mann, der sich beide Hände vor die blutende Nase hielt. Und die Pelzmänner nickten sich dreimal zu, dann stiegen sie aus und liefen Richtung Mercedes, und Claudia hielt sie für Komplizen meines Vaters, versperrte ihnen den Weg und schrie, was um Himmels Willen denn alle von ihr wollten und warum sich alle so albern verkleidet hätten, und mein Vater stellte sich mit halbwegs erhobenen Fäusten neben sie, weil er auch gerne seiner Ehefrau in schlechten Zeiten beistehen wollte, auch wenn es sich nur um seine verhinderte Ehefrau handelte und er an den schlechten Zeiten nicht ganz unschuldig war, und Dimitri befand, dass die drei Männer im Pelz zu entschlossen und zu bewaffnet aussahen, um noch weiter am Kampf teilzunehmen. Er schlich zurück zum Mercedes, umklammerte dabei von hinten als Schutzschild noch immer Claudias Mann, und der war zu benommen von seiner gebrochenen Nase, um sich dagegen wehren zu können. Dimitri stieß ihn auf den Beifahrersitz und hoffte, dass auch der Mercedes mit dem Schrecken davongekommen war. Und tatsächlich sprang der Motor an, wenn auch unwillig, wenn auch ungesund hustend, die Stoßstange schleifte ein paar Meter lang erschöpft über den Asphalt und fiel schließlich ab, und die drei Männer im Pelz rannten hinterher, rannten so schnell sie konnten, was aber nicht reichte, was nie reichte.

Mein Vater packte Claudia am Arm. »Weg hier«, flüsterte er, und Claudia zögerte verständlicherweise, aber etwas an ihm kam ihr dann doch vertraut vor und eine Pudelmütze erschien ihr in jedem Fall harmloser als ein Revolver, und während die drei Männer zum ersten Mal seit über vier Jahren etwas zueinander sagten, und zwar alle dasselbe, und zwar alle gleichzeitig, und zwar alle: »Verdammte Scheiße«, kletterten mein Vater und Claudia über die Leitplanke und rannten so atemlos über das angrenzende Feld, wie sich mein Vater das unter anderen Umständen dreiundvierzig Tage lang gewünscht hatte, und es war vollkommen unnötig, dass sie dabei Haken schlugen und sich duckten, denn die drei Männer würdigten sie keines

Blickes, sie gingen fluchend und überdrüssig und einander verachtend zurück zu Dimitris Ford Taunus, und als sie einstiegen, saß der Junge auf der Rückbank, noch blass, noch unter Schock, aber allem Anschein nach in Ordnung. »Dann gehöre ich jetzt wohl hierhin«, sagte er und versuchte ein Lächeln, das jedoch misslang.

SIEBENUNDZWANZIGSTES KAPITEL
in dem die Liebe sich danebenbenimmt

Wenn ich das mit der Liebe bislang richtig verstanden habe, lässt sie einen hauptsächlich jammern. Sie lässt einen kalte Dosenravioli essen und mit ungepflegten Bärten noch ungepflegtere Gedichte schreiben. Sie lässt einen Konservenbüchsen an Autos binden und Nasen brechen und beharrlich ganze Nächte zergrübeln, und wenn man sie gerade nicht hat, die Liebe, dann wünscht man sie sich offenbar ständig herbei und denkt sich, wie Dimitri, wunderschöne Freundinnen aus, über die man dann ebenso wunderschön jammern kann, weil selbst ausgedachte Lieben nicht immer wunderschön sind, und vielleicht denkt man sie sich auch nur aus, um aus gutem Grund jammern zu können. Vielleicht ist das Jammern einfach nicht zu verhindern, und man muss sich nur deshalb ständig verlieben, damit man nicht so ins Leere jammert.

Ich bin natürlich in keiner Position, das beurteilen zu können. Ich war noch nie verliebt. Aber wahrscheinlich wird auch mir das irgendwann mal unterlaufen. Ich weiß nicht genau, ob ich mich darauf freuen soll. Mir fallen noch wenig Gründe dafür ein. Und es ist mir auch ehrlich gesagt vollkommen gleichgültig, ob meine Eltern sich ineinander verlieben. Wenn ihnen das dabei helfen sollte, mich zu bekommen: einverstanden. Sonst können sie es aber auch gern bleiben lassen.

Und wenn ich das mit der Liebe richtig verstehe, dann ist sie auch nicht besonders gut darin, einen stilvollen Abgang hinzulegen, und der eine schreibt dann halt Gedichte oder die andere will diese Gedichte auf keinen Fall hören, der eine ruft stündlich an und die andere legt am besten den Hörer neben die Gabel, der eine lächelt dümmlich, wie mein Vater zum Beispiel, als er nun gemeinsam mit Claudia außer Sichtweite der Autobahn war, und die andere fängt laut an zu schimpfen, wie Claudia zum Beispiel, als mein Vater sich endlich seine Pudelmütze vom Gesicht zog. »Das ist jetzt nicht dein Ernst!«, schrie sie, und sie hätte wahrscheinlich selbst gern etwas Passenderes geschrien, weil es als Spaß ja alles noch viel fragwürdiger gewesen wäre, und mein Vater hätte mit Sicherheit gern etwas Passenderes erwidert als »Bist du schwanger?«, schließlich hatte er sich wochenlang überlegt, was er Claudia als erstes sagen wollte, wenn er sie endlich wiedersehen würde, aber seitdem er überzeugt davon war, dass Claudia bestimmt nur geheiratet hatte, weil sie ein Kind erwartete, konnte er an wenig anderes denken. Und er hatte sich doch auch schon so schön ausgemalt, wie Claudia ihm das alles unter Tränen erklären würde, und wie großherzig er ihre Tränen wegwischen würde. Er hatte sich ihren verschwommen fragenden Blick ausgemalt und sein angedeutetes Lächeln, das alle Fragen vollständig beantwortete. Ja, er würde ihr verzeihen. Ja, er würde ein liebevoller Stiefvater werden. Ja, ab jetzt würde endlich alles gut.

Und weil die Liebe einen anfällig dafür macht, selbst das Abwegigste als ein gutes Zeichen zu deuten, schaute er hoffnungsvoll an Claudia herunter, um zu sehen, ob sich unter ihrem Kleid ein Bauch wölbte, auch wenn es dafür ohnehin viel zu früh gewesen wäre. Er prüfte hoffnungsvoll, ob da dieses Glitzern in ihren Augen zu sehen war, von dem er so oft gehört hatte, und tatsächlich war da ein Glitzern, das aber, wenn man nur halbwegs genau hinschaute, eher ein Glimmen war, ein Lodern, und mehr auf unbändige Wut schließen ließ als auf mütterliche Vorfreude. Und diese Wut traf nun meinen Vater. »Wie bitte?«, sagte Claudia und: »Nein« und: »Was willst du damit sagen?«, und dass er ihr sofort erklären solle, was hier eigentlich los sei, oder nein, er solle besser nichts erklären, er solle gar nichts mehr machen, sie nur in Ruhe lassen, und sie lief wieder Richtung Autobahn, und mein Vater blieb bekümmert zurück, auf diesem brachliegenden Feld im Nirgendwo, er fühlte etwas im Mund, was dort nicht hingehörte, jedenfalls nicht so lose, einen Schneidezahn, vom Unfall eben, weil die Liebe einem halt manchmal auch die Zähne ausschlägt, und da stand er nun, eine Pudelmütze in der linken Hand, in der rechten einen halben Zahn, und eigentlich hätte es nun zu regnen anfangen müssen, aber nicht einmal das passte, und die Liebe fragte leise, ob sie nun besser gehen solle, und mein Vater sagte nein, das komme überhaupt nicht in Frage, nun dürfe sie erst recht nicht gehen, sonst würde es ja auf diese Weise enden mit ihm und Claudia, und dann wäre ja alles nur vollkommen lächerlich gewesen und nichts, was man sich später Arm in Arm zum hundertsten Mal erzählen konnte. Die Liebe hatte gefälligst zu bleiben, und mein Vater rief Claudia hinterher, dass sie warten solle, und hoffte, dass ihm schnell ein guter Grund dafür einfallen würde, aber Claudia stapfte nur weiter entschlossen über das staubige Feld und rief: »Komm mir bloß nicht nach«, und mein Vater lief hinter ihr her, weil die Liebe einen ungehorsam macht, er rannte, holte Claudia ein, hielt sie an der Schulter fest. »Warte«, sagte er noch einmal, und Claudia schüttelte sich los, »Warum sollte ich?«, fragte sie, ohne sich umzudrehen, und mein Vater sagte: »Ohne mich findest du deinen Mann niemals wieder«, denn auch dafür ist sich die Liebe nicht zu schade, sie lässt einen lügen wie gedruckt und redet einem auch noch ein, es seien nur rührende Notlügen, weil in der Liebe immer Not herrscht. Und Claudia blieb tatsächlich stehen.

ACHTUNDZWANZIGSTES KAPITEL

in dem eine etwas einseitige Freundschaft geschlossen wird

DIMITRIS FRAGEN, AUF DIE CLAUDIAS MANN IM ROTEN MERCEDES NOCH WAHRHEITSGEMÄSS ANTWORTETE

Weißt du, was das hier ist?
Und sieht die geladen aus?
Willst du es herausfinden?
Wäre es nicht also klüger, nett zu mir zu sein?

Rauchst du?
Sicher?
Warum nicht?
Hast du auch einen Namen?
Und welchen?
Willst du mich verarschen?
Echt? Fridtjof?
Das ist ein bescheuerter Name, oder?
Wohin fahren wir eigentlich?
Was sollen wir denn bitte in Paris?
Du weißt schon, dass deine Ehe gerade geschieden wurde, oder?
Oder hast du was dagegen?

DIMITRIS FRAGEN, AUF DIE CLAUDIAS MANN ANGESICHTS VON DIMITRIS GEZÜCKTEM REVOLVER DANN NICHT MEHR WAHRHEITSGEMÄSS ANTWORTETE

Also noch mal: Hast du was dagegen?
Und das sagst du jetzt nicht nur so?
Bist du nicht froh, endlich wieder Junggeselle zu sein?
So als einsamer Wolf ist es doch am besten. Hab ich recht oder hab ich recht?
Verheiratet zu sein ist ja in Wahrheit gar nicht so schön, wie man sich das jede Nacht vorstellt. Hab ich recht oder hab ich recht?
Hab ich recht oder hab ich recht?
Zwei einsame Wölfe auf dem Weg nach Paris. Lustig, oder?
Ist das nicht viel besser als so langweilige Flitterwochen?
Sind wir jetzt Freunde?

Beste Freunde?
Freust du dich auch schon so?
Und fängst du dann bitte endlich mit dem Rauchen an?

NEUNUNDZWANZIGSTES KAPITEL
in dem die Wahrheit und ich ziemlich allein auf weiter Flur stehen

Es wurde also an allen Ecken und Enden der Geschichte gelogen, so sehr, dass man als Balken froh sein konnte, sich nicht in der Nähe zu befinden. Meine Mutter belog in Marseille die Traurigkeit, um nicht stehen bleiben zu müssen. Fridtjof log, als er sagte, dass er sich auch schon so freue, die Flitterwochen mit seinem neuen besten Freund zu verbringen. Dimitri log, als er behauptete, er kenne Paris wie seine Westentasche, und das sei einer der beiden Gründe gewesen, warum ihm all seine Exfreundinnen den Spitznamen »Der Eiffelturm« gegeben hätten, obwohl er in Wahrheit weder Exfreundinnen hatte noch einen Spitznamen, seine Mutter nannte ihn zwar manchmal »Uwepuwe«, aber das zählte wohl nicht. Die drei Männer im Pelz logen, als sie ihrem Chef am Telefon erzählten, sie seien in einen Hinterhalt geraten, man habe es anscheinend mit ausgewiesenen Vollprofis zu tun, aber keine Sorge, sie seien denen dicht auf den Fersen, obwohl in Wahrheit seit dem Unfall sogar der Funkkontakt zum Mercedes abgebrochen war. Und selbst der Junge log, was er äußerst selten tat, nämlich nie mehr als dreimal pro Jahr, so hatte er es sich geschworen. Aber er wollte nicht rausgeschmissen werden, nicht aus dem Wagen und schon gar nicht aus der Geschichte, die für ihn doch gerade anfing, interessant zu werden. Und deshalb sagte er: »Ja«, als die drei Männer ihn fragten, ob er etwa der Sohn von dem Typen im Trainingsanzug sei. Und er sagte noch einmal »Ja«, als sie ihn fragten, ob sein Vater sich wohl wünsche, ihn lebend wiederzusehen, auch wenn er damit nur noch eine Lüge für den Rest des Jahres übrig hatte. Aber es war zumindest nicht gelogen, als er sagte, er wisse, wohin Dimitri fahren wollte, auch wenn er sich nicht mehr sicher war, ob der Plan mit Paris unter diesen neuen Umständen noch immer seine Gültigkeit hatte. Da jedoch keiner im Ford Taunus irgendeinen anderen Anhaltspunkt hatte, machten sie sich auf den Weg.

Und mein Vater log natürlich ganz besonders, als er dort mit Claudia neben der Autobahn stand. Er hörte sich selbst ungläubig beim Lügen zu. Aber er hatte nun einmal eingesehen, dass die Wahrheit ihm nicht besonders gut stand, dass er mit der Wahrheit nicht weit kommen würde, und er wollte doch weit kommen, den ganzen langen Weg bis zum Glück, dabei kannte er sich, wenn er ehrlich war, mit dem Glück nicht besonders gut aus, wenn er ehrlich war, wusste er sogar überhaupt nichts darüber, außer dass es ohne Claudia nicht existierte. Und natürlich hätte ihn das skeptisch machen können, aber für Ehrlichkeit war gerade keine Zeit, weil Claudia ja tatsächlich stehen geblieben war und sich umgedreht hatte, und mein Vater hörte sich sagen, er sei in dieser ganzen Geschichte genau so ein Opfer wie sie. Das alles sei allein Dimitris Idee gewesen, der habe mit Claudias Mann offenbar noch eine Rechnung offen. Er hörte sich sagen: »Ich war doch nur der Köder«, und ihm gefiel dieser Satz, auch wenn er nicht besonders einleuchtend war, also log er lieber schnell weiter. Wie er sich trotz vorgehaltener Waffe geweigert habe mitzuspielen. Aber Dimitri habe ihm versprochen, dass er Claudia verschone, wenn er ihm helfe. »Ich habe das alles nur für dich getan«, hörte mein Vater sich sagen, und er sagte es so leise, fast schüchtern, dass es ihn selbst rührte. Claudia runzelte nur die Stirn. Das klinge aber sehr merkwürdig, sagte sie, und mein Vater sagte: »Wir leben nun einmal in sehr merkwürdigen Zeiten«, was zwar nicht gelogen war, aber wahrscheinlich genau deshalb vollkommen falsch klang. Was das denn bitte für eine offene Rechnung zwischen ihrem Mann und diesem Dimitri sein solle, fragte Claudia. Mein Vater versuchte ein mitfühlendes Lächeln. Das frage sie leider den Falschen, sagte er, und dass er sich wundere, dass Claudia nichts davon wusste. »Ich dachte immer, in einer guten Ehe hat man keine Geheimnisse voreinander.« Und Claudia zuckte tatsächlich kurz zusammen.

»Ich glaube dir kein Wort«, sagte sie dann. Sie sagte es klar und entschieden, aber auch das war gelogen. Sie wusste schließlich erschreckend wenig über ihren Mann, und in Momenten wie diesem wurde ihr das wieder klar. Sie hatte zum Beispiel gestern im Standesamt erst von seinem Zweitnamen erfahren, sie kannte keine Kinderfotos von ihm, keine heimlichen Lieblingslieder und keine Allergien. Sie wusste nicht, welche seiner Geschichten sie wahrscheinlich noch hundertmal hören würde. Sie wusste nicht, welche Erbkrankheiten womöglich in seiner Familie umhergingen. Sie hatte noch keine Möglichkeit, zumindest schon einmal zu ahnen, was an ihm sie als erstes stören würde. Sie wusste ja noch nicht einmal, ob er im Winter lange Unterhosen trug, weil sie ihn erst seit dem Frühjahr kannte, und als er sie dann Mitte Mai gefragt hatte, ob sie ihn heiraten wolle, hatte sie vor allem deshalb sofort »Ja« gesagt, weil sie nicht wusste, was auf ein »Nein« folgen würde außer einer für alle sehr unangenehmen Situation. Die Geschichten mit dem »Nein« werden schließlich selten erzählt, auf die ist man nicht vorbereitet. Und nach einem »Ja« weiß man genau, was zu tun ist. Man muss juchzen, man muss sich stürmisch küssen, man muss Arm in Arm irgendwo liegen, versonnen lächeln und sagen, dass man noch nie so glücklich war. Und jetzt wollte sie dann auch bitteschön dieses Glück. Jetzt hatte es gefälligst zu kommen und zu bleiben. Und deshalb war sie tatsächlich erleichtert, als mein Vater ihr sagte, er wisse erfreulicherweise, wo Dimitri ihren Mann hinverschleppen werde. »Du wirst es nicht glauben: nach Paris«, sagte er. Und Claudia glaubte es tatsächlich nicht ganz, aber es war zumindest das Glaubwürdigste weit und breit. »Ich werde alles dafür tun, dass ihr euch bald wiederseht«, sagte mein Vater, das sei er ihr schuldig, und natürlich war nichts gelogener als das. Er wollte vielmehr alles dafür tun, dass Claudia ihren Mann nie wiedersah, dass sie ihn vollkommen vergaß, dass sie die ganzen vergangenen dreiundvierzig Tage vergaß, sicherheitshalber sogar lieber noch ein paar mehr, dass sie vergaß, wie unglücklich sie offenbar gewesen war, dass sie vergaß, was ihr alles fehlte, und Paris schien ihm ein geeigneter Ort dafür, weil es sich in der Stadt der Liebe wahrscheinlich besser lügen ließ als irgendwo sonst, so lange, bis man denn endlich auch vergaß, dass es sich um Lügen handelte.

Der einzige, dem man hier also weit und breit trauen konnte, war ich. Dabei ist mir die Wahrheit eigentlich reichlich gleichgültig. Sie erscheint mir nur immer die unkompliziertere Wahl zu sein. Und wenn ich mich so umschaute, konnte ich alles Unkomplizierte gerade mehr als dringend gebrauchen.

DREISSIGSTES KAPITEL

in dem die Zeit den Überblick darüber verliert, was sie nun genau machen soll

WAS WIR BISLANG WISSEN

Wir wissen also, dass Claudia die Zeit am liebsten vordrehen wollte. Zumindest bis zu der Stelle, an der sie einschätzen konnte, wie alles ausging, ob sie eine richtige Abzweigung gewählt hatte, die tatsächlich geradewegs im Glück landete. Und bis sie das einschätzen konnte, kam es ihr gar nicht so ungelegen, solange von der falschen Abzweigung, nämlich meinem Vater, begleitet zu werden, nur für alle Fälle. Es gab schließlich erschreckend viele Fälle, und nur mit einem davon konnte sie etwas anfangen.

Wir wissen, dass ihr Mann hingegen dort im Mercedes neben Dimitri die Zeit am liebsten zurückdrehen würde. Eine Stunde würde reichen, bis kurz vor dem Unfall. Er würde einfach früher bremsen und besser ausweichen und dann wären Claudia und er jetzt schon an der Grenze. Ihre Hand läge in seinem Nacken, sie würden beschließen, gleich nach der Ankunft in Paris die Stadt zu erkunden und beide wissen, dass sie stattdessen den ganzen Tag das Hotelbett erkunden würden, und er würde sich auf all das freuen. Aber gerade konnte er sich auf nichts freuen. Gerade musste er um sein Leben fürchten, seine Frau sollte er angeblich nie wieder sehen und die Flitterwochen stattdessen mit einem bewaffneten Entführer verbringen. Das einzig Gute an seiner Zukunft schien ihm, dass es nun nicht mehr schlimmer kommen konnte. Dass er sich dabei leider irrte, wissen wir zwar noch nicht, werden es aber bald erfahren.

Wir wissen, dass Dimitri lieber nicht über die Zeit nachdachte. Sie sollte ihn einfach in Ruhe lassen. Und schon gar nicht wollte er irgendetwas zurückdrehen bis zu der Stelle, an der sie eine falsche Abzweigung genommen hatte, weil das bei ihm, wenn er es genau betrachtete, ziemlich weit zurückführen würde. Und er fragte sich ohnehin, was diese ganzen Abzweigungen sollten, die verwirrten doch nur, es gab schließlich keinen Grund, irgendwo abzubiegen, wenn man auch geradeaus gehen konnte, das war doch immer die einleuchtendste Richtung, aber trotzdem verfehlte er sie ständig.

Und wir wissen, dass der Junge sich ganz sicher war, aus der Zeit gefallen zu sein. Wir wissen, dass er verzweifelt versuchte, wieder auf sie aufzuspringen, aber jedes Mal rutschte er ab. Wir wissen, dass er auf die Frage, wie alt er sei, fast ohne Zögern antworten konnte. Aber wir wissen auch, dass er die Antwort nur gewissenhaft auswendig gelernt hatte.

Wir wissen nicht, wie es meiner Mutter gelingen sollte, die Zeit anzuhalten. Das wusste sie schließlich selbst nicht. Sie wusste nur, dass Eva meistens auf das, was nicht weitergehen sollte, einfach draufgeschlagen hatte, manchmal mit der Faust, manchmal mit einem Hammer. Aber sie hatte keine Ahnung, ob das auch bei der Zeit helfen würde und wenn ja, ob ein Hammer da ausreichte. Für besonders wahrscheinlich hielt sie es nicht, aber bei unmöglichen Aufgaben war alles nicht besonders Wahrscheinliche immerhin ein möglicher Schritt. Dafür musste sie allerdings erst einmal herausfinden, wo sich die Zeit überhaupt befand. Sie würde es aber bald herausfinden. Und wir wissen nicht, ob das die Zeit beunruhigen sollte.

EINUNDDREISSIGSTES KAPITEL

in dem mein Vater kurz auf sich warten muss
und dabei merkt, dass er schon viel weiter gekommen ist,
als er dachte

Was meinen Vater und die Zeit betraf, so war er überzeugt davon, ihr weit voraus zu sein. Das war jedenfalls die Entschuldigung für die meisten seiner Fehlschläge, und oft genug fragte er mitten in einem Gespräch, welches Jahr wir gerade hätten und belächelte die Antwort spöttisch. »Stimmt, erst 1972«, sagte er dann und winkte dankend ab.

Seiner Zeit voraus zu sein bringt ohnehin eine ganze

Reihe von Problemen mit sich. Eines davon besteht darin, häufig auf Fragen zu antworten, die noch gar nicht gestellt worden sind. Das kannte Claudia an meinem Vater schon, und als er nun auf dem Weg zurück zur Autobahn ohne erkennbaren Anlass »Das würde ich ihm aber raten« sagte und »Sogar noch viel weiter«, störte sie das zwar, wunderte sie aber kaum.

Ein weiteres Problem besteht darin, Entfernungen nicht mehr richtig einschätzen zu können. Mein Vater dachte immer, er sei längst angekommen, wenn er in Wahrheit noch nicht einmal losgegangen war. Jeder Vorsatz war für ihn bereits Erfüllung. Und wenn er sagte, dass er gleich Milch kaufen gehen wolle, wunderte er sich, direkt im Anschluss noch keine im Kühlschrank zu finden. Wenn er ins Bett ging, glaubte er, allein dadurch sei er schon ausgeschlafen. Und wenn er sich, wie jetzt, doch fest vorgenommen hatte, Claudia zurückzuerobern, fand er es vollkommen ungehörig, dass der Vorsatz alleine nicht genügen sollte, dass Claudia anscheinend vollkommen in der Zeit gefangen war und deshalb nicht einsah, dass er sie doch längst zurückerobert hatte und sie davon offenbar erst noch mühsam überzeugt werden musste, und in allem Mühsamen war mein Vater nicht besonders gut.

Er hatte ständig das Gefühl, warten zu müssen, auch auf sich selbst. Und so stand er auch jetzt schon längst am verformten VW-Käfer und sah zu, wie er mit Claudia Schritt für Schritt näher kam. Er sah, dass sie irgendetwas zu ihm sagte, aber er war zu weit entfernt, um es verstehen zu können. Er sah, wie er ihr händeringend antwortete, und wie Claudia ihn unterbrach, und er wusste, wie rührend nutzlos das alles war, alles nur Umweg oder Etappe oder

Pausenfüller. Und während er da wartete, erinnerte er sich daran, wie oft Claudia mit aufgerissenen Augen »Der Weg ist das Ziel« gesagt hatte, während sie im Stau standen oder wenn er noch mal hoch in die Wohnung musste, um das vergessene Portemonnaie zu holen, und wie ihn dieser Satz immer wütend gemacht hatte, weil es doch eindeutig entscheidende Unterschiede zwischen Weg und Ziel gab. Das musste doch jeder einsehen. Das Ziel war dort, wo man sich ausruhen konnte, wo endlich alles stimmte, wo das Warten ein Ende hatte, und der Weg waren nur diese vielen kleinen, mühsamen Schritte, nach vorn und viel zu oft zur Seite oder zurück, der Weg war nichts als Hindernis, nichts als Aufschub, und er hatte überhaupt nichts dagegen, ihn einfach ausfallen zu lassen.

Und Claudia war für ihn Ziel und kein Weg, da war er sich ganz sicher. Und wenn er es so betrachtete, dann hatte er es ja nun schon erreicht, denn Claudia war ja da, sie lief da ja neben ihm, nur ein paar Zentimeter entfernt. Wenn er nicht ganz geradeaus ging, berührten sich ihre Arme. Wenn er die Luft anhielt, konnte er ihren Atem hören. Und jetzt musste er nur dafür sorgen, dass sich der Abstand nicht mehr vergrößerte, dass er Claudia nicht mehr aus den Augen verlor, auch wenn sie ein sehr bewegliches Ziel war, ein sehr unruhiges Ziel, ein Ziel, das selbst ganz andere Ziele zu haben glaubte, nämlich vor allem, ihren Mann wiederzufinden, aber das konnte ihm ja gleichgültig sein. Er musste nur einfach mitkommen, egal, wohin es ging. Er würde nicht mehr vorrennen. Er würde nicht mehr ungeduldig warten. Wenn man am Ziel ist, gibt es schließlich nur noch einen Weg, nämlich weiter, und je länger das dauert, desto besser. Und als er mit Claudia endlich den Käfer erreichte, sah er, wie zufrieden er auf einmal aussah, und dass Claudia alles andere als zufrieden aussah, durfte ihn jetzt nicht stören, das war nur eine Frage der Zeit, und dann sollte die Zeit sich auch gefälligst selbst um die Antwort kümmern. Claudia schaute skeptisch den Wagen an. Ob der wohl noch anspringe, fragte sie, und mein Vater antwortete noch einmal, dass er ihm das raten würde. Und tatsächlich keuchte der Motor erst nur heiser, als Claudia ihn anzulassen versuchte, sprang dann aber an, wenn auch sehr unwillig. Claudia schaute durch die zersplitterte Scheibe und bemühte sich, darin nur eine zersplitterte Scheibe zu sehen und kein Zeichen für irgendetwas. »Kommen wir damit wohl noch bis Paris?«, fragte sie, und auch darauf antwortete ihr mein Vater noch einmal dasselbe wie vorhin.

ZWEIUNDDREISSIGSTES KAPITEL

in dem ich dem Jungen beim Schreiben
in sein Notizbuch über die Schulter schaue

»Ich war noch nie weiter weg von zu Hause als jetzt
und bin trotzdem noch längst nicht in beispielsweise
Amerika.«

»Prozentsatz der Vereinssportler von der Gesamtmenge
(3 Männer): keine Angabe«

»Ob ich wohl gerade mehr Hunger als Haare habe?«

»Mögliche nächste Fragen:

1. Haben Sie schon Urlaubspläne für den Sommer?
2. Interessieren Sie sich für moderne Kunst?
3. Haben Sie nicht auch das Gefühl, dass das Fernsehen in letzter Zeit immer schlechter wird?
4. Kennen Sie schon den mit der Nonne und dem Uhrmacher? (Ich nicht.)«

»Zunicken ist als Sprache einfacher als Finnisch, aber schwieriger als Niederländisch und Pfannkuchen.«

»Die Gerüche hier im Auto:

Angst (wie etwas zu reifes Obst)
Alte Wut (wie Leberwurst)
Bedauern (wie Rinde)
Wonach ich selbst rieche, weiß ich nicht.«

»Der Mann am Steuer hat die größten Ohren, der Mann auf dem Beifahrersitz den größten Mund und der Mann neben mir die größten Füße. Vielleicht hat er aber auch nur große Schuhe, um darin seine in Wahrheit winzig kleinen Füße zu verstecken. Und vielleicht hat der Mann auf dem Beifahrersitz dann auch gar keinen großen Mund, sondern nur große Lippen und der Mund ist in Wahrheit kaum der Rede wert. Ich habe ihn danach gefragt. Antwort: keine.«

»Ob sich wohl jemand Sorgen um mich macht. Hoffentlich Monika. Sie macht die schönsten Sorgen, die ich kenne.«

»Lieblingsessen der drei Männer: keine Angabe«

»Was ich über Paris weiß:

1. Es heißt auf Französisch auch Paris, aber das Ende sparen sie sich, weil ohnehin jeder weiß, wovon die Rede ist.
2. Es gibt dort einen Turm, der fast nur aus Löchern besteht. Wenn er keine Löcher hätte, würde er umfallen. (Darüber weiter nachdenken!)
3. Paris ist fünfmal so groß wie es selbst, da es aus zwanzig Vierteln besteht.

3.1. Es ist auch größer als Mainz.

4. Wenn man zu lange in den Fluss (Seine) schaut, springt man hinein.
5. 99 900 Deutsche Mark sind umgerechnet 334 359 Französische Francs.
6. In Paris liegt das Urmeter, das genauer einen Meter lang ist als alles andere auf der Welt.
7. Es gibt dort außerdem Lebensart.

Ich habe die Männer gefragt, ob sie mir auf der Fahrt noch schnell Lebensart beibringen können. Antwort: keine«

»Ich hätte gerade gern ein Pflaster, aber ich habe ja noch nicht mal eine Wunde.«

»Autobahnabfahrten, an denen wir vorbeigefahren sind und die ich jetzt schon etwas vermisse:

Neusäß
Dinkelscherben
Dornstadt
Donzdorf«

»Wenn ich die Augen schließe, fahren wir gerade in den Urlaub. Es ist der Anfang eines langen Sommers und wir sind alle ganz anders als bisher. Vater pfeift das Lied, das er immer pfeift. Mutter zählt auf, was wir alles nicht vergessen haben. Und ich schlafe auf der Rückbank ein. Wenn ich aufwache, sind wir noch längst nicht da, aber das ist nicht schlimm, das ist überhaupt nicht schlimm.«

»Traumberuf der drei Männer in ihrer Kindheit: keine Angabe«

»Traumberuf der drei Männer heute: keine Angabe«

DREIUNDDREISSIGSTES KAPITEL

in dem eine Uhrmacherin nicht nach Hause will und sich so gut mit der Zeit auskennt, als hätte ich ihr kurz zuvor irgendwelche Informationen zugespielt

Wenn man wissen will, wie sich die Zeit anhalten lässt, liegt es nahe, zum Uhrmacher zu gehen. Auch wenn der sich eher mit dem Gegenteil auskennt, nämlich damit, etwas wieder in Gang zu bringen, was ungewollt angehalten hat, so ist das zumindest schon einmal eine Annäherung.

Meine Mutter wusste wenig über Uhren, sie konnte sich nur noch an einen einzigen Begriff erinnern: Unruh. Sie wusste noch, dass es etwas sehr Kleines und sehr Entscheidendes war, und vielleicht musste sie ja auch an der Zeit nur etwas sehr Kleines abbrechen oder verbiegen oder hinzufügen, damit sie stehen blieb. Und vielleicht sehnte sich die Zeit sogar danach, vielleicht war sie schon vollkommen erschöpft von der endlosen Unruhe, vielleicht verging sie deswegen in den letzten Wochen so langsam und so laut.

Uhrmacher sind nicht schwer zu finden. Auch 1972 gab es sie fast an jeder Ecke, selbst wenn man sie allzu leicht übersah. Was funktioniert, wird unsichtbar. Und auch 1972, gerade 1972, durfte man eigentlich einen alten, freundlichen Mann als Uhrmacher erwarten. Einen Mann mit dicker Brille und dünnem Haar, der milde lächelt und alles sehr langsam und gewissenhaft sagt, aber als meine Mutter das erstbeste Geschäft betrat, einen schlauchigen Raum voller Vitrinen, in denen Armbanduhren aufgebahrt lagen wie verstorbene Herrscher, an den Wänden so viele Zifferblätter, als könnte es gar nicht oft genug halb elf sein, eilte eine junge brillenlose Frau aus dem Hinterzimmer. »Madame«, sagte sie knapp und wenig einladend. Und meine Mutter fragte: »Sind Sie Uhrmacher?« Die Frau sah sich um. Sie sei zumindest kein Metzger, sagte sie. Wie könne sie denn helfen? »Mit nichts«, sagte die Traurigkeit, die meine Mutter schon wieder am Ärmel nach draußen ziehen wollte. Und meine Mutter sagte: »Ich würde gern die Zeit anhalten.« Die Frau schaute sie an wie eine Vertretungslehrerin. »Sie meinen: Ihre Uhr ist stehen geblieben.« Meine Mutter schüttelte den Kopf. Nein, die Zeit, sie meine wirklich die Zeit, und die müsse sie anhalten, und die Uhrmacherin zog eine Augenbraue hoch. Sie hatte auffallend schöne Augenbrauen, das wusste sie und suchte deshalb ständig nach Anlässen, sie hochzuziehen. »Welche Zeit meinen Sie genau?« Meine Mutter schaute sie irritiert an. »Die

Zeit eben. Es gibt doch nur die eine.« Und die Frau lachte auf, aber ihr Lachen war nicht so schön wie ihre Augenbrauen, auch das wusste sie und hörte deshalb schnell wieder damit auf. »Es gibt unzählige«, sagte sie. »Schauen Sie sich doch einmal um.« Sie wischte mit ihrer Hand einmal von rechts nach links, entlang der Reihen von Uhren an der Wand und in den Vitrinen. »Keine von denen zeigt die gleiche Zeit«, sagte sie. »Es ist jetzt halb elf, aber auf manchen Uhren ist die Hälfte etwas größer als auf anderen, da sind sie sich nicht einig.« Meine Mutter nickte ungeduldig. Aber es gebe doch die eine Zeit dahinter. Die richtige. Die all diese Uhren nachahmen wollten. Und die müsse sie dringend anhalten. Die Frau leckte ihren Zeigefinger an und wischte damit über einen Fleck auf der Vitrine. »Nein, die gibt es nicht«, sagte sie ohne aufzusehen. Und sie war stolz darauf, wie wenig gehässig sie das gesagt hatte. Ihr Mann hatte sie gerade gestern noch als »ewige Besserwisserin« beschimpft, was sie als einen albernen Vorwurf bezeichnet hatte, weil doch nun wirklich nichts schlimm daran war, etwas besser zu wissen, und ihr Mann hatte gesagt: »Siehst du, schon wieder«, und dann hatte er noch anderes gesagt, an das sie jetzt lieber nicht denken wollte, und die Nacht auf der Couch verbracht. »Es gibt nicht die eine, richtige Zeit«, sagte sie jetzt zu meiner Mutter, weil sie es nun einmal besser wusste. Sollte sie das etwa verschweigen? Davon hatte doch niemand was. »Es gibt die Sonnenzeit, die Internationale Atomzeit und neuerdings auch die Koordinierte Weltzeit.« Meine Mutter hörte eine Zeitlang dem Ticken der Uhren zu. »Wie bitte?«, fragte sie dann, und die Frau seufzte. Sie hatte sich vorgenommen, nicht mehr so oft zu seufzen, aber es war stärker als sie. Sie wischte weiter über den Fleck, der einfach nicht verschwinden wollte, und sprach schnell vor sich hin: Die Sonnenzeit richte sich nach der Rotation der Erde und messe den Sonnentag, der auch die Nacht einschließe, selbst wenn es noch den Sterntag gebe, der allerdings vier Minuten kürzer als der Sonnentag sei. Die Internationale Atomzeit hingegen interessiere sich weder für die Sonne noch für die Sterne, sondern allein für Sekunden, genauer gesagt für die SI-Sekunde, die sich aus den elektromagnetischen Schwingungen in der Hyperfeinstruktur von Caesium 133 ableite. Die genaue Hertzzahl habe sie gerade nicht im Kopf, die könne sie aber gerne nachschlagen. Das Problem der Sonnenzeit sei, fuhr die Uhrmacherin fort, dass sie bei den Geschwindigkeitsschwankungen der Erdrotation mitschwanke und daher nicht gleichmäßig gehe, das Problem der Atomzeit hingegen sei, dass sie viel zu stur gleichmäßig gehe und deshalb nach einer Weile nicht mehr hilfreich sei, weil man sonst irgendwann mitten in der Nacht aufstehen müsste, und das, sagte sie, wolle ja wirklich niemand.

Meine Mutter wollte das auch nicht, aber sie hatte von all dem ohnehin kaum vier Worte verstanden, »Sonne«, »Problem«, »und« und »niemand«, und sie wollte keinesfalls noch einmal nachfragen, sie wollte lieber nichts genau verstehen, sie wollte etwas lösen, und deshalb fragte sie: »Kann ich denn auf irgendeine dieser Zeiten schlagen?«, und die Frau schaute jetzt tatsächlich auf und diesmal war sie es, die »Wie bitte?« fragte. »Draufschlagen«, sagte meine Mutter und schlug zur Verdeutlichung auf eine der Vitrinen. »Mit der Faust, notfalls mit dem Hammer.« Die Frau lächelte. Sie lächelte selten, deshalb merkte sie es selbst erst nach einigen Sekunden. »Mit dem Hammer«, wiederholte sie, und es klang, als würde ihr irgendetwas an der Vorstellung eines schlagenden Hammers gefallen. »Ja«, sagte meine Mutter. »Womit auch immer. Hauptsache, es hilft.« Die Uhrmacherin überlegte. »Nun«, sagte sie. »Die Erde ist dafür wahrscheinlich etwas groß, die Sterne etwas weit weg und das Caesium 133 etwas klein. Aber«, fuhr sie fort, »es gibt ja noch die bürgerliche Zeit.« Die klinge etwas veraltet, sagte meine Mutter, und die Uhrmacherin freute sich, schon wieder etwas verbessern zu können. »Aber nein, die ist sogar ganz frisch«, und sie erklärte meiner Mutter, dass die bürgerliche Zeit neuerdings der Koordinierten Weltzeit folge, die erst vor wenigen Monaten eingeführt worden sei. Als Kompromiss zwischen Sonnenzeit und Atomzeit, und dass sich ab sofort alle Uhren der Welt nach ihr richten sollten, und meine Mutter nickte schnell, denn all das interessierte sie nicht, und sie sagte, das klinge hervorragend, aber wichtig sei ihr nur, ob sie auf diese bürgerliche Zeit schlagen könne. Die Uhrmacherin hob erneut eine Augenbraue, was zwar nicht passte, aber gut aussah. Sie dachte an den Hammer. Sie dachte daran, wie sie damit diese furchtbar fleckigen Vitrinen zerschlug, wie es krachte und splitterte. Sie dachte an ihren Mann. Das wisse sie leider nicht, sagte sie dann, meine Mutter solle es ruhig einmal ausprobieren. Und sie habe Glück, die Zeit sei gar nicht weit entfernt, sie werde in Paris festgelegt. »Paris«, wiederholte meine Mutter, und vielleicht ahnte sie beim Klang dieses Ortes ja tatsächlich etwas. Ich jedenfalls hielt Paris für eine hervorragende Idee, damit auch ich heute noch festgelegt werden konnte. Und meine Mutter bedankte sich bei der Uhrmacherin. »Sie haben mir sehr geholfen«, und dass sie sich sofort aufmachen werde, es sei an der Zeit, die Zeit anzuhalten. »Das hat sie verdient«, fügte sie noch hinzu, als ob das eine Erklärung wäre, aber die Uhrmacherin hatte sich ohnehin schon wieder dem Fleck auf der Vitrine zugewandt, den außer ihr längst niemand mehr sah. In knapp acht Stunden würde sie Feierabend haben und nach Hause zu ihrem Mann fahren, und das erschien ihr heute viel zu bald. »Sie hat es tatsächlich verdient, die Zeit«, sagte sie zu meiner Mutter, die bereits in der Tür stand. »Soweit ich weiß, geht sie nämlich jetzt schon eine gute Sekunde vor.«

VIERUNDDREISSIGSTES KAPITEL

in dem sich alle beeilen, bis auf die Erde und meinen Vater, der ihr auch in anderen Punkten ähnelt

WAS WIR ALLES WISSEN

Wir wissen, dass sich die Erde dreht. Wir wissen, dass sie sich gegen den Uhrzeigersinn dreht, vom Polarstern aus gesehen, jeden Tag einmal um sich selbst, Richtung Osten. Wir wissen, dass sie sich auch um die Sonne dreht, was genau ein Jahr dauert. Wir ahnen, dass das kein Zufall ist.

Wir wissen, dass mein Vater Claudia in seinen Gedichten oft als seine Sonne bezeichnet hat. Wir wissen, dass er sich nicht besonders viel dabei dachte und nur fand, dass es angemessen romantisch klang. Aber tatsächlich war er der Erde nicht ganz unähnlich, denn auch mein Vater drehte sich gern um sich selbst, wenn auch sehr viel häufiger als einmal pro Tag, und auch mein Vater rotierte um Claudia und blieb dabei auf seiner Umlaufbahn, er kam ihr nicht näher, wollte sich aber auch keinesfalls weiter von ihr entfernen. Im Unterschied zur Erde allerdings bewegte er sich gerade Richtung Westen, Richtung Paris, wohin sich gerade alle bewegten, zum Glück. Paris war der einzige Anhaltspunkt, den sie besaßen. Und wir wissen, dass Claudia es nicht erwarten konnte, dort anzukommen, um endlich herauszufinden, ob sie alles richtig gemacht hatte, und deshalb immer nur fragte, wie weit es noch sei, und mein Vater immer nur antwortete: »Wir sind doch längst da.«

Wir wissen, dass auch der Junge keine befriedigende Antwort auf seine Fragen bekam. Die drei Männer im Pelz redeten immer noch nicht mit ihm. Wir wissen, dass er sich irgendwann damit begnügte, die Überlandkabel zu betrachten, wie sie sich jagten, balgten, auf und ab sprangen. Wir wissen, dass es ihm gefiel, wie eilig der Strom es hatte, offenbar wurde er dringend erwartet. Etwas Großes musste bevorstehen, etwas Leuchtendes, etwas, für das Unmengen von Strom nötig war, der sich deshalb aus allen Teilen Europas vorfreudig auf den Weg machte. Und wir wissen, dass der Junge froh war, auf dem gleichen Weg zu sein, mit dem Strom, nicht gegen ihn.

Wir wissen, dass ein paar Kilometer entfernt auch Fridtjof doch noch einen Anlass zur Vorfreude fand. Er freute sich auf die Grenze. Er freute sich darüber, dort kontrolliert zu werden, das konnte man bei einem Auto ohne Beifahrertür wohl guten Gewissens verlangen, und da sein Pass sich ja noch im VW-Käfer befand, kämen sie dort bestimmt nicht weiter. Und als einziger von allen hier wollte Fridtjof nicht weiter, er wollte nur in Sicherheit sein. Er mochte das Wort Sicherheit. Er mochte Grenzen und Grenzbeamte. Er mochte begrenzte, überschaubare Räume. Auch wenn er diesbezüglich seine Meinung überraschend schnell änderte, als Dimitri plötzlich anhielt und ihm lächelnd und mit vorgehaltener Waffe erklärte, dass sie jetzt doch beste Freunde seien und beste Freunde einander helfen und Fridtjof sich nun in aller Freundschaft zum [**PLATZHALTER**] in den Kofferraum legen sollte, nur für eine halbe Stunde, bis sie über der Grenze wären. »Das ist zu meinem eigenen Besten«, sagte Dimitri. Und wir wissen, dass er sich dabei nicht versprochen hatte.

Wir wissen, dass meine Mutter zur gleichen Zeit eine Fahrkarte für den Schnellzug nach Paris kaufte. Wir wissen, dass sie fragte, ob sie wohl den 11:55-Uhr-Zug noch erreiche und die Beamtin hinter dem Schalter auf die Uhr schaute und sagte: »Oh, das wird aber ein Rennen gegen die Zeit.« Wir wissen, dass die Traurigkeit daraufhin anfing zu lachen, meine Mutter jedoch nicht. Wir wissen, dass der Traurigkeit das etwas unangenehm war.

Wir wissen außerdem, dass die beiden Mitarbeiter, die im Internationalen Büro für Maß und Gewicht in Sèvres bei Paris für die Zeit zuständig waren, tatsächlich René und Claude hießen und nicht darauf angesprochen werden wollten. Wir wissen, dass sie bei der Arbeit keine weißen Kittel trugen, obwohl sie sich heimlich wünschten, welche zu tragen. Dabei war die Zeit eine vollkommen saubere

Angelegenheit, auch ihr Büro war noch ganz sauber, es roch nach frischer Farbe und jeder von ihnen wartete darauf, dass der andere zuerst sein Familienfoto auf den Schreibtisch stellte. In der Mittagspause bestellten sie Salat, weil man dabei am wenigsten reden muss, und taten dann so, als müssten sie schnell wieder zurück ins Büro, was selten stimmte. Die Zeit war während der Pause einfach weitergelaufen. Sie bekamen von den kleinkariertesten Uhren der Welt die Atomzeit geschickt, die sie dann in Koordinierte Weltzeit umgerechnet an alle hinausschickten, die gerade wissen wollten, wie spät es war. Aber jede Sekunde, die bei ihnen ankam, war zu kurz, das wussten sie. Es war eine winzige Abweichung, eine Abweichung, bei der fast jeder gesagt hätte, man könne da doch mal ein Auge zudrücken. Aber René und Claude waren genau dafür angestellt worden, kein Auge zuzudrücken. Doch auch sie konnten die Zeit ja nicht einfach anhalten. Und so wuchs mit jeder Sekunde die Distanz zwischen der Zeit, die sie behaupteten, und der Welt da draußen.

Denn wir wissen, dass die Erde nicht gut mit der Doppelbelastung umgehen kann. Sie muss sich nun einmal um sich selbst drehen und gleichzeitig um die Sonne, die an ihr zerrt, die sie verformt, durchwalkt und dadurch immer langsamer werden lässt. Sie ist erschöpft, ihr ist schwindelig, sie möchte sich irgendwo festhalten, aber da ist nichts, und so trudelt sie einfach weiter und die Tage werden ganz allmählich länger, immer länger, und manchmal scheinen sie gar kein Ende zu nehmen, das wissen wir nur zu genau.

FÜNFUNDDREISSIGSTES KAPITEL

in dem eine Grenze an ihre Grenzen kommt

Clément Denaux hatte Kopfschmerzen. Er hatte am frühen Morgen schon zwei Tabletten genommen, aber sie halfen nicht. Er würde morgen zum Arzt gehen müssen, gleich als erstes, aber er wollte nicht zum Arzt. Entweder war da nichts, dann wäre er umsonst gegangen, oder da war etwas, und dann wollte er es lieber nicht wissen. Er wollte nur, dass der Kopfschmerz verschwand. Und der Schmerz wollte das offenbar auch, er trommelte mit aller Kraft von innen gegen die Schädeldecke, und weil die zu undurchdringlich war, versuchte er, durch die Augen zu entkommen, er drückte und bohrte und verschleierte Cléments Blick. Alles tanzte vor seinen Augen: die Autos, die Sonne, die Schranke, die Uniformen. »Alles klar?«, fragte ihn sein deutscher Kollege von der anderen Straßenseite, und er nickte nur vorsichtig, weil ein Kopfschütteln unmöglich schien.

Zum Glück war mittlerweile nur noch wenig Verkehr an der Grenze. Ein paar verspätete Tagesausflügler, ein paar Pärchen in Urlaubsstimmung, viele alleinreisende müde Männer, bei denen er sich früher immer gefragt hatte, wohin sie wohl unterwegs waren, mittlerweile fragte er sich das nicht mehr. Während er wartete, lief er zwischen Frankreich und Deutschland hin und her, immer drei Schritte nach links, dann wieder drei Schritte nach rechts, und ihm fiel auf, dass der Schmerz in Deutschland eher gegen die Schläfe trommelte und in Frankreich eher gegen den Hinterkopf. Außer Sichtweite der Grenze war er nur einmal in Deutschland gewesen, in Bingen, er hatte einen Wein getrunken, der ihm zu süß gewesen war, dann war er wieder nach Hause gefahren.

Als er an den süßen Wein dachte, fing sein Kopf an, besonders wild zu trommeln. Er konnte den roten Mercedes kaum sehen, als der die Grenze erreichte. Am Steuer saßen zwei sich seltsam überlappende Zwillinge, was natürlich nicht stimmte, das wusste Clément Denaux. Er wusste, dass es nur wieder einer dieser alleinreisenden Männer war. Er trat an die Fahrertür, ließ sich von Dimitri seinen Ausweis zeigen, der in Ordnung schien. »Uwe«, las Clément Denaux. Schon wieder ein Uwe. Die meisten alleinreisenden Männer hießen Uwe. Und die anderen hießen Hans oder Horst oder Bernd, alle so knapp, alle so atemlos. Der Mercedes war in vollkommen mitleiderregendem Zustand. Zerkratzt, zerbeult, die Windschutzscheibe zersprungen, die Beifahrertür fehlte ganz, und Clément Denaux fühlte sich dem Wagen so nah, dass er ihn heimlich streichelte. Er müsste das wahrscheinlich melden. Er müsste das alles wahrscheinlich gründlich kontrollieren, aber jeder Gedanke tat weh, jedes Blinzeln, jeder Herzschlag und besonders jedes Müssen. Er lief langsam einmal um den Mercedes herum, und mit jedem Schritt wurde das Trommeln in seinem Kopf stärker, es schlug von innen und außen auf ihn ein, so laut, dass es direkt aus dem Wagen zu kommen schien, direkt aus dem Kofferraum, ihm wurde übel und er konnte den Mercedes nur schnell noch durchwinken, bevor er sich hinter dem Zollhäuschen in die Büsche übergab.

Noch über sechs Stunden musste er aushalten. Dann würde er sich hinlegen und schlafen, besinnungslos schlafen, und wenn es dann immer noch nicht besser war, würde er halt in aller Herrgottsnamen zum Arzt gehen. Er war jetzt neunundfünfzig. Zu alt für dieses Herumstehen bei jedem Wetter und eigentlich auch zu alt für Ärzte. Die Frau tot, die Kinder riefen lustlos an und hatten dann angeblich nur ein paar Minuten. Er könnte noch mal ans Meer fahren im August. Aber was sollte er dort? Die meisten Wagen winkte er jetzt einfach durch. Seinetwegen konnten sie schmuggeln, was sie wollten. Und er wollte eigentlich auch den Ford Taunus durchwinken, aber der Wagen blieb trotzdem stehen. Im Inneren drei Männer in Pelzmänteln und ein Junge. Alle vier hielten ihre Pässe hoch, der Junge winkte ihm freundlich zu und als Clément Denaux immer entnervter mit der Hand wedelte, winkte der Junge um so freudiger zurück, also ging er schließlich doch hinüber, und der Junge kurbelte das Fenster herunter und sagte: »Bonjour«, und dass damit sein Französisch leider schon erschöpft sei, aber ob hier zufällig ein etwas mitgenommen aussehender roter Mercedes mit zwei Männern darin vorbeigefahren sei, und Clément Denaux nickte, auch wenn er nur einen Mann im Wagen gesehen hatte, der dann ja vielleicht doch ein überlappendes Zwillingspaar gewesen war, worüber er lieber nicht weiter nachdenken wollte, und der Junge sagte: »Danke«, und dass Clément übrigens nicht denken solle, dass er von den drei Männern gerade entführt werde, auch wenn das vielleicht so aussehe, er sei aus vollkommen freien Stücken hier und etwas hungrig, aber sonst kerngesund, und die drei bepelzten Herren würden nur etwas suchen, wobei er ihnen gern behilflich sei. »Ich bin nämlich Praktikant, müssen Sie wissen«, sagte er und freute sich, endlich herausgefunden zu haben, was er war, also sagte er es noch einmal: »Ich bin der Praktikant«, und Clément Denaux nickte leicht, weil das am wenigsten schmerzte und er außerdem hoffte, damit das Gespräch schneller zu beenden, aber der Junge hielt ihm störrisch seinen Kinderausweis hin. Ob er den bitte kontrollieren könne, bat er ihn, er sei noch nie kontrolliert worden, und Clément Denaux hätte geseufzt, wenn das nicht zu anstrengend gewesen wäre, so öffnete er nur langsam den Pass, schaute einmal auf das Foto, mit dem er nichts anfangen konnte, für ihn sahen Kinder alle gleich aus. »Und? Bin ich ich?«, fragte der Junge und schien tatsächlich auf die Antwort gespannt zu sein, aber Clément Denaux brummte nur irgendetwas und gab dem Jungen seinen Pass zurück. »Viel Glück«, sagte er dann noch, damit der Wagen endlich weiterfuhr, und er fragte sich kurz, warum er ausgerechnet das gesagt hatte. Vielleicht hatte er es auch zu sich selbst gesagt. Er dachte an seinen Vater, der auch immer diese Kopfschmerzen gehabt hatte, und auch ihm hatte die niemand wirklich geglaubt, und auch sein Vater war natürlich nie zum Arzt gegangen und hatte sich stattdessen eines Mittwochmorgens mit der Dienstwaffe in die Schläfe geschossen, und Clément Denaux war nur zum Teil erleichtert, gerade keine Dienstwaffe bei sich zu haben.

Der Tag kroch weiter, staubig, grell und austauschbar, wie es nur in den 70er Jahren gelang. Autos kamen und wurden durchgewinkt, und er würde zum Arzt gehen, das versprach er sich nun. Er würde noch einmal ans Meer fahren im August, und wenn es da langweilig wäre, dann wäre es eben langweilig. Mit Langeweile kannte er sich schließlich aus, und er wusste, dass die letzten anderthalb Stunden seiner Schicht immer noch einmal genauso lange dauerten wie der ganze Rest davor. Alle Viertelstunde schaute er auf die Uhr, und immer waren dann erst zwei oder drei Minuten vergangen. Die Zeit ließ sich also reichlich Zeit, viel mehr als genug. Und offenbar war da trotzdem noch genug Zeit für meinen Vater und Claudia übrig, um im ächzenden VW-Käfer ebenfalls die Grenze zu erreichen, schneller als gedacht, und mein Vater behauptete, das liege daran, dass sie sich auf dem Weg so glänzend unterhalten hätten. Dabei hatte ihre Unterhaltung im Auto fast ausschließlich daraus bestanden, dass mein Vater in regelmäßigen Abständen »Warum liebst du mich nicht mehr?« gefragt hatte, und Claudia in regelmäßigen Abständen geantwortet hatte, sie müsse sich auf die Straße konzentrieren. Und irgendwann hatte sie sich zu ihm umgedreht und ihn in aller Bestimmtheit dazu aufgefordert, sie das bitte nicht mehr zu fragen, und mein Vater war tatsächlich für ein paar Minuten still gewesen. Nur kurz vor der Grenze hatte er noch einmal geflüstert: »Hörst du denn nicht, wie gut wir gemeinsam schweigen können?« und Claudia hatte gesagt, nein, sie höre nur ein äußerst mittelmäßiges Schweigen.

Die Grenze erreichten sie kurz vor Ende von Cléments Schicht. Der Kopfschmerz war in ein gleichmäßiges Pochen übergegangen, wobei »gleichmäßig« auch nur ein anderes Wort für »pausenlos« war, und »Pochen« nur unzureichend die Bemühungen beschrieb, mit der sich offenbar ein ausgewachsener Mann mit einer Spitzhacke aus seinem Schädel zu befreien versuchte. Und Clément hatte die Augen nur deshalb noch geöffnet, weil es zu schmerzhaft gewesen wäre, sie zu schließen. Er antwortete nicht, als mein Vater ihm »Guten Tag« wünschte. Er sah nicht auf, als ihm die beiden Pässe hingehalten wurden, der von Claudia und der von Fridtjof, den mein Vater sich bis auf weiteres ausgeliehen hatte, auch wenn er und Fridtjof sich, wie Claudia etwas zu deutlich betont hatte, nicht die Spur ähnlich sahen. Clément Denaux wollte nur noch, dass die beiden endlich weiterfuhren, damit er zum Arzt konnte und der ihm den Kopf abschnitt, weil etwas anderes bestimmt nicht helfen würde. Aber sie fuhren nicht weiter, mein Vater schob seinen Oberkörper so weit er konnte aus dem Fenster und flüsterte Clément ins Ohr: »Wir sind in den Flitterwochen und sehr, sehr glücklich.« Er lächelte zum Beweis, schaute einen unerträglich langen Moment lang versonnen in den Himmel, beugte sich wieder zu Clément hinüber und flüsterte: »Aber nichts verraten, meine Frau weiß noch nichts davon.« Er schlug Clément Denaux freundschaftlich auf die Schulter, quälend freundschaftlich, aber das machte nun auch keinen Unterschied mehr. Und dann fuhren sie endlich, überquerten die Grenze, und Clément blieb stehen, noch endlose vier Minuten bis zur Ablösung, sein Kopf platzte mit jedem Ticken des Sekundenzeigers, und ich wünschte ihm von Herzen gute Besserung.

SECHSUNDDREISSIGSTES KAPITEL

in dem der Hunger auf einmal Französisch spricht und der Junge endlich sein Praktikum beginnt

»Ab jetzt spricht mein Hunger nur Französisch«, schrieb der Junge in sein Notizbuch, als sie wieder mal an einem Rastplatz vorbeigefahren waren, und er beschloss, den Hunger daher einfach zu ignorieren, weil er ihn ja ohnehin nicht verstehen würde, aber er hatte in der Zwischenzeit offenbar, ohne es zu merken, selbst Französisch gelernt. Vielleicht lag das in der Luft hier oder an den Straßenschildern, vielleicht stellte sich das auch bei Grenzübertritt ganz von alleine ein, als heimlicher Zusatzservice. »Je suis très grande«, sagte der Hunger jedenfalls, und der Junge verstand.

Er fragte die Männer im Pelz, ob sie vielleicht das ein oder andere belegte Brot dabei hätten, oder einen Apfel oder ein Stück Schokolade oder Erdnüsse, auch wenn er gegen die allergisch sei, aber gegen Verhungern sei er halt noch allergischer. Zwei der Männer schwiegen und der dritte schlief. Sie wechselten sich dabei immer ab. Einer musste fahren, einer musste missmutig aus dem Fenster schauen und der dritte schlief und durfte hoffen, nicht von den anderen zu träumen.

Die Stimmung war angespannt. Sie mussten wieder ihren Chef anrufen. Und gern hätten sie ihm bessere Neuigkeiten mitgeteilt, oder halt überhaupt irgendwelche Neuigkeiten, und derjenige von den dreien, der mit Anrufen an der Reihe war, überlegte verzweifelt, wie er die Situation möglichst erfreulich beschreiben könnte. Er verwarf »Wir sind schon fast in Sichtweite.« Er verwarf »Man muss auch einmal loslassen können.« Er verwarf »Immerhin spielt das Wetter mit«, und beschloss dann, einfach bei der Wahrheit zu bleiben. Nicht, weil das besonders ehrenwert war, sondern weil man sich die Wahrheit immerhin nicht ausdenken musste. Und immerhin betonte ihr Chef doch auch immer wieder, was für ein umgänglicher Typ er im Grunde sei, und es war wirklich höchste Zeit, dass er das einmal unter Beweis stellte. Und als sie nun doch an einer Raststätte rausfuhren, und der Hunger im Bauch des Jungen anfing, die Marseillaise zu singen, etwas voreilig, denn zunächst ging es nur ums Telefonieren, hörte sich der Chef die ganze unoriginelle Wahrheit schweigend an. Dann hörte man, wie etwas laut zerbrach, ein Teller, ein Aschenbecher, hoffentlich nichts Schlimmeres, und der Chef sagte, er sei ja im Grunde ein umgänglicher Typ, aber auch er habe schließlich eine Familie zu ernähren, genauer gesagt seien es sogar zwei Familien, auch wenn die zweite ziemlich klein war, aber das verschwieg er lieber. Genau wie die Tatsache, dass es, wenn diese Floristin mit dem süßen Lispeln tatsächlich die Wahrheit gesagt hatte, bald sogar drei Familien würden. »Das sind nun einmal schwierige Zeiten«, sagte er. »Für uns alle.« Und er müsse ihnen deshalb eine Frist bis heute um Mitternacht setzen, um den Mercedes mitsamt dem [PLATZHALTER] zu finden. Da habe er leider keine andere Wahl, da seien ihm selbst als Chef die Hände gebunden, das würden sie doch bestimmt verstehen. Was passieren würde, wenn sie die Frist nicht einhielten, musste er nicht eigens erwähnen. Stattdessen sagte er »Nichts für ungut« und legte auf, und der Pelzmann am Telefon nickte den anderen beiden zu und mehr brauchte es nicht.

Ihr Chef war in der Unterwelt nur als Dr. Rolf bekannt,

was nahezu alle für einen Spitznamen hielten, nur die wenigsten wussten, dass er tatsächlich Rolf mit Nachnamen hieß und tatsächlich promoviert war. »Masse und Macht. 12 Erklärungen für Feistheit in Führungspositionen« lautete der Titel seiner Dissertation (Note: ausreichend), die zwar all seine Mitarbeiter von ihm zum Einstieg geschenkt bekamen, aber auf Nachfrage meist »für den nächsten Urlaub aufhoben«. Und manchmal bereute es Dr. Rolf, sich damals gegen die Wissenschaft entschieden zu haben, doch seine erste Frau wollte ja unbedingt dieses Kind haben und hatte ihn gedrängt, sich etwas Solideres zu suchen, und in den frühen 60er Jahren gab es in Frankfurt kaum etwas Solideres als die Unterwelt, vielleicht etwas eintönig, vielleicht etwas lange Arbeitszeiten, aber immerhin hatte er mit Menschen zu tun, wenn auch mit manchen davon nur ein paar kurze, letzte Momente.

Und Dr. Rolf war ja tatsächlich umgänglicher als sein Vorgänger, wenn das auch wenig hieß. Die drei Männer im Pelz hatten deshalb wenig Lust, ihn zu enttäuschen, aus menschlichen aber auch aus gesundheitsbewussten Gründen. Allerdings erschien es ihnen nach allem, was sie bisher erlebt hatten, nicht besonders machbar, bis Mitternacht alles wieder gut werden zu lassen, das waren ja nicht einmal mehr acht Stunden. Niemand konnte sie da besser verstehen als ich.

Und alle drei spielten kurz mit dem Gedanken, sich einfach abzusetzen, in Frankreich noch einmal ganz von vorne anzufangen, vielleicht Gastronomie, vielleicht Kleinkunst, aber dem Gedanken war nicht nach Spielen zumute, er erinnerte sie nur nüchtern an alle sonstigen Verpflichtungen, die noch in Frankfurt auf sie warteten, und an das Geld für den Ruhestand, das Dr. Rolf für sie aufbewahrte, und daran, dass sie auf der Flucht wahrscheinlich noch eine ganze Weile lang zusammenbleiben müssten, sie hatten ja sonst nichts, und ganz gleich, was Dr. Rolf mit ihnen vorhatte, viel schlimmer als beieinander konnte es eigentlich nicht werden.

Also setzte sich einer der Hendels wieder ans Steuer und wollte weiterfahren, weil sich außer dem Weiter keine andere Richtung anbot. Aber da steckte auf einmal nichts mehr im Zündschloss. Der Hendel suchte seine Taschen ab, drehte sich zu seinen Kollegen um, die nur ratlos mit den Schultern zuckten, und dann sah er, wie der Junge ihn anschaute und dabei den Schlüssel zwischen Daumen und Zeigefinger baumeln ließ. In einem unbeobachteten Moment eben musste er ihn schnell aus dem Zündschloss gezogen haben. Der Hendel am Steuer seufzte genervt, streckte fordernd die Hand aus, aber der Junge ließ den Schlüssel in seiner Faust verschwinden. »Nein«, sagte er, und sein Hunger sagte: »Non.« Und sie sagten es beide so entschieden, dass der Hendel tatsächlich die Hand zurückzog. Der Junge hörte sein Herz pochen. Er hatte noch nie so entschieden Nein gesagt, er war nicht geübt im Widersprechen. Aber das wollte er doch lernen, auch das. Die drei Hendels starrten ihn unschlüssig an, und er setzte seine Kopfhörer auf, weil er seine Pudelmütze gerade besonders stark vermisste. »Als erstes werden wir jetzt etwas essen«, sagte er. »Dann werden wir noch etwas essen«, sagte er, »und dann noch etwas.« Und dann wolle er endlich anfangen mit dem Lernen. Das sei bislang ein grotesk unergiebiges Praktikum bei den dreien. Da habe er sich mehr versprochen. Und er müsse sich vorbereiten, er müsse alles

Mögliche nachholen, und die Hendels würden doch so aussehen, als ob sie schon eine ganze Menge hinter sich hätten. »Oder etwa nicht?«, fragte er und die Hendels nickten tatsächlich. »Und ich habe noch eine ganze Menge vor mir«, sagte der Junge, und davon könnten sie ihm doch ruhig ein wenig abnehmen. »Ich bin noch Anfänger im Leben«, sagte er, und wenn man das Leben Anfängern überlasse, dann gehe alles Mögliche schief, dann halte man sich dauernd unnötig mit Nebensächlichkeiten auf, und kaum, wenn man etwas Übung im Leben habe, sei es schon vorbei. »Das soll mir nicht passieren«, sagte er. »Und Sie helfen mir dabei.« Die Hendels schauten ihn nur verwundert an. »Also«, sagte der Junge dann und unterbrach den Satz kurz, um sich zu notieren, dass er häufiger Sätze mit »Also« beginnen sollte. »Also, entweder machen wir das so, wie ich es sage, oder ich gehe. Verstanden?«, und die drei Hendels zögerten kurz, dann nickten sie, weil sie außer dem Jungen doch keinerlei Anhaltspunkt für ihren Auftrag hatten, weil ihnen ohne den Jungen doch nur noch die Kleinkunst blieb. Und tatsächlich waren auch sie hungrig, tatsächlich wollten auch sie kurz ein wenig Stillstand, weil man sonst gar nicht merkt, dass man weiterkommt. Sie nickten alle drei gleichzeitig. »Gut«, sagte der Junge knapp, und notierte sich, häufiger etwas knapp zu sagen. Dann stiegen sie aus und liefen zum Raststättenrestaurant hinüber. Sowohl dem Jungen als auch seinem Hunger lief das Wasser im Munde zusammen, weil die Luft zweisprachig nach Frittierfett roch. Kurz vor der Tür hielt er noch einmal an und drehte sich zu den Hendels um. »Ach übrigens«, sagte er. »Sie sind selbstverständlich meine Gäste.«

SIEBENUNDDREISSIGSTES KAPITEL

das vorgeht

Die Telefone auf den Schreibtischen von René und Claude im Internationalen Büro für Maß und Gewicht klingelten selten. Hin und wieder rief eine ihrer Ehefrauen an, aber auch die hatten sich meist nur verwählt. Bedauerlicherweise, denn René und Claude hatten wenig zu tun. So wenig, dass sie sich häufig erst am frühen Nachmittag begrüßten, damit es zu dem Zeitpunkt überhaupt noch etwas zu erledigen gab. Den Rest des Tages schauten sie aus dem Fenster.

Auch in den anderen Abteilungen des Internationalen Büros für Maß und Gewicht herrschte keine übermäßige Hektik. Weder bei den Kollegen von den Längeneinheiten noch bei denen von den Gewichten. Aus den Büros der Temperaturmesser hörten René und Claude zwar in letzter Zeit manchmal Geschrei, aber das lag wahrscheinlich nur daran, dass der Mitarbeiter für Celsius und die Fahrenheit-Sachbearbeiterin bis vor Kurzem noch miteinander verlobt gewesen waren, bis etwas dazwischenkam. »Unüberbrückbare Differenzen« hatten sie behauptet, aber alle wussten, dass es in Wahrheit dieser Kelvin war. Ansonsten gab es wahrscheinlich in ganz Frankreich kein Gebäude, aus dem mehr aus dem Fenster geschaut wurde. Der Himmel über Paris war schon ganz wundgeschaut.

Für genau eine einzige Aufgabe waren René und Claude zuständig. Und diese Aufgabe war wichtig und verantwortungsvoll und sogar ziemlich aufregend, aber vor allem war sie wahnsinnig kurz. Sie dauerte genau eine Sekunde. Und trotzdem saßen sie schon seit Wochen hier, denn das

Problem war, dass diese eine Sekunde fehlte. Sie fehlte der Zeit, zumindest der bürgerlichen Zeit, die eine Sekunde vorging, was für die meisten wahrscheinlich läppisch klingt, aber für René und Claude klang es ganz und gar nicht läppisch. Es klang alarmierend, es klang dramatisch, es klang unerträglich.

Denn wenn man es genau nimmt, besteht gar kein großer Unterschied zwischen einer Sekunde und der Ewigkeit. Das eine ist halt etwas mehr, das andere etwas weniger, aber das sind nur Abstufungen. Wenn man es genau nimmt, darf natürlich gar nichts vorgehen. Der einzig wichtige Unterschied ist schließlich der zwischen gar nichts und etwas, aber immer ist ja etwas, das kann man gar nicht verhindern, schon gar nicht, wenn man es genau nimmt. Und René und Claude wurden nun einmal dafür bezahlt, es genau zu nehmen. Und je genauer man es nimmt, desto klarer sieht man, was alles nicht stimmt. Und deshalb bestand ihre eigentliche Aufgabe darin festzulegen, wie ungenau man es nehmen durfte mit der Zeit.

Darüber waren sie sich allerdings nicht einig. Und da wollten auch noch jede Menge anderer mitreden, von überall auf der Welt, denn es ging nun einmal um die Weltzeit, und das einzige, worauf sich alle einigen konnten, war, dass eine Sekunde zu lang war.

Und das stimmte ja auch. Eine Sekunde, die vorgeht, ist viel zu lang. Daran mussten René und Claude ständig denken, das hielt sie Nacht für Nacht wach. Alles war einfach zu früh. Wenn sie seufzten, seufzten sie in Wahrheit erst eine Sekunde später. Wenn sie aus dem Fenster schauten, sahen sie einen Himmel, den es noch gar nicht gab. Wenn sie sagten: »Es regnet«, war das also im Grunde nichts als eine Vermutung. Und wenn sie am Abend dann ihre Frauen küssten, küssten sie immer eine Sekunde an ihnen vorbei.

Und heute Nacht wollten René und Claude das endlich ändern. Damit alles wieder richtig ging, oder zumindest fast richtig. So lange, bis man es wieder ganz genau nahm. Aber bis dahin war noch viel zu viel Tag übrig. Eine Ewigkeit. Und eine Sekunde.

ACHTUNDDREISSIGSTES KAPITEL

in dem die Kathedrale von Metz vergeblich wartet und die Zukunft es rekordverdächtig eilig hat

Wenn man einmal davon absieht, dass mein Vater und Claudia nicht verheiratet waren, dass Claudia nicht wusste, wo sich ihr Ehemann gerade befand und wie es ihm ging, dass sie insgesamt nicht besonders gut auf meinen Vater zu sprechen war, dass mein Vater neben dem ausgeschlagenen Schneidezahn noch an mindestens vier weiteren Körperstellen verletzt war, vom gebrochenen Herzen einmal ganz zu schweigen, wenn man dann auch noch davon absieht, dass sie in einem äußerst versehrten VW-Käfer unterwegs waren, dem sie jeden Kilometer mühsam abringen mussten, dass die Nachmittagssonne ihnen die Kleidung an den Körper klebte und dass französische Autobahnen zwar gerne so tun, in Wahrheit aber auch nicht viel mehr *savoir vivre* ausstrahlen als deutsche, verbrachten mein Vater und Claudia alles in allem recht gelungene Flitterwochen.

»Das sind keine Flitterwochen, das ist ein Umweg«, sagte Claudia zwar immer, wenn mein Vater das mal wieder feststellte, aber er erwiderte dann nur, dass er sich jetzt nicht mit ihr über die genaue Bezeichnung streiten wolle, schon gar nicht in den Flitterwochen. Er hielt immer mal wieder an, um ihr Blumen vom Straßenrand zu pflücken, oder halt das, was Blumen am nächsten kam. Er bat jeden Anhalter, an dem sie vorbeifuhren, ein Foto von ihnen beiden zu machen, aber die wenigsten hatten eine Kamera dabei, und wer doch eine hatte, wollte seinen Film nicht mit Aufnahmen von irgendwelchen Fremden verschwenden. Und als Claudia einmal auf Toilette war, wollte er sie damit überraschen, das Auto mit lauter weißen Tauben zu füllen, die romantisch herausflattern sollten, wenn Claudia die Wagentür öffnete. Der einzige Vogel jedoch, den er in der Eile fand, war ein toter Spatz, der sich auf dem Fahrersitz aber dann gar nicht so romantisch machte, wie er leider zu spät bemerkte.

Die Gegenwart bereitete meinem Vater also Schwierigkeiten. Daher beschloss er, mehr auf die Zukunft zu setzen. Die Flitterwochen sollen schließlich einen Anfang darstellen, den Ausgangspunkt einer langen Reise, der einen später gründlich nostalgisch machen würde. Und deshalb konnte man, wie mein Vater fand, mit der Nostalgie eigentlich sofort beginnen. »Weißt du noch, wie wir durch Lothringen fahren?«, fragte er, als sie durch Lothringen fuhren, und Claudia wusste es noch. Er fragte: »Weißt du noch, wie wir in Metz keinen Zwischenstopp einlegen?«, als sie bei Metz keinen Zwischenstopp einlegten, und auch das wusste Claudia noch. »Weißt du noch, wie wir dort nicht die Kathedrale besichtigen? Wie wir uns dabei nicht ganz klein und unbedeutend fühlen und trotzdem komplett aufgehoben«, fragte er, und Claudia wusste es offenbar nicht mehr genau, deshalb fragte mein Vater lieber weiter. »Weißt du noch, wie perlig der Champagner ist, den wir in der Champagne nicht trinken? Weißt du noch, wie er uns nicht sehr langsam und sehr schön betrunken macht, und wie ich dir nicht verspreche, dass es ab jetzt immer schöner wird, und wie du dann nicht lächelst, nicht meine Hand nimmst und nicht sagst, dass du dir nicht vorstellen könntest, jemals noch glücklicher zu sein als jetzt? Weißt du das noch?« Und Claudia versuchte, das noch zu wissen, vielleicht versuchte sie wirklich, das alles noch zu wissen, aber es gelang einfach nicht.

Zur gleichen Zeit saß meine Mutter im Zug Marseille-Paris, der zwar wie ein mediterraner Fallwind hieß, im Jahr 1972 aber noch alles andere als windschnell war. Dabei hatte doch auch meine Mutter es eilig. Sie wollte jetzt unbedingt diese verdammte Zeit anhalten. Und natürlich wusste sie, dass ihr das nicht wirklich gelingen würde. Aber sie wollte es glauben, zumindest eine Sekunde lang. Sie wollte es versuchen, so wie Eva es immer hätte versuchen sollen. Und dann wäre die Liste vollständig, dann wäre nicht nur der vorletzte Punkt, sondern gleichzeitig auch der allerletzte Punkt erfüllt. Und zwar ganz von allein.

Und genau als sie das dachte, hielt der Zug plötzlich auf freier Strecke. Kurz war alles still, dann knallte es plötzlich, alles bebte, vibrierte, und die Zukunft raste an ihr vorbei. Meine Mutter konnte wenig davon erkennen, nur die spitze Schnauze, der Rest verschwamm zu einem rot-weißen Streifen und dann war die Zukunft genauso schnell verschwunden, wie sie gekommen war. Kurz darauf setzte sich der Zug wieder in Bewegung und schien auf einmal noch langsamer als zuvor. »Was war das?«, fragte meine Mutter die Traurigkeit, aber die schien zum ersten Mal sprachlos.

NEUNUNDDREISSIGSTES KAPITEL

in dem alles auf dem Boden bleibt

WAS WIR ALLES WISSEN

Wir wissen natürlich, was das war. Es war der Prototyp des ersten TGV auf einer seiner ersten Testfahrten. Über fünftausend weitere Testfahrten würden noch folgen, das wissen wir. Denn die Zukunft ist vorsichtig, die Zukunft geht lieber auf Nummer Sicher, die Zukunft leidet unter Lampenfieber, und ihr wäre es am liebsten, wenn sie nie beginnen würde, dann hätte sie ausreichend Zeit, sich in Ruhe zu testen, sich vorzubereiten, alles noch einmal zu proben. Das wissen wir. Und das gefällt uns oft nicht an der Zukunft, weil sie so behäbig scheint, so langsam, so feige. Weil wir deshalb noch nicht einmal fliegende Autos haben. Dabei sind fliegende Autos alles, was wir über die Zukunft wissen. Und wir haben Angst vor einer Zukunft, in der wir nicht mehr an fliegende Autos glauben. Aber noch größere Angst haben wir vor einer Zukunft, in der es fliegende Autos gibt, und in der wir auf einmal merken, wie wenig sie helfen.

Wir wissen, dass auch ich staunend mit ansah, wie der TGV an meiner Mutter vorbeirauschte. Und auch mir verschlug es die Sprache, was bei mir natürlich nicht ganz so bemerkenswert war. Aber ich hatte so etwas noch nie gesehen. So etwas Schnelles, Kraftvolles, Entschiedenes, das es offenbar furchtbar eilig hatte, das es kaum erwarten konnte, endlich am Ziel zu sein. Und ich weiß, dass es wahrscheinlich ein naiver Gedanke war. Aber ich war mir auf einmal ganz sicher, dass gute Zeiten anbrechen würden. Und ich war mir genauso sicher, dass ich unbedingt Teil davon sein wollte.

Wir wissen natürlich auch, wie der allerletzte Punkt auf Evas Liste lautet. Aber wir verraten es noch nicht.

Oder doch. Er lautet: »Jemanden retten, der sich das wünscht.« Und wir wissen, dass irgendetwas an diesem Punkt nicht ganz stimmt, aber das verraten wir nun wirklich nicht.

Wir wissen wenig über die Zukunft. Aber manchmal wissen wir doch, wie es weitergeht. Nämlich mit dem nächsten Kapitel.

VIERZIGSTES KAPITEL

in dem zumindest irgendjemand mal geboren wird, wenn auch nicht zum ersten Mal

Dimitri hatte sich bereits anderthalb Stunden lang angeregt mit Fridtjof unterhalten, als ihm auffiel, dass der sich immer noch im Kofferraum befand. Und auch wenn das Gespräch nach dieser Erkenntnis nicht wieder recht in Gang kommen wollte, hielt Dimitri nicht an. Er nahm es sich zwar vor, alle paar hundert Meter, manchmal war er sogar schon auf den Seitenstreifen gefahren, bevor er dann doch wieder Gas gab. Aber die Vorstellung, dass sein bester Freund womöglich erstickt war, nur weil sie sich so gut unterhalten hatten, war ihm höchst unangenehm. Dimitri wusste natürlich nicht, wie lange man es in so einem Kofferraum aushielt, genau deshalb wollte er es jedoch auf keinen Fall nachprüfen, denn er prüfte nie etwas nach, wenn ihm eines der möglichen Ergebnisse nicht gefiel. Damit sei er immer gut gefahren, behauptete er oft, auch wenn er selbst ahnte, dass das nicht stimmte. Aber auch das ließ er lieber ungeprüft.

Er machte stattdessen das Autoradio an. Keiner der Sender verstand ihn, also machte er es wieder aus. Und dann fiel ihm die bescheuerte Katze ein. Er hatte darüber mal etwas gelesen. Irgendein verrückter Wissenschaftler hatte angeblich seine Katze zusammen mit einer Atombombe oder so in eine Kiste gesperrt und weil er nicht nachgeschaut hatte, war die Katze dann irgendwann gleichzeitig lebendig und tot, also eine Art Zombiekatze, und zum Glück war kein Foto dabei gewesen. Und Dimitri hatte vergessen, wie die Geschichte ausgegangen war, aber aller

Wahrscheinlichkeit nach hatte die Katze den Wissenschaftler gefressen. Verdient hätte er das jedenfalls. Und Dimitri bekam plötzlich Angst, dass Fridtjof da hinten auch gleichzeitig lebendig und tot sein könnte, wenn er nicht nachschaute, also hielt er doch an, stieg schnell aus und klopfte auf den Kofferraumdeckel. »Du bist noch lebendig, oder?«, rief er und von drinnen hörte er ein schwaches Schnurren, was ihm überhaupt nicht gefiel, also fragte er: »Und bist du zufällig auch noch etwas anderes?«, und aus dem Kofferraum kam keine Antwort, was, wie Dimitri fand, immerhin kein »Ja« war, also öffnete er die Klappe und hatte mit allem gerechnet, angefallen zu werden, gefressen, beschimpft, verflucht oder angefleht, aber nicht damit, dass Fridtjof einfach friedlich da lag, etwas zittrig vielleicht, etwas bläulich und reichlich verschwitzt, aber selig lächelnd und mit einem unbestimmten Glanz in den Augen. Und ganz sicher hatte Dimitri nicht damit gerechnet, dass Fridtjof sich räusperte, ihm kurz zunickte und dann mit krächzender Stimme fragte, ob er die Klappe bitte wieder schließen könne.

Dimitri konnte schließlich nicht ahnen, dass Fridtjof tatsächlich gerade gleichzeitig lebendig und tot war, wenn auch nur im übertragenen Sinne. Tot war Fridtjofs altes Ich, aber sein neues fühlte sich lebendiger an als je zuvor. Fridtjofs altes Ich hatte panische Angst vor dunklen, engen Räumen gehabt, was ihm erst richtig aufgefallen war, als er sich im dunklen, engen Kofferraum eingesperrt fand. Und am Anfang hatte er geschrien und geschlagen und sich mit aller Kraft gegen die Klappe gedrückt, die kein Stück nachgab, und dann war er bald nur noch damit beschäftigt gewesen, sich daran zu erinnern, wie man atmete, was ihm aber einfach nicht mehr einfiel, nichts geriet in ihn hinein, nichts drang heraus, sein Mund funktionierte nicht mehr, sein Hals funktionierte nicht mehr, sein Gehirn funktionierte überhaupt nicht mehr und alles um ihn wurde immer nur noch dunkler und noch enger, weil er da drinnen nicht mehr allein mit dem [PLATZHALTER] war, sondern plötzlich auch jemand neben ihm lag, der ihm übers Haar strich und beruhigend in sein Ohr flüsterte, und als Fridtjof nachsah, war es Gott. Und Fridtjof hatte keine Kraft mehr, sich darüber zu wundern, und ließ alles einfach geschehen. Er schmiegte sich an Gotts dicken Bauch, der so warm und weich war wie frischer Teig, Gotts Finger strichen sanft über sein Haar, als wären sie allein für diese Aufgabe gewachsen, sein Bart kitzelte Fridtjofs Wange und die Worte flüsterten sich dunkel und klar in sein Ohr: »Werde ein anderer, werde ein anderer.« Und die Worte hatten vollkommen recht, das wusste Fridtjof sofort, und plötzlich konnte er wieder atmen, plötzlich war er voller Luft, und alles war leicht und deutlich und schön. Und als Dimitri jetzt sagte: »Du hast einen Sonnenstich, oder?« und dass er sofort da rauskommen solle, schüttelte Fridtjof nur lächelnd den Kopf. Der Kofferraum sei sein Mutterleib, sagte er, und er selbst sei gerade drauf und dran, neu geboren zu werden. Dimitri zögerte. Ihm war allein da vorne im Auto ziemlich langweilig. Andererseits wusste er nicht, ob Langeweile wirklich schlimmer war als Fridtjofs seltsames Gelächele. Er hatte keine Ahnung, was er jetzt tun sollte, also machte er das einzig Naheliegende: Er ließ den Kofferraumdeckel gleichzeitig offen und zu.

EINUNDVIERZIGSTES KAPITEL

in dem Kompromisse gemacht werden

Mein Vater und Claudia waren sich auch früher schon bei den wenigsten Dingen einig gewesen. Claudia liebte die Berge, mein Vater das Meer. Claudia ging gern ins Kino, mein Vater ging gerne wieder raus. Claudia hatte im September Geburtstag, mein Vater war sich ganz sicher, dass es eher so »um den Mai rum« sei.

Und deshalb war es wahrscheinlich kein Wunder, dass sie sich nun auch im VW-Käfer zwischen Reims und Paris auf wenig einigen konnten. Mein Vater sagte: »Was für ein herrlicher Sommermorgen«, Claudia sagte: »Es ist fünf Uhr nachmittags.« Mein Vater sagte: »Schau mal, da rechts hoppelt ein Hase«, Claudia sagte: »Das war eine Ratte.« Mein Vater sagte: »Wir lieben uns mehr als je zuvor«, und Claudia sagte, das sei ihr aber neu.

Aber immerhin sagte sie überhaupt etwas, und mein Vater beschloss, das als Fortschritt zu deuten. Und er erklärte Claudia, dass es ein gutes Zeichen sei, dass sie beide die Welt so verschieden sähen, so würden sie einander wunderbar ergänzen, und Claudia sagte, er solle die Welt da mal lieber aus dem Spiel lassen, mit der scheine er sich nicht besonders gut auszukennen. »Ich habe recht und du einen Dachschaden«, sagte sie, und mein Vater sagte, in der wahren Liebe gehe es nicht um Rechthaben, sondern um Kompromisse, das habe Claudia ihm doch früher immer vorgehalten, und jetzt sehe er endlich ein, wie sehr das stimme. »Ich bin als Mensch gewachsen«, sagte er und ließ danach eine angemessen feierliche Pause. Und er habe in den letzten, schweren Wochen verstanden, dass es nicht nur um ihn gehen dürfe, dass er Claudias Bedürfnisse früher viel zu lange vernachlässigt habe, aber er sei jetzt endlich bereit, Kompromisse zu machen. Und wenn sein Standpunkt nun einmal sei, dass sie sich sehr lieben würden, und Claudias Standpunkt sei, dass sie das nicht täten, dann müssten sie sich nur irgendwo in der Mitte treffen. »Also sind wir einfach ein kleines bisschen sehr ineinander verliebt«, sagte er und strahlte Claudia an. Und Claudia schaute müde aus dem Fenster und sagte, er sei ein kleines bisschen sehr bescheuert. Aber mein Vater ließ sich nicht beirren. »Also gut, ein sehr kleines bisschen sehr«, das sei aber sein letztes Angebot, und Claudia schüttelte nur den Kopf, während mein Vater weiter ihre Probleme löste. Wenn er behaupten würde, sie seien verheiratet, und Claudia behaupte, sie seien das nicht, dann seien sie als Kompromiss einfach verlobt. Und wenn er sage, sie seien glücklich, und Claudia darauf bestehe, unglücklich zu sein, dann seien sie als Kompromiss beide halt ein wenig melancholisch, damit könne er gut leben, er wolle doch nur das Beste für sie beide, und wenn Claudia das so dringend nicht wolle, dann halt das Zweitbeste. Und Claudia sagte, sie habe einen viel besseren Kompromissvorschlag, mein Vater fahre sie jetzt so schnell wie möglich zu ihrem Mann, und zwar zu ihrem richtigen, kompromisslosen Mann, und dafür lasse sie die Polizei aus dem Spiel. Und mein Vater sagte, das klinge für ihn leider nach keinem sehr guten Kompromiss und man müsse jetzt einen Kompromiss zwischen ihren Kompromissen finden, und das könne doch nicht so schwer sein, wenn man sich ein sehr kleines bisschen sehr liebe, aber sie müssten sich damit beeilen, denn wenn das Schild da nicht lüge, seien sie gleich schon in

Paris, und Claudia hatte das Schild auch gesehen, aber das konnte ja nicht stimmen, weil sie sich nie über irgendetwas einig waren, also sagte sie: »Nein, das dauert noch, bis wir da sind.« Und tatsächlich hatte sie damit wieder recht, weil sich genau in diesem Moment der Motor des VW-Käfer verschluckte, laut hustete, röchelnd nach Luft schnappte und dann erstarb.

ZWEIUNDVIERZIGSTES KAPITEL

in dem Paris nicht gut wegkommt

Als meine Mutter abends als erste in Paris ankam, fand sie den Gare de Lyon hässlich. Sie fand den Eiffelturm hässlich. Sie fand den Arc de Triomphe hässlich. Louvre: hässlich, Notre Dame: hässlich, Pont Neuf: schrecklich hässlich, das Centre Pompidou: gerade erst im Bau, aber später sicherlich ebenfalls hässlich. Sie lief den hässlich breiten Fluss entlang, vorbei an lauter hässlichen Menschen in wahnsinnig hässlichen Hosen, manche mit Zigaretten im hässlich verzogenen Mund, manche mit Hunden an der Leine, und dass es sich dabei um keine schönen Hunden handelte, versteht sich von selbst. Sie hörte hässliche Geräusche wie Verkehr, wie Wind, wie Rauschen, wie Stimmen, und ihre eigenen hässlichen, lächerlich kleinen Schritte. Sie wollte hier auf keinen Fall bleiben. Sie wollte nur schnell ihre Aufgabe erledigen, die hässliche Zeit anhalten, einmal draufschlagen, so fest es ging, und dafür brauchte sie, um überhaupt eine Chance zu haben, wohl einen Hammer.

Hammergeschäfte sind allerdings schwerer zu finden als Uhrmacher, vor allem abends. Und meine Mutter wollte nicht mehr suchen. Sie war des Suchens so unglaublich müde. Also fragte sie wahllos in allen Geschäften, die noch geöffnet hatten, in einer Bäckerei, in einem Buchladen, einer Kleiderboutique, wurde überall aber nur hässlich angeschaut und ging wieder, ohne sich zu verabschieden. Die Traurigkeit sagte irgendetwas zu ihr, was sie nicht verstehen konnte, es war einfach zu laut, es wurde gehupt und geklingelt und geschrien und gelacht und geschimpft und gebohrt und gesägt und gehämmert, ja, da wurde tatsächlich noch irgendwo gehämmert, und meine Mutter ging dem Klang nach, bis sie die Baustelle fand, auf der gerade mit einem schweren Gummihammer neue Pflastersteine ins Straßenbett geschlagen wurden.

Fünf Minuten später hatte sie ein paar fragwürdige Worte mehr in ihrem Wortschatz und hundertfünfzig Franc weniger in ihrer Geldbörse, dafür aber das Versprechen, dass der Bauarbeiter den Hammer gleich nach Feierabend zufällig auf der Baustelle vergessen würde. »Wollen Sie jemanden damit erschlagen?«, hatte der Bauarbeiter sie zum Schluss noch gefragt und war offensichtlich enttäuscht von ihrer Antwort gewesen.

Eine halbe Stunde musste sie noch warten, und sie ging dafür ins Café gegenüber. In Paris gibt es gegenüber immer ein Café, darauf ist Verlass. Selbst wenn man es vorher nicht sieht, kann man sicher sein, dass, sobald man die Straße überquert hat, genau dort gerade eines eröffnet wurde, und gegenüber von dem Café gibt es dann natürlich ein weiteres Café, das genauso hässlich ist. Es gibt kein Entkommen. Und in allen sitzen Männer mit übertriebenen Brillen, die aus viel zu kleinen Tassen trinken und sich dabei Gedanken machen, die auch nicht viel größer sind. Und wenn sie dann gehen, wahrscheinlich ins Café gegenüber, lassen sie die Gedanken einfach liegen. Und das fand meine Mutter auf einmal am hässlichsten an Paris: diese Gedanken, die überall herumlagen, herumschwirrten, alles verstopften und verklebten, ihr lautes Rascheln, Raunen, Seufzen, Kichern. Und sie wollte auf keinen Fall noch ihre eigenen dazu werfen, weil sie ja wusste, dass die auch nicht viel ansehnlicher waren, im Gegenteil. Sie bestellte nichts. Sie ließ die Sekunden vergehen, weil das noch möglich war, weil die Zeit noch nichts davon ahnte, was heute mit ihr geschehen sollte. Sie schaute nach links, nach rechts, und wenn da nicht diese hässliche Stadt im Weg gewesen wäre, hätte sie sehen können, wie alle anderen aus der Geschichte langsam näher kamen. Wenn da nicht all diese Sekunden im Weg gewesen wären, hätte sie sehen können, wie alles ausgehen würde.

DREIUNDVIERZIGSTES KAPITEL

in dem in einer Crème Caramel keine Hoffnung steckt

»Also«, sagte der Junge mit vollem Mund, er wolle natürlich Autofahren lernen. Er wolle lernen, wie man einen Revolver richtig hält, wie man damit ins Schwarze trifft. Er wolle lernen, wie man einen doppelten Windsor bindet, wie man ihn möglichst lässig wieder löst, wie man einen Hund erzieht und wie man ein passables Hühnerfrikassee zubereitet. Er schob sich mit der linken Hand noch eine Gabel Nudeln in den Mund, blätterte mit der rechten in seinem Notizheft, kaute hastig und redete dann augenblicklich weiter. Dass er unbedingt lernen wolle, wie man auf Chinesisch zählt. Er wolle russische Lieder lernen, zwei bis drei, und Canasta und Judo und Balladen, ebenfalls zwei bis drei. Schach könne er schon, sagte er, während er weiterblätterte, aber er wolle lernen, wie man darin besser wird, und Küssen könne er auch schon ein wenig, aber auch davon verspreche er sich noch mehr. Er wolle Tango lernen und Kraulschwimmen und wie man sich angemessen entschuldigt. Er wisse sehr wenig über Malerei, das wolle er lernen. Und noch weniger wisse er über den Tod, darauf sei er ebenfalls neugierig. Er wolle lernen, wie man sich jemanden schön trinkt. Er wolle lernen, wie man sich mit etwas abfindet. Er wolle lernen, wie man etwas repariert, das man nicht sehen kann. Um seinen Mund herum war alles voller Tomatensauce. Er wischte ihn sich mit dem Handrücken ab, und den Handrücken anschließend an der Hose. Zufriedenheit, sagte er dann, wolle er natürlich lernen, und wie man Rauchringe bläst. Er wolle lernen, wie man etwas vorsätzlich vergisst, und wie man jemandem in den Mantel hilft, jemandem, der das zu schätzen weiß. Er wolle lernen, wie man tröstet, mit und ohne Worte. Er wolle lernen, wie man einen Tisch abbeizt und wie man auf zwei Fingern pfeift. Er fuchtelte mit der Gabel herum. Unbeschwertheit, sagte er, Unbeschwertheit wolle er dringend lernen. Er wolle lernen, wie man mit den Schultern zuckt, ohne dass es kleinlaut aussieht. Und verlernen, sagte er, wolle er die Angst, und ja, er wisse, dass Verlernen noch viel schwieriger sei als Lernen, aber er sei ja noch jung, einigermaßen, und Geduld habe er schließlich schon gelernt, und das sei eigentlich ziemlich einfach gewesen. Er legte die Gabel zurück auf den Teller. Man müsse, sagte er, nur einfach das Ende so weit nach hinten verlegen, dass man es nicht mehr sieht.

Er klappte das Notizheft zu, nahm einen Schluck aus seiner Orangina, den letzten, im Strohhalm brodelte es laut, und schaute die drei Männer im Pelz erwartungsvoll an, die alle nebeneinander auf der anderen Seite des Tisches saßen und sich zum Nachtisch eine Crème Caramel teilten. Das sei zwar noch längst nicht alles, sagte der Junge, aber fürs erste reiche es vielleicht, und er fragte, mit welcher Lektion sie beginnen wollten. Die drei Männer antworteten nicht. Sie nickten nicht einmal. Sie wussten nicht, wozu sie auch hätten nicken sollen. Es war ihnen alles zu viel. Und diese ganze unbedarfte Hoffnung des Jungen war alles andere als ansteckend, im Gegenteil, sie erinnerte die drei Hendels nur an ihre eigene Hoffnungslosigkeit. Und vielleicht, dachten sie, wäre es tatsächlich ein angemessenes Ende, von Dr. Rolf im Main versenkt zu werden, weil dann alles so eindeutig umsonst gewesen wäre, all das Warten und all das Verpassen und all das Suchen und all das Nicken. Sie sehnten sich nach dem Ruhestand, und nirgendwo stand man schließlich ruhiger als dort unten im Main, und zu dieser Jahreszeit war das Wasser doch auch gar nicht so kalt, da hatten sie Glück, und sie kratzten nacheinander mit ihren Löffeln in den Resten der Crème Caramel herum, und der Junge fragte: »Also, legen wir los?«, und die drei schauten nicht auf, sie kratzten nur schweigend weiter, und der Junge verstand jedes Wort dieses Kratzens. Er verstand: »Es tut uns leid«, er verstand »Wir können dir nichts beibringen, gar nichts, außer, wie man alles falsch macht«, er verstand »Unsere Mäntel stehen uns nicht«, und der Junge sog noch einmal an seinem Strohhalm, aber da war nichts mehr, also sagte er: »In Ordnung.« Er sagte, dann müsse er jetzt leider gehen. Er sagte, dass es ihm leid tue, aber er könne es sich nicht leisten, hier weiter seine Zeit zu verschwenden. Er schaute die drei Hendels einen nach dem anderen an, aber keiner machte irgendwelche Anstalten, ihn aufzuhalten. Also stand er auf, holte ein Geldbündel aus seinem Rucksack, legte vor jeden der drei einen Zwanzigmarkschein, »Hier. Für Ihre Mühe«, und streckte ihnen seine Hand entgegen, die sie nach kurzem Zögern tatsächlich schüttelten. Er wünsche ihnen alles Gute, sagte der Junge. Und dass er dann jetzt alleine das Glück suchen werde, zumindest das Glück, das könne doch nicht so schwer zu finden sein, und alles Weitere ergebe sich dann. Er drehte sich um und ging, entschieden, aber nicht zu schnell, und erst als er schon fast am Ausgang war, hörte er endlich das Räuspern, und dann noch eines und noch ein drittes. Er hörte, wie Stühle zurückgeschoben wurden, Schritte und das schwere Rascheln von Pelz. Er lächelte. »Warte«, hörte er. »Da haben wir doch den gleichen Weg.«

VIERUNDVIERZIGSTES KAPITEL

in dem die wichtigste Frage unbeantwortet bleibt

Stammen Sie aus Paris?
— Nein, ich komme aus einer Kleinstadt nahe der Schweizer Grenze. Aber ich bin nun schon seit sechs Jahren hier.

Aus beruflichen Gründen?
— Klar aus beruflichen Gründen. Mein Privatleben ist nicht besonders aufregend. Entweder arbeite ich oder ich liege herum.

Mögen Sie Ihre Arbeit?
— Mal so, mal so. Aber ich kann mich nicht beschweren. Viel an der frischen Luft. Viel mit Menschen. Viel mit Steinen. Mit beiden komme ich ganz gut aus.

Was mich schon immer interessiert: Tut es Ihnen eigentlich weh, wenn Sie auf etwas schlagen?
— *(lacht)* Nein, kaum noch. Man härtet schnell ab in meinem Metier.

Und das Geräusch? Ist das nicht unangenehm auf Dauer?
— Ich sage mal so: Es erinnert nicht gerade an einen plätschernden Gebirgsbach. Andererseits: Ich habe in meiner Jugend mal ein paar Monate neben einem plätschernden Gebirgsbach gearbeitet. Der kann einem nach einer Weile auch ganz schön auf den Stiel gehen.

Auf wie viele Steine haben Sie im Laufe der Jahre schon geschlagen?
— Puh. Keine Ahnung. Mehr als zwei. Danach habe ich aufgehört zu zählen.

Was haben Sie gedacht, als die Frau Sie heute Abend einfach von der Baustelle mitgenommen hat?
— Was soll ich mir groß gedacht haben? »Sie braucht mich wohl dringend«, das habe ich gedacht. Und es ist für jeden schön, gebraucht zu werden. Auch für mich. Andererseits kam mir die Frau dann auch recht schnell ziemlich merkwürdig vor.

Inwiefern?
— Na ja. Es war ja eine ziemlich lange Fahrt da raus zum Büro für Maß und Gewicht. Wir sind mit dem Taxi gefahren. Das war meine erste Taxifahrt überhaupt. Und ich war da natürlich etwas aufgeregt, aber die Frau schien noch viel aufgeregter zu sein, und ich wette, die ist schon Dutzende Male Taxi gefahren. Die hat mich die ganze Zeit nicht losgelassen. Und ich meine: nicht einfach locker zwischen drei Fingern. Die hat sich so an mich gekrallt, dass ich das Gefühl hatte, ich würde sie festhalten und nicht anders herum. Verstehen Sie?

Ja.
— Gut. Das ist gut. Es ist gut, sich zu verstehen.

Was machte die Frau für einen Eindruck auf Sie?
— Nun, ich bin kein Psychologe. Ich bin ein Hammer. Und wir Hämmer sind nicht gerade für unser Einfühlungs-

vermögen bekannt. Wir sind ja keine Kreuzschlitzschraubenzieher, wenn Sie wissen, was ich meine. Aber wenn wir uns mit etwas auskennen, dann mit harten Gegenständen. Metall, Granit, ab und an ein Knochen. Wir wissen, dass wir meist die Stärkeren sind. Aber bei dieser Frau habe ich zum ersten Mal gedacht: Wenn ich auf die jetzt einschlage, verbiegt es eher mich als andersrum.

Aber Sie sollten ja, wenn ich das richtig verstanden habe, nicht auf die Frau schlagen, sondern auf die Zeit. Also im Grunde auf gar nichts Festes, sondern etwas Flüssiges. Hatten Sie damit Erfahrung?
— Nein. Natürlich nicht. Wir suchen uns aber auch nie aus, worauf wir schlagen. Wir wissen nur, dass es die Sachen meistens nicht besser macht.

Warum nicht?
— Weil das meiste einfach kaputtgeht. Zack. Bumm. Aus. Und dann tut es am Ende allen leid. Am meisten uns selbst. Wir sind Werkzeuge. Wir wollen doch nur helfen. Aber wir werden ständig falsch benutzt. Und oft werden wir auf Dinge gehauen, die ohnehin schon halb kaputt sind, damit es wenigstens noch mal kracht. Die Menschen mögen Krachen offensichtlich. Das finden sie dramatisch. Dabei sind die meisten Dinge ganz undramatisch kaputt.

Wie hoch schätzten Sie denn die Aussichten ein, dass man mit Ihrer Hilfe tatsächlich die Zeit würde anhalten können?
— Gegen null. Und das ist schon eine wohlwollende Schätzung. Und ehrlich gesagt: Ich glaube auch nicht, dass es hilft, die Zeit anzuhalten.

Was hilft denn?

— Fragen Sie das wirklich einen Hammer?

Ja.

— Das tut mir aufrichtig leid für Sie.

FÜNFUNDVIERZIGSTES KAPITEL

von dem Dimitri nie erfahren darf

WAS WIR NOCH ALLES ÜBER DIMITRI WISSEN

Dimitris erster eigener Plan:

1. Laufen lernen
2. Wieder hinsetzen
3. Mal sehen

Dimitris Berufswünsche, bevor er Unterweltkönig werden wollte:

Fußballspieler (möglichst Ersatzbank), Geheimrat (bevor er herausfand, was das ist), Einzelhandelskaufmann, normaler König

Spitznamen, die Dimitri seinen Freunden geben will, sobald er welche hat:

»Kniffel«, »Graubrot«, »der Belgier«, »Tatze«, »der andere Belgier«

Dimitris schönster Traum:

Als er mal träumte, zehn Mark auf der Straße liegen zu sehen, und als er sie aufhob, waren es zwanzig Mark.

Dimitris kleinste Angst:

Rolltreppen

Dimitris Lieblingsessen:

Coq au vin, aber das weiß er noch nicht

Dimitris erstes Haustier:

ein Marienkäfer namens »Rex«

Dimitris größter gewonnener Wetteinsatz:

der Revolver

Dimitris größter verlorener Wetteinsatz:

eine Million Dollar

Davon bereits getilgt:

22 Pfennig

Dimitris Alter bei seiner Entjungferung:

Geht keinen was an. Normal halt. Mehr oder weniger.

Ziel von Dimitris erstem Mordversuch

sein Vater

SECHSUNDVIERZIGSTES KAPITEL

in dem Ordnung versprochen wird

Als meine Mutter mit dem Hammer in der Hand vor dem Internationalen Büro für Maß und Gewicht aus dem Taxi stieg, konnte sie davon ausgehen, dort niemanden mehr anzutreffen. Es war schließlich halb neun Uhr abends, aber immer noch hell, immer noch heiß, und wenn tatsächlich niemand mehr dort sein sollte, gab es für sie nur zwei Möglichkeiten. Sie könnte ein paar Mal halbherzig an der verschlossenen Eingangstür rütteln, um anschließend durch den angrenzenden Park zu spazieren, immer im Kreis, und sich einzureden, dass sie es ja zumindest versucht habe, es aber leider auch beim zweiten Versuch nicht gelungen sei mit dem Zeitanhalten, oder vielleicht sei es ja auch gelungen und sie könne sich nur nicht mehr daran erinnern.

Oder sie könnte den Hammer nehmen, die Tür einschlagen, und dann alle Türen im ganzen Gebäude und ein paar unschuldige Fenster noch dazu, bis sie die Zeit schließlich aufgespürt hätte, wie immer sie auch aussah. Und dann würde sie kurzen Prozess machen. Das hatte die Zeit doch schließlich verdient. Immerzu prahlte sie damit, alle Wunden zu heilen, und verschwieg dabei, dass es die Wunden überhaupt nur ihretwegen gab. Und während meine Mutter noch überlegte, welche der beiden Möglichkeiten wohl zu ihr passen würde, sah sie im zweiten Stock auf einmal ein Licht angehen. Es war also doch noch jemand da. Da machte noch jemand Überstunden. Und nun blieb ihr auch nichts mehr anderes übrig, als ebenfalls Überstunden zu machen.

Der Empfang war schon nicht mehr besetzt. Auch sonst

schien das ganze Büro für Maß und Gewicht ausgestorben. Eine breite, mit Teppich ausgelegte Treppe führte in die oberen Etagen, und meine Mutter ging, den Hammer mittlerweile mehr zur Verteidigung als zum Angriff umklammert, immer zwei Stufen auf einmal nehmend bis in den zweiten Stock hinauf. Nach links und rechts erstreckten sich Flure, an deren Eingang Schilder mit unverständlichen Abkürzungen hingen, CCEM, CCRI, KCDB. Von links glaubte sie, leise Geräusche zu hören, und tatsächlich war dort am hinteren Ende eine Tür nur angelehnt. Sie ging den Flur entlang, ließ dabei den Hammer baumeln, als wäre er nur irgendein unhandliches Accessoire, dann klopfte sie, wartete vergeblich auf eine Antwort und trat ein.

Zwei Männer in grauen Anzügen saßen mit dem Rücken zu ihr vor einem riesigen Computer mit winzigem Bildschirm, auf dem orangefarbene Zahlen aufgeregt hin und her sprangen. Keiner von ihnen schien sie wahrzunehmen, also räusperte sich meine Mutter, räusperte sich lauter, sagte: »Guten Abend«, und beide Männer fuhren gleichzeitig herum. René musterte sie nur unwillig und wandte sich dann wieder dem Bildschirm zu, Claude hingegen lächelte sie verwirrt, aber freundlich an. »Ja, bitte?«, fragte er. Meine Mutter trat einen Schritt näher und versuchte dabei, den Hammer hinter ihrem Rücken zu verstecken. »Ich suche die Zeit«, sagte sie, und Claude schien davon wenig überrascht. »Da sind Sie bei uns genau richtig.«

Er erhob sich, setzte seine Brille ab und blinzelte meine Mutter an. Warum sie die Zeit denn suche, fragte er und überhörte Renés genervtes Schnauben. Meine Mutter traute sich nicht gleich zu antworten. Auf einmal kam ihr Anliegen so albern vor, wie es wahrscheinlich auch war. Sie sah sich um. Links und rechts vom Computer standen sich zwei Schreibtische gegenüber, auf beiden ein kleiner Wechselrahmen und ein Telefon, sonst waren sie komplett leer. Es gab auch keine Zimmerpflanzen, keine Bilder oder Diplome an den Wänden. Auf der Fußleiste klebte noch ein Rest Malerband. »Ich hatte gehofft, sie irgendwie anhalten zu können«, sagte sie dann leise und war erleichtert, dass Claude nicht sofort auflachte. »Das ist interessant«, sagte er stattdessen, und meine Mutter nickte. »Ja. Das ist interessant.« Ob er erfahren dürfe, warum sie die Zeit anhalten wolle, fragte Claude. Und es klang so, als wolle er das wirklich wissen, und deshalb hätte meine Mutter es ihm auch wirklich gern gesagt. Aber sie konnte ihm ja nun unmöglich die ganze Geschichte erzählen, schon gar nicht, weil René am Computer anfing, immer deutlicher zu schnauben. Und deshalb sagte sie das erste, was ihr einfiel. »Damit alles kurz in Ordnung ist.« Und Claude nickte. Er nickte lange. Er schaute zu René hinüber und zum Wechselrahmen auf seinem Schreibtisch, dann sagte er, das könne er gut verstehen.

Meine Mutter überlegte, was wohl Eva jetzt gemacht hätte. Ob sie wohl losgestürmt wäre, um mit dem Hammer auf den Computer einzuschlagen, in der Hoffnung, damit den richtigen zu treffen. Und wahrscheinlich hätte sie tatsächlich kurz gezuckt, genau wie meine Mutter jetzt kurz zuckte, und dann wäre sie genauso erstaunt gewesen, als Claude meine Mutter ernst ansah und »Das lassen Sie mal unsere Sorge sein« sagte. »Dafür sind wir schließlich da«, fügte er noch hinzu, bevor er zur Tür trat und sie meiner Mutter aufhielt. Sein Kollege und er müssten sich dann aber mal an die Arbeit machen, sagte er. In gut drei Stunden solle ja schließlich alles kurz in Ordnung sein. Meine Mutter brachte immer noch keinen Ton heraus, das hätte Eva bestimmt auch nicht. Sie winkte kurz Richtung René, der das nicht mitbekam, dann ging sie hinaus, und als sie in der Tür stand, tippte ihr Claude noch einmal auf die Schulter. »Den brauchen Sie jetzt dann wohl nicht mehr, oder?«, fragte er und zeigte auf ihren Rücken. Meine Mutter schüttelte den Kopf, zog den Hammer hervor und reichte ihn Claude. »Für alle Fälle«, sagte sie, und er bedankte sich tatsächlich, bevor er sie freundlich aber entschieden zur Tür hinaus wies. Ein letztes Mal drehte sich meine Mutter noch um. »Man kann doch die Zeit nicht wirklich anhalten, oder?«, fragte sie, weil sie das fragen musste, weil Eva ihr nie verziehen hätte, wenn sie das nicht herausfand. Claude runzelte kurz die Stirn. »Nein«, sagte er. »Aber das weiß die Zeit zum Glück nicht.«

SIEBENUNDVIERZIGSTES KAPITEL

in dem sich das Ende auf den Weg macht

Dr. Rolf wusste, wann es zu viel war. Meistens half ihm dieses Wissen aber nicht weiter, und er nahm sich trotzdem noch eine zweite Portion oder gab jemandem doch noch eine dritte Chance, und deswegen war Dr. Rolf zum einen wahnsinnig dick und zum anderen ziemlich gereizt. Er sei einfach viel zu nachsichtig, behauptete er oft von sich, und keiner widersprach, weil man das mit der Nachsicht dann doch besser nicht ausprobieren wollte. Und es war ja auch tatsächlich sehr nachsichtig von ihm gewesen, den drei Hendels noch eine Frist bis Mitternacht einzuräumen. Bis Mitternacht war ziemlich vieles zu schaffen, bis Mitternacht hatten andere halbe Imperien aufgebaut und wieder zu Grunde gehen lassen, da müsste doch so ein Koffer zu schaffen sein. Er wusste nur nicht mehr genau, wann er ihnen diese Frist eingeräumt hatte, ob es heute gewesen war oder gestern oder letzte Woche. Es kam ihm alles sehr lang vor, die Tage, das Leben, und vor allem dieses Warten, das ständige Warten darauf, dass es einmal nicht zu viel war und nicht zu wenig, dass alles einmal genau dann anhielt, wenn es reichte, und dann so blieb, für immer oder zumindest für eine ganze, großzügig bemessene Weile.

Und deshalb rief er jetzt laut: »Es reicht!«, weil er sich immer erst glaubte, wenn es laut genug war. Und er sagte seiner Sekretärin, dass sie ihm sofort einen Platz in der nächsten Maschine nach Paris buchen solle. Er werde die Sache jetzt selbst in die Hand nehmen, weil alle anderen Hände dazu anscheinend unfähig seien. Und seine Sekretärin sagte ihm, dass sie nicht mehr seine Sekretärin sei, sondern seine Ehefrau, seit elf Jahren schon, und er sich außerdem gerade bettfertig gemacht habe.

Dr. Rolf schaute an sich hinunter und da war tatsächlich ein Schlafanzug. Er schaute auf die Uhr, kurz vor neun, wahrscheinlich abends, ja, ziemlich sicher abends, denn seine Knie schmerzten nicht, und die schmerzten morgens doch immer. Aber er wollte nicht ins Bett. Er wollte die Sache zu Ende bringen. Und ja, er wusste, dass danach gleich die nächste Sache losgehen würde, und dann noch eine und noch eine und noch eine, aber irgendwann müssten die Sachen doch mal vorbei sein, irgendwann müsste doch mal nichts Neues beginnen, und da wäre plötzlich nur Nachmittag, früher Nachmittag und etwas Wind, er würde spazieren gehen, ganz langsam, und wenn ihn jemand fragte, wohin er unterwegs sei, würde er sagen: »Nirgendwohin«, und er wüsste genau, wo sich das befände.

Dass sie ihm sofort ein Taxi rufen solle, sagte Dr. Rolf zu seiner Sekretärin, und fügte noch ein »Bitte« hinzu, weil es ja angeblich nicht seine Sekretärin war, sondern seine Ehefrau, die er liebte. Viel mehr wusste er nicht über sie, aber das reichte. Er wollte keine neue, nicht schon wieder. Seine Frau war ja schon die Neue gewesen, nachdem ihm Barbara weggelaufen war, einfach so, und ihn mit diesem Blag allein gelassen hatte. Und jetzt sollte die lispelnde Floristin bitte, bitte nicht schwanger sein. Dann würde ja nur alles wieder von vorne beginnen, und er wollte nicht, dass ständig etwas begann. Es gab doch schon genug. Alle machten und bauten und planten. Jede Lücke war nur eine Möglichkeit, jede Pause nur ein Kräftesammeln. Und das einzige, mit dem er jetzt noch beginnen wollte, war, die Dinge zu beenden. Er würde jetzt nach Paris fahren, sein verfluchtes Auto mit dem verfluchten Koffer wiederholen. Damit zumindest diese Sache endlich beendet war. Und die drei Hendels würde er gleich mit beenden, und alle, die etwas dagegen hatten, ebenfalls.

Er putzte sich die Zähne und schaute auf den aufgequollenen Mann, der im Spiegel das gleiche tat. Noch war das nicht er, aber bald, schrecklich bald, und dann müsste er ein paar ernste Worte mit sich wechseln, sobald endlich Zeit dafür war. Er schaute im Kühlschrank nach, ob es noch Reste vom Abendbrot gab, aber offenbar hatte er alles aufgegessen. »Alles muss man selber machen«, murmelte er vor sich hin, und erst als er im Taxi zum Flughafen saß, fiel ihm auf, dass er immer noch seinen Schlafanzug trug.

ACHTUNDVIERZIGSTES KAPITEL

in dem ein Turm wahrscheinlich wird

»Also, ich fahre«, sagte der Junge, als er mit den Hendels wieder auf dem Parkplatz stand. »Keine Diskussion«, sagte er, obwohl er seine drei Mitfahrer ohnehin nicht unbedingt als engagierte Diskutanten kennengelernt hatte, und die drei Hendels schauten sich an, schauten dann schnell wieder weg, nickten müde und ließen ihm den Vortritt. Sie hatten beschlossen, ab sofort alles dem Schicksal zu überlassen, und wenn das Schicksal entschieden hatte, sich ihnen in Form eines zwölfjährigen Jungen zu zeigen, dann war das halt ebenfalls Schicksal. Der Junge schloss den Wagen auf, das wusste er noch auswendig, setzte sich auf den Fahrersitz und begann, in seinem Notizheft zu blättern. Er schob den Sitz nach vorne, blätterte weiter, stellte den Rückspiegel ein, blätterte weiter, löste die Handbremse, blätterte weiter, drehte den Zündschlüssel um, blätterte weiter, drehte ihn noch einmal um und drückte dabei abwechselnd auf einige Pedale, da waren seine Aufzeichnungen leider etwas vage, und der Wagen sprang nach vorne, der Junge krallte sich ins Lenkrad, die drei Hendels nickten hektisch, der Wagen krachte in die Parkplatzmauer, der Motor verstummte, und der Junge sagte: »Aha.«

Er blätterte weiter in seinen Notizen, ohne zu wissen, wonach genau er da suchte. Er drückte wahllos irgendwelche Hebel, der Scheibenwischer ging an, der Blinker, das Fernlicht, dann klappte er das Notizheft zu, kaute auf seiner Unterlippe herum und schaute starr geradeaus, als ob es da mehr zu sehen gäbe als eine graue, unnachgiebige Mauer. Zwei, drei Minuten saßen sie einfach nur da, außer dem Blinker schwiegen alle, dann stieg einer der Hendels aus, öffnete die Fahrertür, hob den Jungen hoch und setzte ihn sich auf den Schoß. Er legte den Rückwärtsgang ein, startete den Motor, nickte dem Jungen zu, und der Junge nickte zurück und legte die Hände aufs Lenkrad, schlug es ein, während der Hendel die Kupplung kommen ließ, in den ersten Gang wechselte, aufs Gas drückte. Und dann fuhren sie los.

Die ersten Kilometer über beugte er sich noch so weit nach vorne, dass er mit der Nase fast die Windschutzscheibe berührte. Er umklammerte das Lenkrad, als ob es sich jederzeit losreißen könnte, seine Knöchel traten weiß hervor, er vergaß minutenlang zu blinzeln, und erst als sie schon längst wieder auf der Autobahn waren, entspannte er sich etwas, weil es nur noch wenig zu lenken gab, und alles andere übernahm der Hendel unter ihm. Für ein paar Sekunden nahm er sogar eine Hand vom Steuer, was ihm dann aber doch als zu wagemutig erschien, also warf er sein Notizheft samt Stift nach hinten und diktierte dem Hendel rechts auf der Rückbank, was es zu notieren gab.

»Was ich vorne an Straße einatme, atme ich hinten wieder aus«, diktierte er.

Er diktierte: »Auch auf Französisch ist geradeaus am einfachsten« und »Wenn man nicht schneller wird, erscheint Schnelligkeit recht schnell gar nicht mehr so schnell.«

Er diktierte: »Angst: 6, Euphorie: 8, Überdruss: 0, Erinnerungswahrscheinlichkeit: 10.«

Er diktierte: »Ich lache.«

Und dann konnte er irgendwann nichts mehr diktieren, weil sie die Ringautobahn von Paris erreichten. Plötzlich musste er Spuren wechseln, Lücken finden, abbiegen, einmal sogar auf Hinweis des Hendels ausgiebig hupen und gestikulieren. Er benutzte alle Flüche, die er nicht erst nachschlagen musste, und dann blieb ihm der Mund mitten im Fluch offen stehen, denn auf einmal war alles da. Alles voller Lichter, voller Menschen, alles voller Paris, diesem vollkommen unbestimmten Wort, das sich nun Straße für Straße füllte, aufquoll, überfloss, und dann sah er tatsächlich zwischen zwei Häusern den Eiffelturm aufblitzen und gleich wieder verschwinden, wie ein Fabelwesen, wie eine Möglichkeit, und es erschien dem Jungen ja auch wahnsinnig unwahrscheinlich, dass es den Eiffelturm wirklich geben sollte, und umso entschlossener steuerte er nun in diese Richtung, und der Turm erschien tatsächlich wieder, verschwand, erschien noch einmal und noch einmal und noch einmal und dann blieb er im Blick, wurde größer, wahrscheinlicher, und dann war er auf einmal da, nicht mehr zu leugnen, und der Junge fuhr direkt an ihm vorbei. »Alles ist gerade glaubhafter als ich«, diktierte er dem Hendel flüsternd und ließ es ihn sofort wieder durchstreichen und ersetzen durch: »Alles ist gerade glaubhafter, sogar ich.« Er fuhr nur noch im Kreis, umzingelte den Eiffelturm, er diktierte: »Ich wäre jetzt gern sprachlos«, und wollte nicht aufhören zu kreisen, nicht aufhören, immer wieder in die gleiche Richtung abzubiegen, um sich nicht weiter zu entfernen. Er hatte sich genug entfernt, jetzt reichte es endlich. Jetzt durfte endlich alles näher kommen. Er ließ das Lenkrad los, zog die Handbremse an, so wie er es sich notiert hatte, dann schloss er die Augen, weil er sich auch notiert hatte, dass es nun ein paar brenzlige Sekunden geben würde, und tatsächlich geriet das Auto sofort ins Schlingern, drehte sich einmal um sich selbst und blieb schließlich in verkehrter Richtung mitten auf dem Quay Branly stehen, rechts der Turm, links die Seine, und draußen wurde gehupt, geflucht, wütend überholt, aber im Wagen war alles ruhig, die Hendels nickten nicht einmal. Der Junge kurbelte das Fenster hinunter, zog den Zündschlüssel ab und warf ihn im hohen Bogen Richtung Fluss. Dann schloss er das Fenster wieder. »Den brauchen wir nicht mehr«, sagte er zu den Hendels. »Wir sind da.«

NEUNUNDVIERZIGSTES KAPITEL

in dem mein Vater nur knapp einen Hauptgewinn verpasst, aber dafür immer schöner wird

Und nur wenige Kilometer weiter östlich weigerte sich auch der VW-Käfer vehement, wieder anzuspringen. Er war ohnehin nicht mehr der Jüngste, er hatte schon vieles gesehen, Einbahnstraßen und Kreisverkehre, Autobahnauffahrten und viel zu enge Parkplätze. Er hatte haufenweise Strafzettel bekommen, an ihm war herumgeschraubt worden, große Teile von ihm waren längst ersetzt und dann doch wieder ermattet, all diese Allmählichkeitsschäden. Er hatte schon drei Unfälle hinter sich, aber der vorhin war mit Abstand der schwerste gewesen, und er war ja trotzdem weitergefahren, Hunderte von Kilometer, nicht klaglos, aber ohne Aussetzer, und die ganze Zeit über hatte sich dieses verhinderte Paar in ihm gestritten, oder besser gesagt: Die Frau hatte sich gestritten und der Mann hatte dämlich dazu gelächelt. Und jetzt wollte er einfach nicht mehr. Das war sein gutes Recht, auch wenn die Frau ihm aufs Lenkrad schlug und ihn als »Dreckskarre« beschimpfte, das hörte er schon nicht mehr, das war nur noch ein fernes Surren.

»Was machen wir denn jetzt?«, fragte Claudia, und mein Vater wusste natürlich die Antwort. Dass sie das Zeichen richtig deuten und ebenfalls einfach anhalten sollten. Sie würden im VW-Käfer sitzen bleiben, für immer, das Ziel schon in Sichtweite, denn nur dann war es wirklich ein Ziel und nicht nur wieder irgendeine Etappe. Nachts könnten sie ja die Sitze nach hinten kippen, und tagsüber säßen mal er und mal Claudia am Steuer, ohne zu lenken. So würden sie sich verstehen. Aber mein Vater ahnte, dass Claudia bei diesem Plan wieder nicht mitmachen würde. Sie war einfach noch nicht so weit. Sie hoffte offenbar immer noch auf etwas Besseres als ihn, und er musste einfach geduldig sein, sie noch ein Stück begleiten, bis sie endlich herausfände, dass es immer etwas Besseres gab und dann etwas noch Besseres und sie sich deshalb irgendwann, und sei es nur aus Erschöpfung, mit dem »gut genug« abfinden musste, um nicht ewig weiterzusuchen, und wenn das passierte, wollte er unbedingt in der Nähe sein, denn gut genug erschien ihm machbar. Also sagte er: »Dann gehen wir halt zu Fuß weiter«, und er stieg aus, wuchtete Claudias zwei große Koffer aus dem Wagen, griff sich erst beide, beließ es aber nach ein paar strauchelnden Schritten bei einem davon und lief los Richtung Stadtzentrum, und Claudia blieb wenig anderes übrig, als ihm mit dem zweiten Koffer zu folgen.

Die Dämmerung färbte den Himmel ein, rosa und orange, links und rechts Industriegebiet, Lagerhallen, erste Wohnblöcke. »Gehen wir richtig?«, fragte Claudia und mein Vater sagte: »Genau richtig.« Er spürte, wie Paris schon wirkte, selbst hier in den Randbezirken. Wie es ihn augenblicklich eleganter werden ließ, souveräner, irgendwie weltmännischer. Er wusste, dass er ab sofort guten Wein von schlechtem Wein unterscheiden konnte, vielsagende Gedichte von schwachbrüstigen, die richtigen Rollkragenpullover von denen, die sich nur bemühten. Es überraschte ihn nicht, dass er mit jedem Schritt Richtung Eiffelturm schöner wurde. Sein Haar fiel ihm verwegener in die Stirn, sein Blick schwankte perfekt zwischen verletzt und blasiert, er roch sogar von Meter zu Meter angenehmer, und als er sich umdrehte und sah, wie Claudia mit hochrotem Kopf ihren Koffer hinter sich her schleifte und immer weiter zurückfiel, fand er natürlich genau einen Moment später einen achtlos ins Gebüsch geworfenen Kinderwagen, dessen Räder er notdürftig aber einigermaßen stabil an die Unterseite des Koffers montieren konnte, weil Paris ihn offenbar auch ein wenig genial werden ließ.

Ein paar Wochen später, als all dies hier längst überstanden war, versuchte mein Vater tatsächlich, seine Erfindung als Patent anzumelden, nur um festzustellen, dass ihm ein US-Amerikaner namens Bernard Sadow gerade zuvorgekommen war. Aber das war die Zukunft, im Hier und Jetzt durfte sich mein Vater noch als Vater des Rollkoffers fühlen, was in meinen Augen natürlich die vollkommen falsche Vaterschaft war. Und Claudia lächelte ihn tatsächlich an, zum ersten Mal seit weit über dreiundvierzig Tagen, und sie sagte tatsächlich: »Danke«, und mein Vater beschloss, dass es so klang, als ob sie sich für mehr bedanken wolle als für ein paar angeklebte Räder, nämlich für alles. Und alles war erst einmal gut genug.

Dann lief er weiter, mein immer schöner werdender und nur ganz knapp nicht genialer Vater, in der Hand Claudias anderer Koffer, der ihm auch ohne Rollen auf einmal viel leichter vorkam, und irgendwo zwischen Brust und Hals ein Gefühl, das er schon fast vergessen hatte, auf dessen Namen er deshalb nicht gleich kam. Aber ich wusste ihn sofort: Zuversicht. Und ich wollte so gern, dass er recht damit hatte, und ich wollte so gern, dass er den wahren Grund dafür noch gar nicht kannte.

FÜNFZIGSTES KAPITEL

in dem niemand Franzose ist

Als auch sie am Abend endlich Paris erreichten, wollte Fridtjof einfach nur im Kofferraum bleiben. Gott hatte sich zwar mittlerweile von dort verabschiedet, er müsse sich noch um ein, zwei andere Dinge kümmern, aber es sei schön gewesen, ihn kennenzulernen, und Fridtjof hatte noch versucht zu winken, aber dafür war es zu eng gewesen, und dann hatte er weiter lächelnd über das nachgedacht, was ihm aufgetragen worden war: »Werde ein anderer!« Fridtjof hatte sich noch niemals so gemeint gefühlt. Es war ihm so vorgekommen, als ob diese Worte nur ihm gehörten, als ob nur er allein sie verstehen könnte und als ob sie etwas in ihm aufsperrten, von dem er nicht einmal gewusst hatte, dass es verschlossen gewesen war. Dabei hatte Gott das in Wahrheit nur so dahergesagt. Es war halt das, was er immer sagte, wenn irgendjemand in einem Zustand größter Angst ihn plötzlich zu sehen glaubte. Was sollte er auch sonst sagen? Etwa »Bleib, wie du bist«? Für jemanden, der panisch zusammengekrümmt in einem Kofferraum lag, wäre das kein besonders wohlwollender Rat gewesen, und außerdem kannte er den Mann ja gar nicht, da bleibt man lieber vage. Fridtjof aber beschloss, den Satz weiter in sich klingen zu lassen und ihn beim Klingen lieber nicht zu stören, deshalb wollte er seine Position erst einmal nicht verlassen.

»Du bist ein komischer Vogel«, sagte Dimitri, und Fridtjof schüttelte traurig den Kopf. Nein, leider sei er ja noch Fridtjof und nichts anderes, aber das werde er nun schleunigst ändern. Dimitri wünschte ihm viel Erfolg dabei und lief alleine los, obwohl er doch eigentlich nur nach Paris gefahren war, um endlich nicht mehr alleine loslaufen zu müssen. Und auch Dimitri wollte dringend ein anderer werden. Nämlich einer, der endlich eine Zigarette rauchte. Und am besten einer, der dazu ein Bier trank, wenn es so etwas hier gab, und er irrte durch die Gassen, die ihm alle nichts sagten, die ihm nur zutuschelten, dass er nicht willkommen sei, dass er hier nicht hinpasse, dass er vollkommen albern aussehe in seinem Trainingsanzug. »Wir kennen dich nicht«, tuschelten die Gassen ihm zu. »Aber uns machst du trotzdem nichts vor.« Und sie hielten ihm Straßenschilder hin, die er alle nicht verstand, und Gerüche unter die Nase, die er auch nicht verstand, und er wollte nicht hier sein, er wollte in Hanau sein, er wollte ein wenig in seinem Ford Taunus herumfahren, Musik hören, ein paar Automaten knacken, irgendein gemütlicher Abend halt. »Du hast Heimweh«, tuschelten die Gassen. »Du hast Heimweh wie so ein schwangerer Seelachs, oder?«, und Dimitri schlug mit der Faust gegen eine Häuserwand, aber die Gassen lachten nur und tuschelten weiter, die Häuserwand tat weh und er wollte jetzt sehr dringend sein Bier oder halt etwas anderes, an dem man sich festhalten konnte. Und er konnte ja nicht ahnen, dass er sich dafür im denkbar ungünstigsten Stadtviertel befand, im Marais, damals noch ein Studenten- und Künstlerbezirk, in dem es am Abend vollkommen ausgestorben war, weil die Pariser Künstler in den 70er Jahren alle früh ins Bett gingen, damit sie am nächsten Morgen ausgeschlafene Kunst machen konnten, und die Pariser Studenten sich zu ihnen legten, weil sie am nächsten Morgen Vorlesungen über den Sinn des Lebens hatten, und der war nun einmal viel zu kompliziert, um ihn mit schwerem Kopf zu lernen.

Nur ein einziges Licht brannte noch in der gesamten Gegend. Es leuchtete aus einem winzigen Bistro, das kleinlaut zwischen einer Buchhandlung und einem Künstlerbedarfsgeschäft eingeklemmt war. Außer den zwei skandinavischen Kellnern war das Bistro menschenleer, und die Glocke über der Tür bimmelte übertrieben aufgeregt, als Dimitri eintrat. »Ein Bier, bitte«, sagte er und es gefiel ihm überhaupt nicht, wie leise er das sagte. Er vermisste auf einmal den Jungen. Der hätte bestimmt gewusst, was Bier auf Französisch hieß. Und der hätte bestimmt auch gewusst, was »Noch eines« hieß, denn es musste ja irgendwie weitergehen. Die Kellner wussten allerdings ebenso wenig wie Dimitri, wie irgendetwas auf Französisch hieß, und wunderten sich deshalb nicht, dass sie seine Bestellung nicht verstanden. Sie nickten nur, einer von ihnen bedeutete Dimitri, sich zu setzen, der andere rannte in die Küche und kam mit einem Croissant wieder. Damals bei ihrer Ankunft in Paris hatten sie von einem Verwandten gehört, dass die Franzosen gerne Croissants aßen und deshalb servierten sie im Zweifelsfall einfach das. Und bei ihnen gab es viele Zweifelsfälle. Es gab wenig anderes als Zweifelsfälle.

Dimitri war zu müde und zu schüchtern, um zu widersprechen, er kaute auf dem Croissant herum. Es schmeckte staubig und belanglos und verklebte seinen Hals, und er aß nur auf, weil die Kellner ihm so aufmerksam dabei zuschauten. Sie hatten schließlich noch nicht viele französische Gäste gehabt, sie wollten sich alles genau einprägen. »Schmeckt gut«, sagte Dimitri und hustete, und die Kellner husteten mit.

Er musste dringend etwas trinken, um das Croissant runterszuspülen, von ihm aus auch nur Wasser, irgendein Wasser, zumindest einen Fluss musste es hier ja wohl geben, und hoffentlich auch einen, der noch offen hatte, und er stand auf, ließ die paar Münzen, die er meinem Vater zu Beginn dieses endlosen Tages abgenommen hatte, auf den Tisch fallen und ging zur Tür, aber die Kellner stellten sich ihm in den Weg. Franzosen kannten sie zwar keine, französisches Geld aber sehr genau, und was da auf dem Tisch lag, war offensichtlich nicht französisch, und wenn man schon mal landestypische Kundschaft hatte, wollte man dafür auch mit landestypischem Geld bezahlt werden. Die Kellner hielten Dimitri fest und redeten laut auf ihn ein, so laut, dass er die bimmelnde Türglocke gar nicht hörte. Er suchte seine Taschen nach weiteren Münzen ab, aber alles, was er fand, wurde von den Kellnern sofort vom Tisch gewischt, und Dimitri vermisste auf einmal nicht nur Hanau und den Jungen, er vermisste sein Bett, er vermisste das Glas Wasser auf dem Nachttisch, das er nie getrunken, das aber immer so beruhigend geschimmert hatte, er vermisste die Gardine mit dem Elefantenmuster, an das er seit Jahren nicht gedacht hatte, und seit noch viel mehr Jahren hatte er nicht mehr geweint, aber nun war ihm so unendlich nach Weinen zumute, in dieser fremden Stadt, in der an ihm herumgezerrt wurde, in der er beschimpft wurde, in der er nichts verstand und in der all diejenigen, die seine Freunde hätten werden sollen, lieber in Kofferräumen lagen oder schon viel früher ausgestiegen waren, und er hörte, wie die Gassen draußen »Heul doch!« riefen, und dann hörte er noch etwas anderes, eine Frauenstimme, die »Warten Sie, ich zahle das für Sie« sagte, und sie sagte es in der einzigen Sprache, die er verstand.

EINUNDFÜNFZIGSTES KAPITEL

in dem es bergauf geht

Als sie endlich das Zentrum erreichten, bemerkte mein Vater vor lauter Zuversicht überhaupt nicht, wie erschöpft er war. Die letzten Kilometer über hatte er Claudia auch noch ihren zweiten Koffer abgenommen, der, wie es neue Erfindungen an sich haben, noch reichlich torkelte und so fast die größere Last war. Und trotzdem wollte mein Vater als erstes unbedingt eine Bootsfahrt machen.

Wenn man in Paris und verliebt war, musste man schließlich eine Bootsfahrt machen, das wusste mein Vater. Das war in den 70er Jahren gesetzlich geregelt. Es war auch geregelt, dass man anschließend Hand in Hand durch einen Park laufen und sich dort gegenseitig ein verwittertes Karrussell zeigen musste. Man musste ein altes Ehepaar finden, das auf einer Bank saß, und sich wünschen, genau so zu enden. Später musste man natürlich über eine Brücke gehen und genau in der Mitte stehen bleiben, um sich dort in die Augen zu sehen. Man musste, so war es vorgeschrieben, alles um sich vergessen, sich küssen und dem anderen anschließend sagen, dass man gerade alles um sich vergessen hatte, und der andere musste nach einem kleinen Moment der Rührung entgegnen: »Ich auch.« Im vorgeschriebenen Museum durfte man später kein einziges Kunstwerk betrachten, weil man doch nur Augen für den anderen haben durfte, das war zwar nicht immer leicht, aber nun einmal Gesetz. Man musste trotzdem am Ausgang eine Ansichtskarte als Erinnerung kaufen, um sie Jahre später in einer Schublade wiederzufinden und etwas betreten zu lächeln. Am Abend musste man ein kleines malerisches

Restaurant finden, um sich darin gegenseitig mit den kleinen malerischen Spezialitäten zu füttern. Man musste lächeln und über den Unterarm des anderen streichen und bei der Rechnung beschließen, dass Liebe mehr wert sei als alles Geld der Welt. Anschließend musste man Arm in Arm zum Hotel schlendern, man musste sich Zeit lassen und man durfte zuvor noch niemals so glücklich gewesen sein. Das wusste mein Vater alles. Das wusste jeder. Nur Claudia wusste das mal wieder nicht, weil sie ja nicht einmal wusste, dass sie in meinen Vater verliebt war, auch wenn er ihr das mittlerweile doch oft genug erklärt hatte. Sie wollte auf kein Boot, sie wollte sofort ins Hotel, um dort auf Fridtjof zu warten, um auf ihr Glück zu warten und dann endlich herauszufinden, ob es nun das echte Glück war oder doch nur wieder ein aufwendig als Glück getarnter Umweg. Und vielleicht war Fridtjof auch schon längst da. Vielleicht lief er bereits ungeduldig im Hotelzimmer auf und ab und würde sie so stürmisch umarmen, dass alles keine Frage mehr wäre. Das war möglich. Aber genau so möglich war es, dass er überhaupt nicht kam, dass er ganz woanders auf und ab lief, vielleicht war er auch tot oder noch schlimmer: in jemand anderen verliebt. Vielleicht hatte er sie schon fast vergessen. Und Claudia wollte auf keinen Fall allein im Hotelzimmer sitzen und sich vor all dem fürchten, stundenlang, womöglich tagelang, und deshalb lächelte sie meinen Vater an, was ihr erschreckend gut gelang, und sagte: »Komm!«

Das Hotel, das Fridtjof noch von München aus gebucht hatte, lag auf dem Montmartre. Claudia fragte sich von Straßenecke zu Straßenecke durch, und mein Vater folgte ihr, weil er wusste, dass man als Verliebter in Paris nicht mehr als zwei Meter Abstand voneinander haben durfte, und schließlich standen sie am Fuße einer steilen Treppe, drei riesige Wellen schiefer Stufen ragten vor ihnen auf, und alles schien zu schwanken. »Da müssen wir wohl hoch«, sagte Claudia und mein Vater war froh, dass sie »wir« sagte. Sie setzte den Fuß auf die erste Stufe, dann hielt sie inne, schaute hoch, das Ende der Treppe war nur zu ahnen, sie seufzte, drehte sich zu meinem Vater um und sagte: »Ich kann nicht mehr.« Sie sagte es leise und klar, und sie konnte tatsächlich nicht mehr. Hunderte von Kilometern war sie gefahren, einige zu Fuß gelaufen, ihr steckte eine Hochzeit, ein Unfall und ein fragwürdiges Wiedersehen in den Knochen. Und jetzt auf den letzten Metern, das Ziel schon fast vor Augen, konnte sie keinen Schritt mehr machen. Es ging nicht vor und nicht zurück.

Und natürlich konnte auch mein Vater eigentlich nicht mehr. Er konnte schon seit Wochen nicht mehr, wenn er ehrlich gewesen wäre, sogar noch länger, aber er war ja selten ehrlich und noch seltener merkte er etwas, also bemerkte er auch seine Erschöpfung einfach nicht. Er schaute Claudia zärtlich an, und nicht nur, weil man als Verliebter in Paris ständig zärtlich schauen musste. »Dann trage ich dich halt«, sagte er, ging in die Knie, ließ Claudia auf seinen Rücken klettern, nahm mit der rechten Hand den einen Koffer, zog mit der linken den anderen hinter sich her und begann schwankend und zuversichtlich, die Treppe hinaufzusteigen.

Es waren noch einhundertdreiundzwanzig Stufen bis nach oben. Und wenn man so bepackt war wie mein Vater, mit zwei schweren Koffern und einem erschöpften Rucksack auf dem Rücken, musste man Stufen noch nicht einmal besonders symbolisch finden, um von ihnen durchgeschüttelt zu werden. Jeder Schritt war eine Reise, und er setzte einen Fuß auf, zog den anderen mühsam nach, pausierte kurz, dann ging es weiter, immer noch ein Stück weiter. »Ich liebe Claudia«, dachte er auf der zweiten Stufe. »Ich liebe Claudia«, dachte er auf der dritten Stufe. »Ich liebe Claudia hundertprozentig«, dachte er auf der vierten Stufe, auf der siebten waren es immerhin noch neunundneunzig Prozent und auch auf der elften immer noch genug. Auf der fünfzehnten Stufe begann sein Rücken zu schmerzen, Schweiß rann ihm in die Augen, und auf der einundzwanzigsten dachte er, dass Liebe doch eigentlich nicht so schwer sein dürfe, und auf der vierundzwanzigsten machte er eine lange Pause. Er schaute sich um. Da lag Paris und war von allen Seiten schön, und an ihm war gerade gar nichts schön, von keiner Seite, weder aus der Vergangenheit noch aus der Zukunft und schon gar nicht aus der Gegenwart. Und er musste weiter, weil er doch sonst keine Richtung hatte. Weil er doch der war, der Claudia liebte. Und alles andere an ihm war nur Beiwerk, Dekoration, unnötiger Schnickschnack. Er musste sie lieben, und sie musste ihn natürlich zurücklieben, weil er doch sonst nichts wusste. Sein Atem rasselte, immerhin das wusste er auf Stufe achtundzwanzig. Er hatte keine Hoffnung, immerhin das wusste er auf Stufe neunundzwanzig. Claudia liebte ihn nicht, das wusste er auf Stufe dreißig.

Sie hatte ihn nie geliebt und würde ihn nie lieben. Und auf Stufe einunddreißig wusste er das immer noch, obwohl er es nicht wissen wollte, aber es ging nicht weg, es ging einfach nicht weg, setzte sich nur immer weiter, Schritt für Schritt trat er es tiefer in die Stufen. 32: »Sie liebt mich nicht«, 33: »Sie liebt mich nicht«, 34: »Sie liebt mich von ganzem Herzen nicht«, 35: »Das Miststück liebt mich nicht«, 36: »Warum liebt mich das Miststück nicht?«, 37: »Hilfe.« Die nächsten zehn Stufen konnte er kaum erkennen, und die zehn danach waren auf einmal doppelt so hoch, dann dreifach, und dann zählte auf einmal nichts mehr. Er sah das Ende der Stufen, er sah, wie es näher kam, er sah einen Baum, ein Straßenschild, Menschen, er nahm jetzt immer zwei Stufen auf einmal, rannte fast, der Rollkoffer sprang aufgebracht über die Stufen, auf seinem Rücken schwankte Claudia hin und her, und auf der vorletzten Stufe blieb mein Vater plötzlich stehen. Nichts drehte sich. Nichts fiel um. »Was ist los?«, fragte Claudia, und er löste ihre Arme von seinen Schultern, sagte: »Den Rest schaffst du alleine« und stieg die Stufen wieder hinab.

ZWEIUNDFÜNFZIGSTES KAPITEL

in dem mein Vater sich näherkommt

WAS MEIN VATER BEIM HINABSTEIGEN DER STUFEN PLÖTZLICH ALLES WUSSTE

Dass man sich nie so leicht fühlt wie in dem Moment, in dem man einen übertrieben beladenen Rucksack absetzt. Vor allem, wenn es sich um einen Rucksack handelt, der einen nicht liebt.

Dass es ungerecht war, Claudia mit einem Rucksack zu vergleichen. Es gab schließlich auch äußerst treue und anhängliche Rucksäcke.

Dass man plötzliche Erkenntnisse besser nicht um zehn Uhr abends in einer fremden Stadt ohne Geld und ohne Schlafplatz haben sollte. Wenn man schon unbedingt plötzlich etwas erkennen muss, dann bitte zu Hause im Bett.

Dass er trotz allem immer noch Appetit auf Dosenravioli hatte.

Dass er sich ab jetzt einfach nie, nie, nie, nie, nie, nie, nie, nie, nie, nie, nie wieder verlieben würde. Nie.

Dass Claudia damals wahrscheinlich doch recht gehabt hatte mit ihrem ständigen »Man muss sich erst selbst lieben, um andere lieben zu können.«

Dass sie bei genauerer Betrachtung natürlich überhaupt nicht recht damit hatte. Dass dieser Satz kompletter Unsinn war. Denn wenn man sich selbst liebte, brauchte man ja niemand anderen mehr. Im Gegenteil. Die anderen werden dann allesamt zu Gegnern, die einem das Glück mit sich selbst nicht gönnten, die sich hineinschmuggeln wollten in diese erfüllte Liebe. Wenn man sich selbst liebte, sollte man unter keinen Umständen eine Affäre mit jemand anderem haben. So viel sollte man sich schuldig sein. Und außerdem wäre es auch verdammt schwer, vor sich selbst die Affäre geheim zu halten.

Dass er aber in jedem Fall dringend damit anfangen sollte, sich selbst zu lieben. Und weil er schon so viel Zeit mit Claudia und all den anderen vergeudet hatte, sollte es besser Liebe auf den ersten Blick sein. Und er schaute an sich hinab. Er sagte: »Du hast schöne Hände« und errötete dabei leicht. Er sagte: »Seltsam, ich habe das Gefühl, dich schon ewig zu kennen.« Er sagte: »Sag jetzt nichts« und strich sich mit den Fingerspitzen eine Strähne aus dem Gesicht. Es knisterte.

DREIUNDFÜNFZIGSTES KAPITEL

auf das zurückgeblickt wird

Dimitri würde später sagen, dass meine Mutter ihm wie ein »rettender Engel« erschienen sei. Nur halt wie Engel ohne Flügel oder mit nur sehr kleinen Flügeln oder vielleicht unsichtbaren, und natürlich habe er eigentlich auch keine Rettung nötig gehabt, er sei lediglich etwas knapp bei Kasse gewesen, also sei ihm meine Mutter genauer gesagt wie ein »finanziell kurz aushelfender reichlich flügelloser Engel« erschienen oder so gesehen halt wie eine »zahlende ziemlich normale Frau«, aber normale Frauen würden einem erstens nicht einfach so erscheinen und zweitens sei da schon noch etwas anderes gewesen, etwas, das mit meiner Mutter gemeinsam ins Bistro geschwebt war, so etwas wie eine Ahnung, wie ein Hauch, was natürlich auch nur einfach die Nachtluft von draußen gewesen sein könnte, vielleicht ja aber doch etwas Engelhafteres, ein Gefühl, wie damals, als es ihm zum ersten Mal gelungen sei, einen Automaten zu knacken, und er für einen kurzen Moment glaubte, nun alles knacken zu können, einschließlich des Lebens. Und viel mehr könne man von einem Engel eigentlich nicht erwarten, würde Dimitri später zusammenfassen. »Flügel hin, Flügel her.«

Meine Mutter würde später sagen, dass Dimitri ihr halt wie ein »trauriger Mann im Trainingsanzug« vorgekommen sei. Und auch auf mehrfache Nachfrage hin wollte sie nichts Ahnungsvolles oder Gehauchtes bemerkt haben.

Die beiden skandinavischen Bistro-Besitzer würden später sagen, dass sie noch am selben Abend eingesehen hätten, was für eine komplett undurchdachte Idee es gewesen sei, in der Pariser Gastronomie Fuß fassen zu wollen. Zumal sie beide vom Kochen überhaupt keine Ahnung hätten und gut ausgebildete Zahnärzte seien. Beide sind wieder in ihren alten Beruf zurückgekehrt und darin nach eigenen Angaben »so weit ganz zufrieden«.

Dimitri würde später auch noch sagen, dass er meine Mutter zum Dank selbstverständlich auf ein Bier habe einladen wollen, oder was Engel sonst so trinken. Alles andere wären schlechte Manieren gewesen, und Engel würden nun einmal sehr auf gute Manieren achten, sie seien da »etwas etepetete«. Wenn er eines aus der Bibel gelernt habe, dann das. Auf Nachfrage, ob er die Bibel denn gelesen habe, würde er später sagen: »Sehe ich etwa so aus?«

Meine Mutter würde später sagen, dass Dimitri ihr erklärt habe, das Croissant sei ein Missverständnis gewesen und eigentlich habe er ein Bier bestellt, das aber nie gekommen sei, also würde meine Mutter ihm jetzt noch eines schulden. Oder besser zwei. Und das Seltsame sei gewesen, dass ihr das irgendwie eingeleuchtet habe. Und außerdem hätte sie auf einmal selbst große Lust auf ein Bier gehabt. Obwohl sie gar kein Bier mochte.

Dimitri würde später sagen, dass ihn meine Mutter auf dem Weg zum Bier gefragt habe, was er denn in Paris mache, und er habe nur abgewunken und gesagt: »Ach, das ist eine lange Geschichte.« Er sei einfach kein Mann der vielen Worte, würde er später sagen, in ziemlich vielen Worten.

Meine Mutter würde später sagen, dass Dimitri auf ihre Frage gar nicht geantwortet, sondern nur ein wenig vor sich hingemurmelt habe. Und sie sei sehr erleichtert gewesen, als sie endlich eine geöffnete Bar gefunden hätten. Sie habe drei Bier bestellt, zwei für Dimitri, eins für Eva, und als die Gläser schließlich vor ihm standen, habe Dimitri meine Mutter lange und ernst angeschaut und dann »Danke« gesagt, und das Wort habe knarrend geklungen, staubig und mühsam, als ob es schon lange nicht mehr benutzt worden wäre.

Dimitri würde später sagen, dass es die zweitbesten Biere gewesen seien, die er jemals in seinem Leben getrunken habe. Auf Nachfrage, was denn die besten gewesen seien, würde er lächeln und sagen: »Die liegen noch vor mir.«

Meine Mutter würde später sagen, dass Dimitri ja weiß Gott kein schöner Mann sei. Aber in Momenten, in denen man genau das bekomme, was einem gefehlt habe, sei jeder schön. Und sie habe sich gefragt, ob sie in knapp zwei Stunden wohl auch so schön sein werde. Vorausgesetzt, der Zeit falle bis dahin nicht doch noch ein, dass sie gar nicht stehen bleiben könne. Und meine Mutter fragte sich, ob das überhaupt einen Unterschied mache. Denn sie selbst wisse dann ja immer noch, dass es ein Ding der Unmöglichkeit sei. Und knapp zwei Stunden würden nicht reichen, um das zu vergessen.

Die Traurigkeit würde später sagen, dass sie sich plötzlich wie das fünfte Rad am Wagen vorgekommen sei. Sie habe für so etwas durchaus ein Gespür. Aber geblieben sei sie trotzdem. »Wo sollte ich denn hin?«, würde sie fragen und einen lange anschauen.

Dimitri würde später sagen, dass es ihm schon komisch vorgekommen sei, wie meine Mutter ihn angestarrt habe. Er sei es ja durchaus gewohnt, von Frauen bewundert zu werden, aber irgendwie sei es diesmal anders gewesen. »Vielleicht, weil ich eine Freundin hatte«, würde er sagen, und auf Nachfrage, ob es die Freundin denn wirklich gegeben habe: »Nein. Aber das war auch ihr einziger Fehler.« Auf jeden Fall habe meine Mutter auf einmal gar nicht mehr wie ein Engel gewirkt, sondern wie jemand, der immer beim Lotto verliert, ohne überhaupt gespielt zu haben. Und er habe ihr plötzlich unbedingt etwas schenken wollen, aber blöderweise nichts bei sich gehabt, außer dem Revolver, und den habe er dann doch zu sehr gemocht, um ihn einfach zu verschenken. Und dann sei ihm der [PLATZHALTER] im Kofferraum wieder eingefallen. Der würde wahrscheinlich gut zu meiner Mutter passen, und er habe sein zweites Bier ausgetrunken, und das meiner Mutter auch noch, und dann »Komm mit« gesagt.

Meine Mutter würde später sagen, sie könne schwören, dass es nicht Dimitri gewesen sei, der »Komm mit« gesagt habe, sondern irgendjemand anderes. »Aber das ist ja albern«, würde sie sagen, und dann, nach einer kurzen Pause, gleich noch einmal.

VIERUNDFÜNFZIGSTES KAPITEL

in dem eine Stadt ins Zweifeln gerät

Darüber, dass mein Vater nun ausgerechnet in der Stadt der Liebe hoch und heilig schwor, sich nie, nie wieder zu verlieben, außer in sich selbst, konnte ich noch hinwegsehen. Dass er es aber nicht einmal zwei Stunden vor meiner anvisierten Zeugung tat, war weitaus schlimmer. Und natürlich wusste ich, was von hohen und heiligen Schwüren im Allgemeinen zu erwarten ist, und besonders von Schwüren, in denen ein mehrfaches »nie« vorkommt, aber mein Vater strahlte auf einmal eine müde, fast belustigte Entschlossenheit aus, die ich an ihm nicht kannte.

Sein sonst immer fragender Blick wirkte auf einmal, als ob man jede Antwort besser für sich behalten sollte. Sein Mund warf sich immer wieder kurz in ein Lächeln, allerdings auch gleich wieder hinaus. Er besaß plötzlich auch Schultern, die höchstwahrscheinlich nicht neu waren, aber zuvor schienen sie immer nur irgendwie im Weg gewesen zu sein. »Nie, nie wieder«, schwor er sich noch einmal, als er den Fuß der Treppe erreicht hatte, und dass es ab jetzt nur noch um ihn gehen werde, einzig und allein um ihn. Das Herumirren sei nun vorbei, er wolle seinen Weg nicht mehr verlassen, immer schön geradeaus, und wenn ihm zwischendurch eine Frau begegne, werde er höflich grüßen, weil sich das so gehöre, und dann weitergehen, schön geradeaus. Und ja, es war ein Problem, dass er gar nicht wusste, wohin dieser Weg führte, den er unbeirrt gehen wollte, aber kein großes Problem, denn alle Wege hatten nun einmal gemeinsam, dass man auf ihnen gehen konnte, und wohin sie führten, war erst einmal zweitrangig.

Er wandte sich nach links und machte den ersten Schritt. Und dann noch einen. Es war erstaunlich leicht. Er setzte einen Fuß vor den anderen, und er musste ja tatsächlich nichts weiter tun als das. Das war das ganze Geheimnis, und er war sich sicher, von allen, an denen er vorbeiging, bewundernd angeschaut zu werden. »Schaut mal, wie fehlerfrei der geht«, hörte er sie einander zuraunen. »Schaut mal, wie aufrecht. Wie gradlinig.« Und er zwinkerte kleinen Kindern zu, die sich bestimmt wünschten, später auch mal so gehen zu können wie er. Er schenkte Händchen haltenden Pärchen ein mitfühlendes Lächeln, weil sie sich so verzweifelt aneinander festhalten mussten, um nicht umzufallen. Er aber fiel nicht um. Er brauchte keinen Halt. Mit jedem Schritt wurde er leichtfüßiger, es war ein großzügiges Entgegenkommen an die Schwerkraft, dass er überhaupt noch ab und an den Boden berührte.

Und er hörte, wie die Straßen sich darum stritten, in welche von ihnen er abbiegen sollte. Es war fast erniedrigend, wie sie sich ihm entgegenstreckten, sich ihm anboten, eine einladender als die nächste, und mein Vater würdigte sie kaum eines Blickes, tätschelte dort mal einen Mauervorsprung, da mal einen Laternenmast. Und er hörte, wie Paris verkündete, ab sofort nicht mehr die Stadt der Liebe sein zu wollen. Das mit der Liebe sei doch wirklich endgültig passé. Es wolle jetzt die Stadt des Alleinseins werden. Oder die Stadt des entschlossenen Geradeausgehens. Oder nein, am besten die Stadt des Niemandenbrauchensamwenigstenvonallenjemandennamensclaudia. Das habe doch einen guten Klang. Das passe doch in die Zeit. Und mein Vater nickte nur, er wollte sich nicht mehr um die Probleme anderer kümmern, schon gar nicht um die Probleme von Städten in Identitätskrisen, und dann sah auch er in der Ferne den Eiffelturm. Er sah, wie er leuchtete und wie absolut lächerlich dieser Turm war. Da standen Tausende Tonnen Stahl, und nur weil sie ein bisschen angeleuchtet waren, wollten sich alle darunter küssen und sich mit klopfendem Herzen viel zu große Dinge versprechen, sie wollten unter ihm tanzen und heiraten und an alles glauben, und erst, wenn sie wieder zu Hause waren, außer Sichtweite des Turmes, würden sie wieder klar sehen, das ganze unbeleuchtete Elend, doch dann war es zu spät. Aber mein Vater sah jetzt schon klar, er sah so klar wie nie zuvor in seinem Leben, er war immun gegen den Turm, immun gegen das Leuchten, und er wusste, was zu tun war.

FÜNFUNDFÜNFZIGSTES KAPITEL

in dem alles noch da ist und dem Jungen ein Pelz wächst

Dort, im falsch geparkten Wagen auf dem Quay Branly, die Stirn aufs Lenkrad gelegt, fast ganz am richtigen Ort und fast ganz zur richtigen Zeit, traute der Junge sich nicht, aus dem Fenster zu sehen, weil er Angst hatte, dass der Eiffelturm plötzlich wieder verschwunden war. Er traute sich nicht, irgendwohin hinzusehen, er kniff die Augen so fest zusammen, wie er konnte, weil ja womöglich alles verschwunden war, Paris, die Pelzmäntel und ihr Inhalt, die Nacht, sein Staunen, sein Plan, der kein besonders wahrscheinlicher Plan war, aber von dem er beschlossen hatte, dass ihm kein anderer zur Verfügung stand. Und vielleicht waren auch die ganzen letzten Tage verschwunden und wenn er aufblickte, wäre er nur wieder zu Hause oder was halt so hieß und so nicht mehr heißen sollte. Wenn er aufblickte, würde er vielleicht nur feststellen, dass er es sich offenbar doch nicht getraut hatte. Aus Angst, dass sein Plan nicht aufginge und damit sein ganzes restliches Leben nicht aufginge und auf ewig zusammengekauert bliebe. Aber zum Glück spürte er die kantigen Knie des Hendels unter seinen Beinen. Zum Glück hörte er, wie nicht gesprochen wurde. Er glaubte sogar, das leise Knacken von drei nickenden Köpfen zu hören. Er hörte sein Herz klopfen, laut und aufgeregt, weil nicht mehr viel fehlte. Alles stimmte offenbar doch, alles konnte doch noch gelingen.

Gestern einfach loszugehen war einfach gewesen. Mehr eine Bewegung als eine Entscheidung, man geht ja ständig los, ohne dass es groß etwas heißen muss, er war bis zur

Ecke gegangen und dann einfach noch ein Stück weiter, auch das war nichts Ungewöhnliches, und er hatte ja immer nur davon gelesen, dass da dieser eine Moment wäre, ab dem es kein Zurück mehr gibt, aber in seiner Erfahrung traf das eigentlich nur auf Sprünge vom 3-Meter-Brett und manche Wutanfälle zu, alles andere konnte man noch aufhalten oder doch weiter aushalten oder einfach wieder zurücknehmen, und so fühlte er sich auch jetzt noch nicht weit genug entfernt, noch längst nicht in Sicherheit oder Unsicherheit oder was von beidem er sich genau erhoffte. Und er wollte nicht einfach wieder umkehren können, wenn das hier alles nichts wurde. So wie bei den anderen Malen, bei denen er nach ein paar Stunden oder Tagen doch wieder nach Hause gekommen war und alles über sich hatte ergehen lassen. Das war schlimm gewesen, aber er hatte es wahrscheinlich sogar verdient. Weil er sich nicht gründlich genug vorbereitet hatte, weil er nur darüber nachgedacht hatte, wie man wegging und nicht darüber, wo man ankommen wollte. Aber diesmal würde es anders sein. Dieses Mal war entscheidend.

Also öffnete er die Augen, und alles war noch da. Noch nicht fertig, aber da. Er blinzelte, drehte sich um und lächelte den drei Hendels einem nach dem anderen zu. Er überprüfte die Uhrzeit und sagte, dass er sich jetzt kurz hinlegen werde. Er brauche ein paar Minuten Schlaf, er brauche Kraft, bevor es losgehe, und dass er ihnen auch dazu raten würde. Vor ihm wurde immer noch laut gehupt, neben ihm immer noch geflucht und geschrien und mit den Händen gewedelt. Er störte offensichtlich. Aber der Junge beschloss, dass es nicht schlimm sei, kurz mal zu stören. Er wurde schließlich auch ständig gestört, und jetzt sei halt er einmal damit an der Reihe. Er kletterte auf den Rücksitz, lehnte seinen Kopf an die Schulter eines Hendels und schloss wieder die Augen. Ein paar Minuten, mehr konnte er sich nicht erlauben. Und er hörte nur das Rascheln, er spürte nur die Wärme, als ein anderer Hendel seinen Pelzmantel auszog und über ihn legte.

SECHSUNDFÜNFZIGSTES KAPITEL

das kurz vor einem Blöken endet

Dass Frauen Dimitri so unwiderstehlich fanden, hatte laut Dimitri vor allem drei Gründe. Erstens sein mysteriöses Auftreten und dann halt noch zwei weitere Gründe, die er aber nicht verraten könne, weil das mit dem Mysteriösen ja sonst schon wieder hinfällig wäre.

Und mit sehr viel gutem Willen konnte man Dimitri, sobald er mit einer Frau allein war, tatsächlich als mysteriös bezeichnen. Mit jedem anderen Willen war er einfach viel zu eingeschüchtert, um überhaupt irgendetwas zu sagen. Er vergaß dann, wie Sprechen ging, und nach einiger Zeit vergaß er auch, wie Schweigen ging, und fing an, unverständlich vor sich hin zu brummen, und so lief er auch jetzt mit meiner Mutter brummend durch die Pariser Straßen auf der Suche nach dem roten Mercedes, der aber einfach nicht auftauchte, obwohl Dimitri die Sache mit dem [PLATZHALTER] so schnell wie möglich hinter sich bringen wollte.

Meine Mutter schüchterte ihn nämlich besonders ein.

Sie war schließlich noch schöner als Jutta von »Jutta's Bierparadies«. Er fand sie sogar schöner als seine ausgedachte Freundin, wie er wohl oder übel zugeben musste, und er hoffte, dass die ausgedachte Freundin das nie erfuhr. Außerdem hatte meine Mutter ihm zweieinhalb Biere spendiert, was bislang noch keine Frau für ihn getan hatte, nicht einmal Jutta und schon gar nicht seine Freundin. Dimitri lief also mit einer viel zu schönen und viel zu freundlichen Frau durch Paris und wünschte sich nichts sehnlicher, als dass sie endlich wieder verschwand. Er wollte, dass sie ihn in Ruhe ließ. Denn sie war schließlich schuld daran, dass er so unbestimmt vor sich hin brummte. Sie war schuld daran, dass er aufpassen musste, nach dem Sprechen nicht auch noch das Gehen zu verlernen. Sie war schuld daran, dass er nicht mehr Dimitri war, sondern auf einmal wieder Uwe, dieser dickliche, kleine Uwe mit der falschen, sich überschlagenden Stimme, mit dem falschen, sich viel zu wenig überschlagenden Leben. Und er hatte Uwe doch längst hinter sich gelassen, er hatte ihn doch längst abgeschüttelt, war aus ihm herausgewachsen. Uwe war doch Vergangenheit, alle Fotos von ihm hatte er beseitigt und seinem alten Leben keine Träne nachgeweint. Aber jetzt war Uwe auf einmal wieder da, war ungefragt in ihn hineingekrochen, hatte Besitz von ihm ergriffen, und Dimitri war wieder das, was er nie mehr sein wollte, hilflos und hässlich und schwach und verschwitzt, und als meine Mutter ihn fragte, ob es wohl noch weit sei, wollte er etwas möglich Unuwiges antworten, etwas wie »Nicht weit genug, Schätzchen« oder »Nur noch einmal kurz um die Welt« oder zumindest »Nein«, aber stattdessen brummte er nur wieder, und selbst das nicht besonders gut.

»Haben Sie sich verlaufen?«, fragte meine Mutter und Dimitri gelang es immerhin, den Kopf zu schütteln. Verlaufen hatte er sich schließlich tatsächlich nicht. Um sich zu verlaufen, musste man ja wissen, wohin man eigentlich wollte. Und er suchte zwar den Mercedes, hatte sich aber beim Aussteigen nur gemerkt, dass er ihn mit Fridtjof im Kofferraum vor einer Bäckerei abgestellt hatte, und allmählich kam ihm der Verdacht, dass es vielleicht nicht die einzige Bäckerei in Paris gewesen war.

»Aber ich habe mich verlaufen«, sagte meine Mutter und wartete Dimitris Brummen ab, das sie als Erwiderung gelten ließ, das ihr sogar als einzig passende Erwiderung erschien. Und sie erzählte Dimitri von Evas Liste und wie sie damit versucht hatte, nicht mehr nur ein einzelnes Gegenteil zu sein. Und sie erzählte, wie wenig das gelungen war, weil sie natürlich immer das Gegenteil ihrer toten Schwester bleiben würde, noch ihr ganzes Leben lang. Und dass es deshalb keinen Unterschied mache, ob die Zeit in anderthalb Stunden stehen bleibe oder nicht, weil es, auch wenn es dann tatsächlich kein »immer« oder »sehr lang« oder »morgen« oder »vor hundert Jahren« geben würde, es immer noch das »zu spät« gab. Und sie erzählte vom letzten Punkt auf der Liste, »Jemanden retten, der sich das wünscht«, und wie einfach der ihr immer erschienen war. Weil sie doch geglaubt hatte, sich einfach nur selbst retten zu müssen, und dass sie doch bestimmt augenblicklich von selbst gerettet wäre, wenn sie Evas Liste abgeschlossen hätte. Das musste doch so sein, sie habe doch keinen anderen Plan, und Eva könne ihr keinen neuen vorschlagen, die wäre dann endgültig verschwunden. »Aber jetzt glaube ich nicht mehr daran«, sagte meine Mutter und blieb stehen. »Ich glaube leider nicht mehr an einfache Pläne.«

Und Dimitri blieb ebenfalls stehen und wollte meine Mutter aufmunternd ansehen, traute sich aber nicht und schaute stattdessen aufmunternd den Boden an. »Dann rette doch am besten jemand anderen«, wollte er ihr sagen, brummte aber stattdessen nur wieder, und meine Mutter schaute auf denselben Fleck auf dem Boden wie Dimitri und sagte: »Ich weiß nicht, ob ich das überhaupt kann.«

Und weil sie beide zu Boden schauten, hätten sie wahrscheinlich gar nicht gesehen, wie plötzlich ein roter Mercedes ohne Beifahrertür an ihnen vorbeifuhr. Sie hätten nicht gesehen, wer am Steuer saß, nämlich Fridtjof, und wer auf dem Beifahrersitz, nämlich ein Schaf, und wie beide ängstlich die Augen aufgerissen hatten. Aber Fridtjof bremste, hupte und rief Dimitri und meiner Mutter zu, dass sie einsteigen sollen, und zwar bitte schnell, die Polizei sei hinter ihnen her.

SIEBENUNDFÜNFZIGSTES KAPITEL

in dem der Junge seinen Augen traut

Mit der Polizei hatte Fridtjof etwas übertrieben. Die war zwar informiert worden, da aber ein Nutztierdiebstahl 1972 eher als Kavaliersdelikt galt, verzichtete man auf die Verfolgung. Fridtjof fuhr dennoch so schnell, wie er sich traute, also knapp über Schrittgeschwindigkeit. Dimitri und meine Mutter saßen auf der Rückbank und starrten das Schaf an, das auf dem Beifahrersitz festgeschnallt war, um nicht aus dem Wagen zu fallen. Das Schaf drehte sich kurz um, fand aber offenbar nichts Beachtenswertes an den neuen Mitfahrern und schaute lieber weiter aus dem fehlenden Fenster.

Uwe hatte sich in der Aufregung irgendwo versteckt, was Dimitri sehr erleichterte. »Du weißt schon, dass da ein wenig Bauernhof sitzt, oder?«, fragte er Fridtjof, und der nickte, während er im Rückspiegel überprüfte, ob er sich womöglich bereits in einer Verfolgungsjagd befand. »Warum?«, fragte Dimitri. Er hielt es für angemessen, dass endlich mal irgendjemand diese Frage stellte. Und Fridtjof bog noch ein paar Mal willkürlich ab, um seine Spur zu verwischen. Dann wähnte er sich vorerst in Sicherheit und begann, alles zu erklären. Auch weil er selbst noch einmal eine Erklärung nötig hatte.

Er habe, sagte er, im Kofferraum lange darüber meditiert, was für ein anderer er wohl werden solle. Und weil Gott nicht zurückgekommen sei, habe er auf ein Zeichen warten müssen. Allerdings verkehrten Zeichen anscheinend lieber an luftigeren Orten als in Kofferräumen, jedenfalls habe er ziemlich lange gewartet, und gerade als er beschlossen hatte, dass das Ausbleiben von Zeichen selbst ein Zeichen sei, habe in der Nähe ein Hund gebellt und im selben Moment sein Pullunder zu kratzen begonnen. »In genau demselben Moment!«, rief Fridtjof mit erhobenem Zeigefinger, weil weder meine Mutter noch Dimitri angemessen erstaunt aussahen, nur das Schaf schaute mit großen Augen zu ihm herüber, obwohl es die Geschichte ja bereits zum zweiten Mal hörte. Ein deutlicheres Zeichen habe er sich jedenfalls nicht wünschen können, sagte Fridtjof. Der Pullunder sei ja aus Wolle gewesen und der Hund habe sehr groß geklungen, also sei ihm sofort klar gewesen, was das Zeichen ihm da mitteilte. »Dass ich natürlich Schäfer werden sollte«, sagte er, und der Gedanke habe sich sofort warm und richtig angefühlt, »wie ein Heimkommen nach einem langen, verregneten Tag.« Fridtjof lauschte seinen Worten kurz nach und zumindest er selbst wusste sofort, was er mit ihnen meinte.

Und dann, fuhr er fort, habe er gespürt, dass er nicht einmal mehr Schäfer werden musste, weil er ja längst Schäfer war, innerlich zumindest, denn äußerlich fehlte zweifellos noch etwas, vor allem die Schafe, und deshalb sei er losgefahren, um sich eine Herde zu suchen. Aber Paris sei für eine Stadt von Welt erschütternd schaflos, und er habe herumgefragt, bis ihm schließlich der Weg zu einem Streichelzoo gezeigt wurde. Und da, sagte Fridtjof lächelnd, habe er dann endlich Marie-Antoinette gefunden, und er strich dem Schaf neben sich sanft übers Fell, während er, den Blick noch immer im Rückspiegel, noch einmal scharf abbog. »Ich werde dich hüten«, sagte er. »Dir wird nichts geschehen, das verspreche ich«, und vielleicht hätte Marie-Antoinette tatsächlich erfreut geblökt, wenn Fridtjof nicht genau in dem Moment in den Ford Taunus hineingefahren wäre, der dunkel und bewegungslos mitten auf der Fahrbahn stand.

Meine Mutter überlegte kurz, ob sie entsetzt aufschreien sollte, entschied sich aber dagegen, denn bei Fridtjofs Fahrtempo konnte man kaum von einem Unfall im herkömmlichen Sinne sprechen, es war eher ein höfliches Anstupsen, und auch im Ford Taunus erschrak niemand wirklich. Der Junge murmelte nur etwas im Schlaf und die Pelzmänner nickten einander zu, ohne die Augen zu öffnen. Und wahrscheinlich wäre Fridtjof einfach weitergefahren, wenn Dimitri nicht plötzlich »Das ist doch mein Auto, oder?« gerufen hätte. Er stieg aus und schüttelte ungläubig den Kopf. Diese Pelzmänner seien noch schlechter im Parken als in Unterwelt, schimpfte er, und die Strafzettel würden dann wieder zu ihm geschickt werden. Und er lief auf den Ford zu und meine Mutter folgte ihm, hauptsächlich, weil sie nicht alleine mit einem frischberufenen Schäfer und seiner übersichtlichen Herde im Wagen bleiben wollte, und als sie beide gerade ihre Stirn an die Fensterscheibe des Fords drückten, wachte der Junge auf.

Er hatte vom Eiffelturm geträumt. Davon, wie er versucht hatte, ihn in sein Notizbuch zu pressen. Doch der Turm hatte nicht gepasst und sich immer wieder aufgebäumt und die Notizbuchseiten einfach abgeschüttelt. Und als der Junge jetzt die Augen aufschlug, und die beiden Gesichter an der Scheibe sah, wusste er sofort, dass er nicht träumte. Im Gegenteil. Er wusste, dass er ab jetzt gar nicht wach genug sein konnte.

ACHTUNDFÜNFZIGSTES KAPITEL

in dem Korken auf den Knall warten

René und Claude schauten auf die Uhr, obwohl sie doch genau wussten, wie spät es war. Zu spät, immer noch und immer wieder. Aber heute würden sie das endlich ändern. Heute um Mitternacht würden sie die Zeit anhalten, genau wie sie es meiner Mutter versprochen hatten. Dafür mussten sie die Zeit nur im Glauben lassen, dass sie einfach weiterliefe und den morgigen Tag dennoch ein wenig zappeln lassen, und dann wäre endlich alles gut, oder zumindest so gut wie gut, und das musste vorerst reichen.

Claude hatte sogar eine Flasche Champagner gekauft, die er pünktlich um Mitternacht, zu dieser pünktlichsten aller Mitternächte, köpfen wollte, aber gerade war er sich nicht mehr sicher, ob er noch so lange würde warten können. Es waren noch anderthalb Stunden Zeit übrig, und sie schien langsamer zu vergehen als je zuvor. Er hatte begonnen, seinen Schreibtisch aufzuräumen, aber da war leider nichts in Unordnung. Er hatte begonnen, ein Gedicht aufzusagen, bis ihm einfiel, dass er keines kannte. Er hatte sogar damit begonnen, René in ein Gespräch zu verwickeln und irgendwelche Fragen aufgespürt, »Fahren Sie bald in Urlaub?«, »Kennen Sie zufällig ein Gedicht?«, »Haben Sie noch eine Frage an mich?«, und dabei festgestellt, dass die Zeit auf diese Weise noch viel langsamer verging, und deshalb hatte er vorgeschlagen, das Gespräch wieder zu beenden, und René war offenbar einverstanden, denn er wandte sich dem Fenster zu, das anscheinend die interessanteren Fragen stellte.

Claude schaute noch einmal auf die Uhr, was nichts änderte, und er musste wieder an die Frau mit dem Hammer denken. Er wünschte sich, dass sie es merken würde um Mitternacht, dass sie innehielte, wo immer sie gerade sein mochte, sich kurz umschaute, blinzelte, und sich dann noch einmal langsamer umschaute. Er wünschte sich, dass sie merkte, wie alles plötzlich wieder passte, wie alles kurz in Ordnung war, und sie am besten laut auflachen musste. Claude würde mitlachen, auch wenn er ja wusste, dass die Zeit noch immer nicht ganz stimmen würde, weil sie nie ganz stimmte, weil nichts jemals ganz stimmte und man sich immer nur bemühen konnte, aber darüber wollte er heute hinwegsehen, einmal kurz hinwegsehen, und er nahm die Champagnerflasche in die Hand, sechsundachtzig Minuten noch, er drehte die kleine Drahtschlaufe am Flaschenhals auf, lockerte das Geflecht, hob es vorsichtig ab. Er klemmte den Korken zwischen Daumen und Zeigefinger und begann, die Flasche zu drehen, langsam und gleichmäßig. Sie drehte sich nicht ganz so schnell wie die Erde, aber schnell genug.

Und es wäre ein vollkommen unbedeutendes, aber hübsches Detail gewesen, wenn Claudia nur wenige Kilometer entfernt in genau demselben Moment ebenfalls eine Champagnerflasche geöffnet hätte. Aber weil ja nichts jemals ganz stimmte, tat sie es den Bruchteil einer Sekunde später. Den Champagner hatte Fridtjof offenbar noch von München aus ins Hotelzimmer bestellt. Dort aber hatte nur die Flasche auf Claudia gewartet, von Fridtjof keine Spur, aber er würde bestimmt gleich kommen, sagte sie sich, ganz sicher, und er würde das Glück mitbringen und es könnte endlich, endlich beginnen.

Also öffnete sie ihren Koffer, den ohne Rollen, und holte ihr Hochzeitskleid heraus. Fridtjof hatte es erst albern gefunden, das Kleid einzupacken, aber sie hatte erwidert, dass es auf einer Hochzeitsreise ja wohl kein passenders Kleidungsstück gebe, und er hatte darauf nur »Ach, mein Cläudchen« gesagt, so wie er es mochte, und ihr einen Kuss gegeben, so wie sie es mochte.

Und jetzt im Hotel zog sie das Hochzeitskleid an und war überrascht, dass es noch passte, nach all dem, was in der Zwischenzeit geschehen war. Das musste ein gutes Zeichen sein. Es war nur etwas zerknittert, aber das würde sich legen. Sie stand vor dem Spiegel und zupfte alles zurecht. Sie schaute sich tief in die Augen, sagte: »Ja, ich will« und kam sich dabei nur ein wenig albern vor. Dann probierte sie die Posen, in denen sie Fridtjof empfangen wollte, wenn er bestimmt gleich durch die Tür kam. Erst auf dem Bett hingegossen, dann das Kinn auf beide Hände gestützt, dann auf der linken Seite liegend, dann auf der rechten, dann kniend, dann sitzend, hockend, stehend, dann auf und ab gehend, dann im Kreis laufend, dann mit erhobenen Fäusten, dann mit zerrauften Haaren und schließlich ganz in sich zusammengesunken, weil nichts mehr stimmte. Das Kleid, das Zimmer, der Abend, der Tag. Und weil sie allein war, zum ersten Mal seit Ewigkeiten, und weil sie vom Alleinsein doch keine Ahnung hatte, fiel alles gleichzeitig über sie her, war alles gleichzeitig falsch, mein Vater war falsch, die Gardinen waren falsch, die Stille war falsch, das Warten war falsch, ihre Schuhe waren falsch, Fridtjofs Abwesenheit war falsch, Fridtjof war falsch, die Hochzeit war falsch, und sie selbst am allerfalschesten. Und das einzige, was ihr gerade halbwegs richtig erschien, war der Champagner, und halbwegs richtig war es, ihn jetzt zu öffnen, einen großen Schluck davon zu nehmen, direkt aus der Flasche, halbwegs richtig war es, sich daran zu verschlucken, zu husten, zu prusten, und gleich noch einen Schluck zu nehmen, und noch einen, und nicht mehr zu warten, sich vor den Spiegel zu stellen und »Nein, ich will nicht« zu sagen, zu schreien, wenn nötig, und dann das Zimmer zu verlassen, zunächst einmal das Zimmer. Halbwegs richtig war es loszulaufen, aus dem Hotel raus, Richtung Eiffelturm, um dort, die Champagnerflasche umklammert, vollkommen allein im Hochzeitskleid zu stehen und zu lachen oder zu weinen oder laut zu fluchen, aber eines davon sicher, das ließe sich vor Ort entscheiden.

Und sie konnte ja nicht wissen, dass sie gerade an keinem Ort der Welt oder zumindest an keinem Ort in dieser Geschichte so wenig allein wäre wie unter dem Eiffelturm. Sie konnte ja nicht wissen, dass sich dort gerade alle versammelten. Alle, die dabei waren, für mich entscheidend zu werden, dass sie sich dort schon anblickten, erschrocken oder erfreut oder ungläubig oder mit viel zu laut klopfendem Herzen. Und dass außer ihr nur noch zwei fehlten, die aber auch nicht mehr weit waren, mein Vater in seiner noch etwas schlecht sitzenden Entschlossenheit und Dr. Rolf in seinem Schlafanzug.

NEUNUNDFÜNFZIGSTES KAPITEL

in dem die richtigen Hände falsch gehalten werden

Die Hendels vergaßen vor Überraschung sogar zu nicken. Alle drei starrten sie nur auf Dimitri, der mit halb zusammengekniffenen Augen zu ihnen in den Wagen schaute. Die Scheinwerfer der vorbeifahrenden Autos ließen sein Gesicht aufleuchten und wieder verschwinden, aber nie ganz, er war immer wieder da, und er war ihre Rettung. Zumindest sie würden jetzt gerettet sein. Sie hatten doch das Glück gesucht. Das sucht man schließlich immer, wenn man nichts mehr zu verlieren hat. Und sie hatten gehofft, das ganze Konzept »Glück« sei vage genug, um zumindest irgendetwas zu finden, das sich als glücksähnlich bezeichnen ließ, und sei es nur das sanfte Lächeln von Dr. Rolf, bevor er sie ins Wasser warf. Aber jetzt mussten sie nicht weitersuchen, jetzt hatte das Glück sie gefunden, war ihnen hinten draufgefahren, langsam, aber bedeutsam, jetzt schauten sie dem Glück direkt in die müden Augen, und alles war wieder in Reichweite, der Mercedes, der Koffer, ihr Ruhestand, das Überleben, und sie würden es nicht mehr entkommen lassen, sie würden jetzt keinen Fehler mehr machen, ganz gleich, wer dabei auf der Strecke blieb. Sie griffen alle drei gleichzeitig zu ihren Pistolen, und noch nie hatten die ihnen so gut gestanden wie jetzt. Und draußen konnte Dimitri endlich erkennen, was sich im Inneren des Wagens abspielte. Er sah die Pelze, die Mündungen, das dreifach erfreute Lächeln und wich unwillkürlich einen Schritt zurück, weiter traute er sich nicht. Paris war auf einmal verschwunden, die ganze Reise war verschwunden, er schaute in dieselben Pistolen wie am Anfang, als ob es niemals ein Entkommen gab, als ob er sich immer nur im Kreis drehte und die Zeit schon längst angehalten war. »Ich bin ein Trottel, oder?«, sagte er, und meine Mutter sagte: »Ja, Sie sind ein großer Trottel« und nahm seine Hand.

Mein Vater war mittlerweile damit beschäftigt, Hände voneinander zu lösen. Er hatte den Eiffelturm erreicht und begann, die Liebespaare zu beschimpfen. Dass sie aufwachen sollten, dass die Liebe ein großer Irrtum sei. Und wie vollkommen lächerlich sie aussähen mit diesen verträumten Blicken und diesem seligen Lächeln. Er erklärte ihnen, dass sie nur auf einen billigen Trick hereingefallen seien, auf einen leuchtenden Turm und ein paar viel zu bunte Wünsche, nichts weiter, und dass er ihnen helfen wolle. Und er griff nach Handgelenken und zog sie auseinander, er löste Arme von Schultern und Hände von Hüften, er griff Küssende von hinten in die Haare, riss ihre Köpfe zurück und wischte ihnen anschließend noch mit dem Ärmel die Münder ab. »Nichts zu danken«, sagte er und ging weiter, während hinter ihm gestaunt und geflucht und gedroht wurde, und nur wenige waren stolz, weil sie glaubten, von Alain Dubois aus *Was die Nacht verschweigt* belästigt worden zu sein.

Zu manchen Paaren musste mein Vater immer wieder zurück, weil sie ihn anscheinend nicht richtig verstanden hatten und einfach weitermachten mit ihrem verirrten Geturtel. Aber er hatte doch recht, das wusste er genau, und wenn man recht hat, will man es allen erzählen, weil man es sonst vielleicht nicht mehr so genau weiß. Er begann, Tauben zu verscheuchen, die zu zweit nach Krumen suchten. Er begann, gegen Kieselsteine zu treten, die anderen Kieselsteinen verdächtig nahe gekommen waren. Er begann, Blätter von den Bäumen zu rupfen, wenn der Abendwind übertrieben zärtlich mit ihnen spielte. Und als er das Pärchen sah, das mitten auf der Straße Händchen hielt, das vor lauter Liebesblindheit offenbar sogar einen Unfall verursacht hatte, eilte er darauf zu.

Er sah die beiden nur von hinten, und er sah, wie hilflos sie wirkten, stumm und bewegungslos, wie sie nur auf jemanden warteten, der sie endlich voneinander trennte, und dafür gab es ja ihn, und er war ja schon da, er trat hinter sie, umfasste mit der Rechten das Handgelenk des Mannes und mit der Linken das der Frau. Er zog, aber ihre Finger krallten sich nur fester ineinander, und irgendetwas schien hier nicht zu stimmen. Er blickte auf, und es stimmte tatsächlich nicht. Er sah Pistolen, blinzelte, sah immer noch Pistolen, und plötzlich kam ihm alles bekannt vor, viel zu bekannt. Er hörte auf mit dem Ziehen und grub seine Finger zwischen die des Pärchens, er wollte jetzt doch lieber Teil von etwas sein, und sei es nur Teil eines Irrtums.

Ich sah das alles fassungslos mit an. Da standen sie endlich, mein Vater und meine Mutter, da waren sie sich doch endlich nah, und das sogar im Licht des Eiffelturms. Darauf hatte ich gewartet, das hatte ich so sehr erhofft, aber nicht auf diese Weise, das sollte doch ein Anfang sein, und jetzt schien es einfach nur mit ein paar Schüssen zu enden, viel zu früh und viel zu ernüchternd. Ich wollte schreien. Dass es so nicht enden dürfe. Dass keine Geschichte auf diese Weise ende, schon gar keine, die so unwahrscheinlich sei wie meine. Ich wollte schreien, dass alle sofort damit aufhören sollten, sich zu ergeben. Als ob es nur um sie gehe, nur um ihre kleinen Leben, als ob sonst alles weiterlaufe. Und dann schrie der Junge: »Stopp!«

SECHZIGSTES KAPITEL

in dem ein Schaf keine großen Pläne hat

WAS WIR BISLANG WISSEN

Wir wissen, wie lange es dauert, »Stopp!« zu rufen, nämlich nicht mehr als eine Sekunde, selbst wenn man das »o« ausgiebig dehnt. Dann ist es vorbei und in den allermeisten

Fällen geht es danach einfach weiter. Es ist sehr schwer, etwas für länger als eine Sekunde anzuhalten.

Wir wissen, dass in dieser Sekunde, in der das »Stopp!« zu hören war, niemand ans Aufhören denken wollte. Im Gegenteil, alle konnten es gar nicht mehr erwarten, endlich anzufangen. Die Hendels wollten mit ihrem Ruhestand anfangen. Fridtjof wollte mit dem Schafehüten anfangen. Claudia wollte endlich anfangen, auf eigenen Füßen zu stehen, sich auf niemanden mehr zu stützen, schon gar nicht auf einen Mann, es sei denn, es wäre endlich der Richtige. Dimitri wollte anfangen, seinem Namen gerecht zu werden. Und vielleicht hatte er auch einfach noch nicht den passenden Namen gefunden. Vielleicht war Dimitri doch eine schlechte Wahl gewesen und er sollte eher in Richtung Italien suchen oder skandinavisch, etwas mit einem durchgestrichenen O, das hatte ihm immer gut gefallen. Mein Vater wollte mit der Lieblosigkeit anfangen. Er wollte alle Fotos wegwerfen, bis auf vielleicht eines für alle Fälle, und all seine Gedichte verbrennen, zumindest die schlechteren. Er wollte zu jeder vollen Stunde niemanden anrufen und auf einmal erschreckend viel Zeit haben, und meine Mutter wollte anfangen, auf einmal gar nichts mehr mit der Zeit zu tun zu haben.

WAS WIR NICHT WISSEN

Ob auch Marie-Antoinette, das Schaf, mit etwas anfangen wollte, wissen wir leider nicht. Schafe sind und bleiben uns fremd. Wahrscheinlich hielt sie aber nichts von großen Vorsätzen. Wahrscheinlich hielt sie auch nichts von neuen

Anfängen oder Veränderungen im Allgemeinen. Sie wollte wahrscheinlich einfach wieder zurück in ihren Streichelzoo, und dass man mit einer solchen Einstellung nicht gerade zum Helden einer Geschichte taugt, interessierte sie wenig. Und es ist vielleicht trotzdem kein Zufall, dass ausgerechnet sie maßgeblich an der nächsten entscheidenden Wendung beteiligt war. Als Held wird man schließlich nicht geboren, als Held nimmt man Reißaus.

EINUNDSECHZIGSTES KAPITEL

in dem der Koffer auf der Flucht ist

Marie-Antoinette war nämlich die einzige gewesen, die sich nicht einmal eine Sekunde lang an das »Stopp!« des Jungen gehalten hatte. Im Gegenteil, sie hatte noch wilder auf dem Beifahrersitz des Mercedes herumgezappelt, sich gedreht und gewunden und dann tatsächlich einen Ausweg aus dem Sicherheitsgurt gefunden. Und sie hatte zwar keine Ahnung, in welcher Richtung sich ihr Streichelzoo befand, aber sie beschloss, einfach mal loszulaufen, was sich als keine gute Idee erwies, denn so rannte sie geradewegs auf die vierspurige Fahrbahn, mitten in die Lichter, in das Hupen, das Bremsen, Ausweichen, Ineinanderfahren, und Marie-Antoinette sprang panisch im Licht der Scheinwerfer hin und her, entschied sich dann klugerweise für einen Richtungswechsel, galoppierte zurück zum Straßenrand, wo sie aber sofort einem bestürzt mit ausgebreiteten Armen auf sie zu rennenden Fridtjof ausweichen musste, Reißaus nahm, ein Hindernis vor sich sah, zum Sprung ansetzte, abhob, nicht genug Höhe erreichte und deshalb direkt ins Hindernis hineinsprang, es umwarf und unter sich begrub, und das Hindernis war mein Vater.

Der Junge sah sofort, dass es kein Schaf war, das hier in die Szene hineingesprungen war, sondern eine Chance, seine einzige womöglich und sehr wahrscheinlich seine letzte. Und wenn er ein Ende finden wollte, wenn er *sein* Ende finden wollte, musste er sie ergreifen. Also sprang er, während die Hendels noch vom erstaunlich schlechten Sprung des Schafes irritiert waren, aus dem Wagen, rannte hinüber zum Mercedes, zum Kofferraum, und er konnte nur hoffen, dass er sich öffnen ließ, und er ließ sich öffnen, und er konnte nur hoffen, dass der Koffer noch an Ort und Stelle war, und er war noch an Ort und Stelle, und der Junge riss ihn an sich und dachte an die Pistolen der Hendels und was für ein unpassendes Ende sie bereiten konnten. Diesem Ende musste er ausweichen, er musste ihm entkommen, und er lief auf die immer noch verdutzt auf meinem Vater liegende Marie-Antoinette zu, sprang auf ihren Rücken, krallte sich in ihr Fell, drückte seine Beine in ihre Flanken, rief sogar »Hü«, was, wie er glaubte, zumindest nicht schaden würde, und konnte nur hoffen, dass sie losrannte. Und Marie-Antoinette rannte los.

Der erste, der die Verfolgung aufnahm, war natürlich Fridtjof. Er wusste, dass ein Schäfer seine Herde niemals verlassen durfte, und wenn die Herde mit einem Jungen auf dem Rücken geradewegs auf den Eiffelturm zu galoppierte, musste man, so nahm er an, als Schäfer schleunigst hinterher. Er war sich nicht sicher, ob man dabei mit beiden Armen winken und »Verlass mich nicht!« rufen musste, aber er tat es sicherheitshalber.

Die Hendels brauchten nur wenig länger. Sie mussten nur alle drei erst einmal aus tiefstem Herzen seufzen, auch wenn es sie kaum noch verwunderte, dass ihre Pläne wieder einmal durchkreuzt worden waren. Aber eine gute Gelegenheit zum Seufzen ließen sie sich ungern entgehen. Dann rannten auch sie hinter Junge, Schaf und Koffer her. Manchmal hatten sie für Sekunden freie Schussbahn und zielten schon quer durch die Menge aufgescheuchter Liebespaare, aber immer rannte ihnen im letzten Moment der wild winkende Fridtjof dazwischen.

Dass Dimitri und meine Mutter auch losrannten, überraschte beide zunächst selbst. Sie hielten sich immer noch an den Händen, und es war etwas unklar, wer von beiden den anderen mitzog. Dimitri hoffte auf irgendeinen Knall, ein Gerangel, ein Chaos, in das er sich hineinstürzen könnte, weil noch viel zu viel Uwe an ihm klebte, und meine Mutter hoffte, in genau diesem Knall womöglich doch noch irgendjemanden außer sich selbst retten zu können.

Und als mein Vater mühsam wieder auf die Beine kam, rannte er ebenfalls hinterher. Aus dem einzigen Grund, dass alle anderen das schließlich auch taten. Er hatte sich zwar immer noch vorgenommen, ab jetzt ein Einzelgänger zu sein, aber für den Anfang am liebsten dann doch ein Einzelgänger in Gesellschaft.

Und er war nicht der letzte in der Reihe, wenn auch der letzte in halbwegs passender Kleidung. Claudia hatte in ihrem Brautkleid gerade den Eiffelturm erreicht, als sie ihren verschollenen Ehemann hinter einem Schaf herrennen sah. Und Dr. Rolfs Taxi war in dem von Marie-Antoinette verursachten Stau auf dem Quay Branly stecken geblieben. Während er fluchend und in seinem Schlafanzug fröstelnd aus dem Fenster schaute und sich nach einem Ende sehnte, kam das Ende geradewegs an ihm vorbeigaloppiert.

ZWEIUNDSECHZIGSTES KAPITEL

in dem ein Abschied nicht schwerfällt

Und natürlich lief auch ich mit und tat so, als sei ich schon Teil des Geschehens, als würde ich es nicht nur betrachten und könnte noch irgendetwas tun, damit es gelingt, damit ich gelinge.

Ich hatte es gründlich satt, nichts selbst in der Hand zu haben. Ich hatte es satt, mich ständig auf andere verlassen zu müssen, weil Geborenwerden nun einmal keine Leistung ist, und nun musste ich mich zu allem Überfluss sogar auf ein Schaf verlassen und auf die ganze Bande, die ihm folgte. Manche winkten, manche wedelten mit ihren Pistolen, einer hielt den Bund seiner Schlafanzughose fest, damit sie ihm beim Rennen nicht von der Hüfte rutschte, und ein anderer blökte, und dass das im Grunde jeder von ihnen hätte sein können, macht deutlich, wem genau ich hier alles mein Leben anvertraut hatte.

Ich sah, wie der Junge den Eiffelturm erreichte. Und natürlich hätte er jetzt von seinem wattierten Reittier absteigen müssen, aber wie es schien, trieb er es sogar noch an. Wie es schien, beugte er sich hinunter und flüsterte dem Schaf etwas ins Ohr, und bestimmt bildete ich mir nur ein, dass es daraufhin kaum merklich nickte, aber ganz sicher bildete ich mir nicht ein, dass die beiden im vollen Galopp in einem der vier Turmpfeiler verschwanden. Fridtjof rief: »Marie-Antoinette!«, Claudia rief: »Fridtjof!«, mein Vater rief: »Wartet! Oder wartet nicht! Das ist mir neuerdings egal!«, und Dr. Rolf rief: »Heiliger Strohsack!«, weil ihm das immer herausrutschte, wenn ihm etwas ganz und gar nicht passte, also ziemlich oft, und weil ihm diese Formulierung so peinlich war, murmelte er noch ein »Oder so ähnlich« hinterher.

Ich rief gar nichts. Mir fiel nichts ein, was ich hätte rufen können. Es war jetzt kurz vor halb zwölf. Alle rannten hektisch dem Ende hinterher, und ich fühlte mich auf einmal ganz ruhig. Vielleicht weil ich am besten von allen wusste, wie unausweichlich ein Ende bevorstand. Mit mir, so wie ich jetzt war, würde es in einer guten halben Stunde vorbei sein. In jedem aller Fälle. Und vielleicht wäre es angemessen, kurz Abschied zu nehmen, bevor das Neue begann oder halt gar nichts mehr. Aber ich mochte nicht, wer ich war. Ich mochte nicht, wo ich war. Das war alles zu eng und zu unsichtbar. Und ich hatte es satt, nie gehört zu werden. Ich hatte es satt, eingesperrt zu sein. Ich hatte es satt, doch schon einigermaßen zu wissen, wie man lebt, aber ständig daran gehindert zu werden. Ich hatte nichts zu verlieren, und es war wirklich höchste Zeit, an dieser Tatsache etwas zu ändern.

Ich sah mich noch einmal um. Da war Nacht und Paris und da waren all die Leben, die geführt wurden, als hätten sie das nötig, als wüssten sie nicht selbst den Weg. Und eines davon wartete auf mich. Eine halbe Stunde noch. Dann würde es sich nach jemand anderem umsehen.

Der Junge und seine Verfolger waren mittlerweile allesamt im Eiffelturm verschwunden. Und wenn ich genau hingehört hätte, wären da die vielen Schritte auf den Eisenstufen zu hören gewesen, das Keuchen, das Fluchen, das Eilen, aber ich hörte nicht genau hin. Ich hörte lieber noch ein letztes Mal daneben.

DREIUNDSECHZIGSTES KAPITEL

das in die Luft geht

Wenn man ein Ende sucht und dafür einen Turm besteigt, muss man natürlich auch bis nach oben. Alles andere wäre unpassend. Zwar gab es schon auf der ersten Aussichtsplattform genug Schnaufen, genug rasselndes Atmen, es gab genug Seitenstechen, auch schon erste Krämpfe, aber so lange es noch ging, musste man wohl oder übel weiter, sonst wäre es ja nicht das Ende.

Die Hendels schwitzten am stärksten, was aufgrund der Kombination aus Pelzmantel und Dr. Rolfs bewaffneter Nähe nicht verwunderlich war. Dimitri lief seit der dritten Stufe nur noch mit geschlossenen Augen die Treppe hoch. Ihm selbst machte der Anstieg natürlich nichts aus, aber Uwe war immer höhenängstlich gewesen, kaum eine Angst hatte er damals ausgelassen. Meine Mutter hingegen, die immer noch Dimitris Hand hielt, weil sie jeden Anlass zum Loslassen längst verpasst hatte, schaute fast unentwegt nach unten. Ihr gefiel, wie Stufe um Stufe alles kleiner wurde, als würde Paris unter ihr versickern, und danach, so hoffte sie, bestimmt auch der ganze Rest. Ein paar Meter unter ihr lief mein Vater, der immer noch nicht wusste, warum oder wohin hier alle unterwegs waren, aber weil er beschlossen hatte, sich nur noch um sich selbst zu kümmern, zerbrach er sich darüber nicht den Kopf und lief einfach mit. Wenn man sich nur um sich selbst kümmerte, war es schließlich egal, wo man das tat.

Erst ab der zweiten Aussichtsplattform wurden dann auch Marie-Antoinette die Beine schwerer. Sie war nun schon höher auf dem Eiffelturm als je ein Schaf vor ihr, sogar höher als die legendäre Ziege Claire im Jahr 1903, aber das bedeutete ihr wenig. Sie vertraute dem Jungen auf ihrem Rücken, und der Junge konnte nur hoffen, dass sie das zu Recht tat. Alle vertrauten ihm gerade, alle folgten ihm, irgendwo da unten, auch wenn das manchen selbst noch nicht klar war. Es lag jetzt an ihm, zum ersten Mal lag etwas an ihm. Und natürlich hatte er Angst, aber viel weniger als gedacht, viel weniger als angemessen. Auf jedem neuen Treppenabsatz sagte er sich, dass er das hier schließlich nicht allein für sich tat, und wusste nicht, ob er sich das glauben sollte.

Aber nun war es ohnehin zu spät. Und es war vor allem die Erleichterung darüber, jetzt nicht mehr zurückzukönnen, die ihn weiterreiten ließ, immer weiter nach oben, einhundertfünfzig Meter, einhundertachtzig Meter, zweihundert, er waren ja nur Zahlen, nur Maße, und es war im Grunde auch nichts anderes als geradeaus, nur halt nach oben, zweihundertzehn, zweihundertdreißig, und er musste sich beeilen, alle mussten sich beeilen, zweihundertvierzig, nur noch ein wenig, zweihundertfünfzig, es waren doch alle da, zweihundertsechzig, fast alle, zweihundertsiebzig, und er wusste doch fast, was zu tun war, zweihundertfünfundsiebzig, das musste doch langsam reichen, und dann war er oben.

Es war kühl und windig. Immerhin das war keine Überraschung. Der Turm schwankte hier auf der obersten Plattform, nicht stark, aber doch stark genug, dass Marie-Antoinette, sobald der Junge abgesessen war, sich sofort wieder an ihn schmiegte, und dem Jungen war das sehr willkommen. Er horchte, ob die Schritte der anderen schon zu hören waren, aber sein laut schlagendes Herz übertönte alles. Er konnte also nur warten, das würde kurz genug dauern. Unter ihm war alles voller Stadt, die Straßen wie Lavaströme, aber dahinter ging es weiter, viel weiter, das musste es schließlich, aber in der Dunkelheit war nichts davon zu erkennen.

VIERUNDSECHZIGSTES KAPITEL

in dem die Aussicht viel zu kurz kommt

Fridtjof erreichte als erster der Verfolger die oberste Plattform. Er hatte vor lauter Sorge um das Schaf offenbar vollkommen vergessen, außer Atem zu sein. Er schwitzte kaum, rief: »Gott sei Dank, du lebst« und wollte Marie-Antoinette um den Hals fallen. Die aber drückte sich ängstlich zwischen dem Jungen und der Brüstung hindurch und sprang, wild nach hinten austretend, vor Fridtjofs Umarmung davon. »Ja, schau, wie du dich freust«, rief Fridtjof und merkte wahrscheinlich selbst, dass er die Szene damit nicht ganz passend beschrieb. Erst das Erscheinen der drei Hendels beendete die für alle unangenehme Situation.

Den Hendels waren die eintausendsechshundertfünfundsechzig Stufen nicht gut bekommen. Sie taumelten auf die Plattform, hielten sich aneinander fest, aber keiner von ihnen konnte den anderen als Stütze dienen, also wankten sie als Bündel erst nach rechts, dann nach links, dann in ein unbestimmtes Dazwischen und versuchten dabei sogar noch, ihre Pistolen auf den Jungen zu richten, was gründlich misslang, alles schwankte, alles kippte, es kam ihnen vor, als würde die ganze Welt aufgeregt nicken, und sie waren ganz und gar nicht einer Meinung mit ihr.

Dimitri hatte die Augen immer noch geschlossen, als er Hand in Hand mit meiner Mutter ebenfalls das Ziel erreichte, was ihn allerdings nicht davon abhielt, sich nach allen Seiten umzudrehen, kurz verächtlich zu schnauben und zu behaupten, er habe sich das hier oben aber viel höher vorgestellt. Meine Mutter hingegen ignorierte die Aussicht selbst mit geöffneten Augen. Paris war für sie verschwunden, versickert, zählte nicht mehr, sie schaute nur auf den Jungen, das Schaf, die schwankenden Hendels und wunderte sich nicht. Sie überlegte kurz, ob es womöglich schon Mitternacht war, ob die Zeit schon angehalten hatte und alles gleichzeitig geschah, das wäre zumindest eine einigermaßen einleuchtende Erklärung für das Durcheinander hier oben. Sie nickte den Anwesenden nacheinander freundlich zu, sagte: »Guten Abend«, und der Junge wollte den Gruß erwidern, das war doch das Mindeste, das schien doch machbar, aber er wusste auf einmal nicht mehr, was er sagen sollte. Er starrte meine Mutter nur an und hoffte vergebens, dass er das wenigstens nicht mit offenem Mund tat. Mit der Rechten umklammerte er den Koffer, mit der Linken zog er sein Notizheft aus der Tasche, blätterte aufgeregt darin herum, bis er die richtige Stelle gefunden hatte, das richtige Wort. »Willkommen«, las er vor und hoffte, dass seine Stimme dabei nicht brach, aber auch das hoffte er vergebens.

Mein Vater hingegen hoffte, ihm sei die Anstrengung des Aufstiegs nicht allzu sehr anzumerken. Er hoffte auch, ihm sei nicht anzumerken, dass er gerne wüsste, was um Himmels Willen hier eigentlich vor sich ging. Er erkannte den Jungen natürlich wieder, er erkannte Dimitri wieder, selbst die Hendels und hatte auch schmerzhafte Erinnerungen an das Schaf, aber er tat so, als ginge ihn das alles nichts an, als wäre er nur für die schöne Aussicht hier oben. Die anderen gehörten schließlich alle zur Vergangenheit, und mit der Vergangenheit wollte er endgültig nichts mehr zu tun haben.

Nur meine Mutter war ihm wahrlich unbekannt. Er sah sie zum ersten Mal. Sie sah ihn zum ersten Mal. Und ich sah, wie sie sich sahen und hielt den Atem an. Ich wollte, dass augenblicklich Funken sprühten. Ich wollte, dass sie sofort alles erkannten, die Möglichkeit, das Versprechen, die ganze Zukunft, und dass alles keine Frage mehr war. Ich wollte, dass sie umstandslos übereinander herfielen. Ich wollte dramatische Hintergrundmusik und Zeitlupe und die Gewissheit, dass es nun endlich gut werden würde. Aber mein Vater runzelte nur kurz die Stirn, als würde da ein Gedanke aufflackern, der sich aber mit einem leichten Kopfschütteln wieder verscheuchen ließ. Dann sagte er: »Oh.« Und das hätte so leicht der Anfang eines angemessenen Satzes sein können. »Oh, endlich lernen wir uns kennen«

oder besser noch »Oh, verspüren Sie nicht auch einen dringenden Kinderwunsch?« oder zumindest »Oh, was für eine vielversprechend milde Nacht«, aber mein Vater sagte nur: »Oh, ich will nicht stören« und drehte sich um. Da allerdings genau in dem Moment Claudia die letzte Stufe erreichte, drehte er sich sofort wieder zurück.

Claudias Brautkleid sah noch erschöpfter aus als sie selbst. Verschmutzt, eingerissen und vollkommen unwillig hing es an ihr herunter. Sie hielt immer noch die Champagnerflasche umklammert, und als sie nun sah, wer sich hier alles versammelt hatte, ihr Ehemann, der vergeblich die Nähe eines Schafes suchte, mein Vater, der so tat, als würde er sie nicht sehen, dazu der seltsame Junge und der Mann im Trainingsanzug, die sie auf der Autobahn gerammt hatten, wollte sie sofort umkehren, die Stufen wieder hinabsteigen und sich maßlos betrinken, aber einer fehlte ja noch, einer kam erst jetzt oben an, schnaufend und keuchend und mit bedenklich rotem Kopf: Dr. Rolf, der die letzten tausend Stufen hauptsächlich mit Fluchen verbracht hatte, über diese verdammte Treppe, den verdammten Eiffelturm, die verdammten Hendels, den verdammten Koffer, seinen verdammt groß gewachsenen Bauch, sein verdammtes, groß gewachsenes Leben, das einfach nicht schlanker, leichter und einfacher werden wollte, das ganze verdammte Nichtendenwollen, und als er dann endlich die Plattform erreichte, endlich das Ziel, den Anfang vom Ende, sah er den Koffer und er sah, wer ihn festhielt. Der verdammte Junge, und das konnte doch nicht wahr sein, aber es war natürlich wahr, weil verdammt noch mal alles immer wahr war, und man sich deshalb ständig damit herumschlagen musste, und Dr. Rolf wischte sich mit dem

Schlafanzugärmel den Schweiß von der Stirn und spuckte aus. »War ja klar, dass du dahintersteckst.«

FÜNFUNDSECHZIGSTES KAPITEL
in dem der Junge vom Text abweicht

Alle bis auf Dimitri, der die Augen lieber weiter geschlossen hielt, starrten Dr. Rolf an. Die Hendels ängstlich, meine Mutter verächtlich, mein Vater verwirrt, Fridtjof traurig und Claudia wütend, weil sie hier oben ganz und gar nicht noch einen Mann gebrauchen konnte. Nur der Blick des Jungen war in der Dunkelheit nicht klar zu deuten. Da war Aufregung, da war Abscheu, da war Erleichterung, da war sogar Entschlossenheit, aber vielleicht wünschte ich mir die Entschlossenheit auch nur. Vielleicht redete ich sie ihm nur ein.

Dr. Rolf spuckte noch einmal auf den Boden, dann streckte er die Hand aus und sagte: »Los, gib mir den Koffer«, und der Junge versuchte, mit dem Kopf zu schütteln, aber es wurde eher ein Zittern, also brach er ab und presste die Lippen aufeinander. Dr. Rolf trat einen Schritt auf ihn zu. »Gib mir den verdammten Koffer. Und dann geht es ab nach Hause«, sagte er, und es klang angemessen drohend, das konnte er schließlich, das wurde ihm regelmäßig von seinen Mitarbeitern bestätigt, und wer anderer Ansicht war, bereute es bald.

Der Junge presste sich fester gegen die Brüstung. Mit der linken Hand strich er über sein Notizheft, er wollte so gern noch einmal darin nachschlagen, das würde ihn beruhigen, dabei wusste er doch auswendig, was da stand, was da genau über diesen Moment stand: »1. Nicht den Blick abwenden. 2. Bitte nicht den Blick abwenden. 3. Wenn möglich: spöttisch lächeln. Wenn unmöglich: unspöttisch lächeln. 4. Den Blick notfalls wieder hinwenden. 5. An drei Sachen stark denken: an gleich, an später, an morgen.« Und er wandte tatsächlich nicht den Blick ab, oder kaum, und er verzog seinen Mund tatsächlich zu etwas, das zwar kein Lächeln war, aber zumindest etwas Ähnliches, und er dachte an gleich, an später, an morgen, und er redete sich ein, dass es doch eigentlich schon jetzt vorbei war, schon überstanden und er nur noch zurückblickte, auf dieses letzte Fitzelchen Gegenwart, bevor dann endlich die Zukunft begann.

Dr. Rolf lachte auf. Auch das konnte er gut. Niemand konnte so gut wie er mit einem Lachen zeigen, dass es da überhaupt nichts zu lachen gab. Er schaute kurz zu den Hendels, beschloss dann aber, dass sie für ihn nicht mehr existierten, er schaute zu den anderen Gestalten hinüber, von keinem drohte irgendein Widerstand, am ehesten vielleicht vom Schaf, und er trat noch einen Schritt auf den Jungen zu und fand das alles einfach albern, er fand das unnötig und mühsam und maßlos ärgerlich. Der Junge machte nichts als Scherereien, hatte er immer schon gemacht und würde er immer machen, und seine einzige gute Idee war gewesen, gestern einfach wortlos zu verschwinden, und diesmal hoffentlich für immer.

Und ob ich es wollte oder nicht, musste ich Dr. Rolf recht geben. Auch ich konnte Scherereien jetzt auf keinen Fall gebrauchen. Auch ich wollte das alles schnell hinter mir haben, damit meine Eltern nicht länger diesem Spektakel Aufmerksamkeit schenkten, sondern sich selbst. Damit ihnen nichts mehr im Weg stand und es endlich um mich gehen konnte.

»Koffer«, knurrte Dr. Rolf nur noch, auch knurren konnte er schließlich. Und er würde nicht noch einmal knurren, gleich würde er sich den Koffer einfach packen und den Jungen gleich dazu, der würde gleich etwas erleben, das mit blauem Wunder nur äußerst beschönigend beschrieben wäre. Blau wäre nur eine von vielen Farben, in denen der Junge leuchten würde, wenn er mit ihm fertig war.

Dr. Rolf wollte diese Wut nicht. Er wollte doch auch nur Ruhe, endlich Ruhe, aber es war alles da, das Pochen, das Schnaufen, das Rote, das Geballte, und der Junge kannte das, er kannte das mehr als genug, und natürlich hatte er Angst, riesige Angst sogar, aber er durfte sie nicht beachten, er musste an der Angst vorbeisehen, nur noch ein paar Sekunden lang. Er drehte sich zur Seite und hielt, den Blick noch immer auf Dr. Rolf gerichtet, den Koffer über die Brüstung. »Keinen Schritt weiter«, wollte er sagen, so stand es doch in seinem Notizheft, kein origineller, aber zumindest ein klarer Satz, und hier sollte es doch um nichts als Klarheit gehen, aber er fand die Worte nicht, sie hatten sich aus dem Staub gemacht. Und auf einmal sah er, wie weit oben er hier stand, wie sich die Welt nach allen Seiten ausbreitete und wie schmächtig sein Plan war. Und er wollte an gleich denken, an später, an morgen, aber alles war jetzt, in diesem ewigen Jetzt. Er wandte den Blick ab, er schaute meine Mutter an, meinen Vater, die nichts verstanden, wie sollten sie auch, er sah, wie niemand sich bewegte. »Hilfe«, sagte er.

SECHSUNDSECHZIGSTES KAPITEL

in dem Paris Kopf steht

Beim Wort »Hilfe« schlug Dimitri die Augen auf. Nicht, weil es ihm ein plötzliches Anliegen war, irgendwem zur Hilfe zu eilen, sondern um nachzuschauen, ob vielleicht er selbst das gesagt hatte. Oder halt der höhenängstliche Uwe in ihm. Aber er sah nur den Jungen, der den Koffer mit dem albernen [PLATZHALTER] über die Brüstung der Plattform hielt, und einen dicken, rotgesichtigen Mann, der schnaufend auf den Jungen einredete: Dass er jetzt bloß keinen Quatsch machen solle. Dass er nicht die geringste Vorstellung davon habe, was ihm sonst blühe. Was für ein undankbares kleines Miststück der Junge doch sei. Das sei jetzt die letzte Chance. Die allerletzte. Er meine das so ernst wie nie zuvor.

Dimitri kannte den Mann nicht. Er wusste nur: Man wollte diesem Mann auf keinen Fall widersprechen. Man wollte ihm alles recht machen, man wollte in seiner Gunst stehen. Man wollte sein wie er, Dimitri jedenfalls wollte das. Und Uwe flüsterte: »Halt dich da besser raus«, aber Dimitri wollte sich nicht raushalten, das hier war endlich eine Chance, und Chancen waren fast so selten wie drei Könige am Spielautomaten. Ja, es gab Menschen, die konnten sich Chancen entgehen lassen, weil sie schon wussten, dass bald die nächste käme, weil die Chancen sie irgendwie anziehend fanden und ständig in ihrer Nähe sein wollten, aber Dimitri gehörte nicht dazu, das hatte er mittlerweile gelernt. Also trat er zwischen Dr. Rolf und den Jungen und ignorierte Uwe, der vor Angst in ihm wimmerte. »Hier stimmt was nicht, oder?«, fragte er, und Dr. Rolf wollte ihn mit einer Handbewegung wegwischen. Dass ihn das nichts angehe, sagte er. Das sei eine Familienangelegenheit. »Sie sind also der Vater, oder?«, fragte Dimitri, und Dr. Rolf sagte: »Ja« und der Junge sagte: »Nein« und Uwe sagte: »Du hast den Mann doch gehört, das geht uns nichts an«, aber Dimitri hatte es satt, dass ihn nie etwas anging. Immer stand er nur am Rand herum. Immer mit schlechter Sicht und immer auf der falschen Seite. Und er wollte endlich auch einmal auf der richtigen Seite stehen, auf der Seite, von der aus es weiterging.

Also machte er sich so groß wie möglich, was nicht reichte, aber reichen musste, er streckte die Brust raus, zwinkerte Dr. Rolf sogar zu und sagte: »Lassen Sie ihn. Er ist ein guter Junge«, und dabei drehte er sich um, tätschelte dem Jungen die Schulter, beugte sich neben ihm über die Brüstung, flüsterte »Tut mir leid, Kleiner« und riss mit einer schnellen Bewegung den Koffer an sich.

Er spürte, wie vollkommen entsetzt ihn alle anschauten, der Junge, meine Eltern, Claudia und Fridtjof, sogar die Hendels, das musste er ertragen, das war halt der Preis für eine Chance. Er brauchte die anderen nicht, er brauchte nur das eine Lächeln, und Dr. Rolf gab es ihm. Endlich war es so weit. Endlich konnte er es sagen. Er räusperte sich, rieb sich kurz die müden Augen, so wie er sich das immer vorgestellt hatte. »Ist erledigt«, sagte er dann, und er spürte dieses Leichte oben in der Brust, als er Dr. Rolf den Koffer übergab.

Dr. Rolf murmelte irgendetwas, das wahrscheinlich nicht »Danke« hieß. Er schüttelte den Koffer, schaute skeptisch, dann ließ er die Schnallen aufspringen. Mit beiden Daumen hob er den Deckel an, schaute kurz hinein, erstarrte, öffnete den Koffer vollständig und klappte ihn sofort wieder zu. Er atmete sehr tief und sehr lange ein.

»Wo ist es?«, fragte er, leise und scharf. Sein Blick traf den Jungen mit voller Wucht. »Wo zum Teufel ist es?«, brüllte er. Er bebte, er schnaufte, er stürzte auf den Jungen zu, der sich ohne Koffer auf einmal wieder so klein fühlte, wie er tatsächlich war. Meine Eltern wollten dazwischengehen, doch sie kamen zu spät, Dr. Rolf hatte den Jungen gepackt, schüttelte ihn, drückte ihn an die Brüstung, und der Junge wusste nicht mehr, was er sich für diesen Fall notiert hatte, ob er sich überhaupt etwas notiert hatte. Er kniff nur die Augen zusammen, presste die Lippen aufeinander und schüttelte immer wieder den Kopf. Dass er gleich gerettet werden würde, sagte er sich. Dass er doch gerettet werden musste, und was musste, würde auch geschehen. Er hatte um Hilfe gebeten, und die Hilfe würde kommen, und dann wäre endlich morgen. Er lächelte beim Gedanken daran, und das Lächeln machte Dr. Rolf nur noch wütender, er packte den Jungen am Kragen, hob ihn an, bis sie auf einer Höhe waren, Gesicht an Gesicht. »Raus mit der Sprache«, brüllte er, doch die Sprache steckte im Jungen fest, kauerte sich zusammen, und Dr. Rolf hob ihn noch höher, griff seine Beine, ließ den Jungen mit dem Kopf voran über die Brüstung kippen und hielt ihn nur noch an den Knöcheln fest. »Redet es sich so leichter?«, rief er hinunter. »Regt das vielleicht deine Erinnerung an?«

Der Junge baumelte. Das kannte er. Vor ihm der graue Stahl, die Nähte, die Streben und in den Lücken die Nacht. Unter ihm wartete eine zweihundertsechsundsiebzig Meter lange Reise bis zum Boden, genauer gesagt sogar zweihundertsechsundsiebzig Meter und dreizehn Zentimeter, auch das hatte er sich notiert, allerdings durfte er davon noch etwas abziehen, denn er hing ja ein ganzes Stück unterhalb der Plattform. Trotzdem war es weit genug, um diese Reise besser nicht anzutreten. Er wollte doch auf eine ganz andere Reise. Für die hatte er doch gepackt. Für die hatte er alles vorbereitet. Und jetzt musste er nur noch darauf warten, dass alle anderen auch so weit waren.

Doch viel Zeit blieb wohl nicht mehr, wenn er das richtig eingeschätzt hatte. Er schaute sich um, ob irgendwo eine Kirchturmuhr zu sehen war, fand jedoch keine und konnte nur hoffen. Darauf, dass es bitte noch nicht zu spät für die Rettung war. Und darauf, dass Dr. Rolf ihn nicht losließ. Früher hatte er ihn ja auch nie losgelassen, ganz gleich, wie laut er darum gebettelt hatte. Er spürte das Blut in seinem Kopf, den Druck auf den Augen, er hörte seine Ohren rauschen und legte den Kopf so weit es ging in den Nacken. Er wollte Paris sehen, wie es sich ihm leuchtend entgegenstreckte, wie es auf den Zehenspitzen stand und zu ihm hinauf winkte, oder hinunter, das machte jetzt auch keinen Unterschied mehr. Er winkte zurück, setzte seine Kopfhörer auf, und plötzlich war alles sehr still.

Etwas weiter oben auf der Plattform war gar nichts still. Es herrschte lautes Entsetzen, aber niemand wagte sich näher an Dr. Rolf heran, aus Angst, dass er den Griff lockern könnte. Claudia und Fridtjof klammerten sich aneinander. Mein Vater sah sich panisch um. Er wollte sich doch nicht mehr um andere kümmern, aber jetzt blieb ihm keine Wahl, jetzt musste er etwas tun, und zwar unbedingt das Richtige. Allerdings fand sich nichts Richtiges, nicht einmal ansatzweise. Er schaute zu meiner Mutter, die ebenso hilflos aussah, und für einen Moment trafen sich ihre Blicke, traf Sorge auf Sorge, Entsetzen auf Entsetzen, Verlorenheit auf Verlorenheit. Dann drehte sich meine Mutter um, und mein Vater wandte sich zu Dimitri, der zusammengesunken in der Ecke stand, der nicht aufblickte, der das alles nicht sehen wollte. »Erstens«, zischte mein Vater ihm zu, und Dimitri verstand nicht. »Wir brauchen nur Erstens«, flüsterte mein Vater. »Den Rest vom Plan finden wir später«, und Dimitri wollte nicken, aber Uwe wollte das nicht. Uwe wollte so stehen bleiben, wenn möglich für immer. Uwe fand, dass man sich doch schon genug eingemischt hätte. »Das ist einfach eine Nummer zu groß für uns«, sagte er, und das hätte er besser nicht gesagt. Mein Vater holte mit der Hand aus, und war selbst überrascht, dass er das tat. Und noch viel überraschter war er, als die Hand flach in Uwes Gesicht schlug, so fest, dass auf Dimitris Wange der Abdruck sichtbar blieb. Mein Vater starrte seine Hand an, ein wenig ungläubig und reichlich stolz. Vielleicht war es tatsächlich das Richtige gewesen. Vielleicht musste er tatsächlich nur auf etwas schlagen, damit es weiterging. Und Dimitri schüttelte sich, befühlte seine Wange, dann nickte er meinem Vater zu. Uwe wimmerte irgendwo in ihm, er war nicht verschwunden, er würde nie verschwinden, aber es war eindeutig Dimitri, der jetzt seinen Revolver aus der Jacke zog und ihn auf Dr. Rolf richtete. Es war eindeutig Dimitri, der »Erstens« sagte. »Erstens zähle ich jetzt bis zehn. Zweitens steht dann der Junge wieder auf den Füßen. Drittens verschwinden Sie dann. Und viertens wird alles gut, oder?« Und er erschrak, weil er noch nie einen so langen Plan gefasst hatte. Aber vielleicht war es Zeit dafür, höchste Zeit, und er fing an zu zählen: »Eins.«

SIEBENUNDSECHZIGSTES KAPITEL
in dem ein wenig Zeit vergeht

Dimitri konnte nicht ahnen, dass er genau um zehn Sekunden vor Mitternacht mit dem Zählen begonnen hatte. Ihm wäre die Uhrzeit wahrscheinlich auch gleichgültig gewesen, aber mir war sie alles andere als gleichgültig. Mir lief die Zeit davon, mir war sie schon davongelaufen, da waren nur noch die paar Wimpernschläge übrig, die letzten Zeigersprünge, zwei Handvoll, das würde kaum reichen, um ein Leben geschenkt zu bekommen. Und ich schaute lieber nicht zu meinen Eltern, zu ihrer Hilflosigkeit. Sie wussten ja nicht, was ihnen in viel zu wenigen Augenblicken entgehen würde. Sie wussten viel zu wenig und würden trotzdem irgendwie weitermachen und all das, was noch auf sie wartete, für das richtige Leben halten. Sie würden mich nicht vermissen, oder nur vage, viel zu vage. Ich ließ den Blick lieber schweifen, über die Stadt, die von hier oben nur schwer als Paris zu erkennen war, weil ihr das Wahrzeichen fehlte, weil es viel zu nah war, um sichtbar zu sein. Und natürlich gab es genug andere Zeichen, es wimmelte davon, aber keines schien mir wahr genug.

»Zwei«, sagte Dimitri jetzt, und im Gegensatz zu mir kam ihm die Zeit dabei endlos vor. Denn Dr. Rolf schaute ihn wenig beeindruckt an, jedenfalls ließ er sich nichts anmerken. Wahrscheinlich waren schon Hunderte von Pistolen auf ihn gerichtet worden und keine hatte je getroffen. Wahrscheinlich schüchterte sein Blick sogar Patronen ein. Und in Dimitris Revolver waren ja nicht einmal Patronen, in der Trommel steckte nichts als Luft, nichts als eingeschüchterte, milde Pariser Luft.

»Drei.«

Bei besserer Sicht hätte ich bis hinüber nach Sèvres schauen können, bis zum Internationalen Büro für Maß und Gewicht. Bei extrem guter Sicht hätte ich dort ins Fenster schauen können, genau durch das Fenster, aus dem René und Claude immer den Himmel betrachteten. Ich hätte sehen können, wie sie dort gerade keine Zeit für den Himmel hatten. Claude umklammerte die schon halb geleerte Flasche Champagner, während René am waschmaschinengroßen Computer saß und unaufhörlich zwischen Bildschirm und Digitronanzeige einer am Rechner angeschlossenen Uhr hin und her blickte. Ich hätte die Ziffern sehen können, die genaueste Zeit der Welt, 23 Uhr 59 Minuten und 53 Sekunden.

»Vier.«

Dimitris Plan würde nicht aufgehen. Das war meinem Vater klar. Das Erstens war vielleicht noch zu schaffen, das war ja auch leicht, aber schon für das Zweitens gab es keinerlei Anzeichen, dafür lächelte Dr. Rolf viel zu spöttisch, dafür schaute er viel zu mitleidig auf Dimitris zitternden Revolver, und dafür hatte er auch viel zu viel Junge in der Hand, den er erschossen nicht mehr würde festhalten können. Das wusste er, das wusste Dimitri, das wussten alle. So schnell würde Dr. Rolf sicher nicht verschwinden, es käme zu keinem Drittens und schon zu gar keinem Viertens, nichts war auf dem Weg, gut zu werden. Im Gegenteil, man konnte längst nur noch hoffen, dass nicht alles endgültig schlecht wurde.

»Fünf.«

Meine Mutter wusste, dass sie verdammt schnell sein musste. Auf einmal war nun unbedingt eine Rettung nötig, und zwar eine ganz und gar unsymbolische. Es ging um Leben und Tod. Damit kannte sie sich viel zu wenig aus. Aber zum Glück kannte sich jemand anderes damit ganz genau aus, und was Eva jetzt tun würde, wusste meine Mutter sofort, da musste sie gar nicht überlegen: natürlich das Unmögliche. Alles andere wäre für Eva nicht einmal einen Versuch wert. Und meine Mutter suchte den Blick meines Vaters. Niemand sonst kam in Frage. Und er musste Evas Plan verstehen. Er musste ihn sofort verstehen. Mit einem Blick, für mehr war keine Zeit. Und sie stand schon auf der obersten Stufe, als mein Vater sich endlich zu ihr umdrehte, die Stirn runzelte, fragend und ungläubig die Augenbrauen hob, doch meine Mutter nickte entschieden und nach einem kurzen, ewigen Moment nickte mein Vater zurück, und sie konnten beide nur hoffen, nicht aneinander vorbeigenickt zu haben.

»Sechs.«

Der Junge streckte die Arme aus. Er machte sich so lang wie möglich. Wahrscheinlich waren es auf diese Weise nur noch zweihunderfünfundsiebzig Meter bis zum Boden. Die musste er jetzt auch nur noch irgendwie überbrücken. Und dann musste nur noch schleunigst die Zeit stehen bleiben, damit es noch rechtzeitig geschah. Es war alles noch möglich. Es konnte alles noch gelingen. Und aufgeben konnte er ja später immer noch. Ums Aufgeben würde er sich kümmern, wenn gleich alles ohnehin zu spät war.

»Sieben.«

Dimitris Revolver zitterte stärker. Auf den war nicht zu zählen. Mein Vater schaute sich um. Da war der dicke, spöttische Mann, der seinen eigenen angeblichen Sohn vom Eiffelturm baumeln ließ. Da war Dimitri, der ihn vor gar nicht langer Zeit noch im Main versenkt hatte. Da waren die drei Männer, die sich in ihre Pelzmäntel verkrochen hatten, drei bucklige, kopflose Tiere. Da war die ehemalige Liebe seines Lebens in einem zerrissenen Brautkleid. Da war ihr Ehemann, der frisch von einem Schaf verlassen worden war. Und da war das Schaf selbst, in ebenso wenig artgerechter Umgebung wie alle anderen hier. Und eigentlich musste das doch reichen. Das war doch alles schon untragbar genug. Aber es reichte nicht. Nichts juckte, nichts bahnte sich an, außer dem endgültig Schlechten.

»Acht.«

Claude knibbelte das Etikett von der Champagnerflasche. Ein paar Sekunden noch. Ein paar winzige Sekunden, dann würden sie die Welt eingeholt haben. Und er überlegte, was sie dann wohl machen würden, René und er. Einander umarmen? Sich schweigend die Hand geben? Den Champagner austrinken und dabei immer weiter auf die Uhr schauen, stolz und triumphierend? René richtete den Knoten seiner Krawatte, die, wie Claude erst jetzt bemerkte, zur Feier des Tages mit winzigen Ziffernblättern übersät war. »Attention«, sagte er, und sie starrten auf die Digitronanzeige, das Umspringen. 23 Uhr 59 Minuten 59 Sekunden.

»Neun.«

Mein Vater musste sich aufregen. So dringend wie nie zuvor. Und es gab doch eigentlich ausreichend Grund dazu. Da waren all die Ravioli, da waren all die nutzlosen Gedichte, da war sein lädierter Schneidezahn, da war sein ganzes lädiertes Leben. Da war sein lächerlicher Vorsatz, sich nur noch um sich selbst zu kümmern. Als ob er je etwas anderes getan hätte. Als ob er sich jemals über sich hinaus getraut hätte. Da waren nur all die Jahre voller Schulterzucken, voller Zaudern, voller Kopfschütteln. Aber jetzt hatte er doch einmal genickt. Jetzt hatte er doch fast ganz ohne Zaudern endlich genickt. Er war doch endlich einmal einverstanden gewesen, voll und ganz einverstanden. Und ihm war auf einmal klar, dass er mit allem voll und ganz einverstanden gewesen wäre, was diese unbekannte Frau, was meine Mutter vorgeschlagen hätte. Er war mit allem einverstanden, was sie jemals vorschlagen würde, voll und ganz. Und jetzt sollte es nicht sofort wieder leer und halb sein. Er durfte sie jetzt nicht enttäuschen. Auf keinen Fall. Und er durfte sich selbst nicht enttäuschen. Nur dieses eine Mal bitte nicht, und zumindest dieses eine Mal lag es nicht an der Welt und nicht an der Zeit und nicht an der Liebe und nicht daran, dass es unmöglich schien, sondern nur an ihm, und dann spürte er es kommen.

»Zehn«, sagte Dimitri und krümmte den Finger am Abzug. Wenigstens das konnte er noch tun. Er wollte zumindest für einen winzigen Moment Dr. Rolfs spöttisches Lächeln verschwinden sehen. Auch wenn er ja wusste, dass da nichts knallen würde, nichts krachen, nichts explodieren, dass es beim leisen Klicken bleiben würde, bei der leeren Drohung, dem vollkommenen Scheitern. Er kannte das Geräusch des Scheiterns, mehr als genug, er hatte es schon im Ohr, trocken und heiser und mickrig. Und dann knallte es.

Das Niesen schleuderte meinen Vater nach vorne, zwei, drei wankende Schritte mit rudernden Armen. Und es schleuderte Dr. Rolf erschrocken nach hinten. Dass dieser Idiot tatsächlich abgedrückt hatte, dachte er. Dass diese kleine, dumme Pissnelke offenbar vergessen hatte, wen er vor sich hatte. Er taumelte, sein spöttisches Lächeln war zwar noch da, aber anderes fehlte plötzlich, da war kein Boden mehr unter seinen Füßen, da war kein Halt mehr, da war kein Oben mehr, nur noch Unten, zweihundertsechsundsiebzig Meter voller Unten. Und während auf der Plattform alle Augen entsetzt aufgerissen wurden, starrten René und Claude gebannt auf die Uhr, auf die Zeit, die sie noch nicht kannten, die neu war, vollkommen neu.

LETZTES KAPITEL

in dem eine neue Zeit beginnt

René und Claude hielten den Atem an, als die Digitronanzeige umsprang und die neue Zeit erschien, die passende Zeit. 23 Uhr 59 Minuten 60 Sekunden, zum allerersten Mal stand es da, und es sah falsch aus, geschummelt, ausgedacht, und war doch vollkommen richtig. Es war geschafft. Sie hatten die Zeit angehalten, ohne dass sie es bemerkt hatte. Sie war tatsächlich darauf hineingefallen. Es war immer noch heute, eine ganze, geschenkte Sekunde lang. Die Welt war ihnen nicht mehr voraus, alles war etwas mehr in Ordnung, zumindest für eine Weile. Niemals zuvor war ein Tag so lang gewesen, es war der längste Tag aller Zeiten, aber jetzt war auch der vorbei, jetzt sprang die Anzeige noch einmal um. 0 Uhr 0 Minuten 0 Sekunden. »Guten Morgen«, sagte Claude, und René lächelte zum ersten Mal, seitdem sie sich kannten. »Guten Morgen.«

Und als allererstes an diesem neuen, verzögerten Morgen sprang mein Vater auf dem Eiffelturm an die Brüstung. Er sah, wie Dr. Rolf Paris entgegenfiel, schnell und zielstrebig, wie man es von ihm kannte, die Pyjamahose flatterte ihm um die Beine, sein Lächeln noch immer spöttisch, als versuchte er, die Schwerkraft einzuschüchtern, aber wie es aussah, gelang ihm das diesmal nicht. Und dann entdeckte mein Vater nur ein paar Meter unter sich meine Mutter, er sah ihre vor Schreck aufgerissenen Augen, die offenbar noch nicht wahrhaben wollten, was gerade passiert war. Er sah den Jungen in ihrem Arm, mit verrutschtem Kopfhörer und immer noch winkend. Nur winkte er nicht mehr Paris zu, sondern meinem Vater. »Keine Sorge«, rief er hinauf. »Sie hat mich.«

Dimitri schaute derweil immer noch fassungslos auf seinen Revolver, der nicht aufhören wollte zu zittern. »Ich habe ihn umgelegt, oder?«, stammelte er und suchte nach jemandem, der ihm zuhörte, fand aber nur Marie-Antoinette. »Ich habe ihn eiskalt umgelegt«, sagte er also zum Schaf, das sich längst über nichts mehr wunderte. »Ganz ohne Patronen. Mit reiner Willenskraft.« Er schüttelte ungläubig den Kopf. »Manchmal habe ich Angst vor mir selbst.«

Auch der Junge hatte etwas Angst vor sich selbst, als er gemeinsam mit meiner Mutter zurück auf die Plattform kam. Das war mehr als verständlich, er war schließlich neu, er war gerade erst angekommen. Daran muss man sich erst gewöhnen. Er schaute an sich hinab, und alles war natürlich noch da. Er räusperte sich, auch das klang vertraut. Doch er wusste, dass ab jetzt alles anders sein würde. Es würde jetzt losgehen, endlich, er hatte lange genug gewartet, unendlich lange, und nun war er vor allem unendlich müde. Alles tat weh nach diesem langen Tag, diesem allerlängsten Tag. Er blinzelte die anderen an und versuchte zu lächeln. »Keine Sorge«, sagte er, dann gaben seine Beine nach, und er fand, dass sie vollkommen recht damit hatten.

Dimitri war der erste, der sich dazulegte. Die Höhenluft mache ihn einfach schrecklich müde, sagte er. Er sei halt mehr ein ebenerdiger Typ. Dann folgten Fridtjof und Claudia, die beim Niesen meines Vaters einander vor Schreck in die Arme gefallen waren und noch keinen Grund gefunden hatten, sich wieder zu lösen. Claudias Schleier flatterte sacht wie eine erschöpfte weiße Fahne (fand Claudia) oder ein im Wind wogendes Fell (fand Fridtjof). Die Hendels standen noch eine Zeitlang unschlüssig voreinander. Eigentlich hätten sich ihre Wege jetzt trennen können. Sie mussten sich nie wiedersehen. Ihr Ruhestand hatte begonnen, und sie hatten nun Zeit, viel zu viel Zeit, davon konnten sie ruhig noch ein paar Minuten gemeinsam verbringen. Sie legten sich nebeneinander, Pelz an Pelz, sie kannten das leise Rascheln, wenn die Mäntel aneinander rieben, sie kannten es besser als alles andere auf der Welt.

Und auch meine Eltern merkten nun endlich, was für ein langer Tag das gewesen war, was für eine lange Reise, die nun zu Ende ging. Jetzt würde man wieder nach Hause fahren, das tat man schließlich am Ende von Reisen, und für beide klangen diese Worte gleich fremd, »nach Hause«, als ob das mehr wäre als eine grobe Richtung, als ob da irgendetwas warten würde außer einer Abwesenheit. Und weil Abwesenheiten immerhin geduldig waren, weil sie auch morgen warten würden, konnten sich meine Eltern auch noch kurz hinlegen, mein Vater links vom Jungen, meine Mutter rechts, sie konnten sich ausruhen oder zumindest einfach nur warten. Bis es hell würde und man alles wieder deutlich sah.

Und da lag der Junge nun. So nah am Himmel, wie es weit und breit ging. Keine Sterne, was ohnehin übertrieben gewesen wäre. Und links und rechts von ihm lagen seine neuen Eltern, ohne dass sie das wussten, das würde er ihnen am Morgen erklären, lieber erst am Morgen. Er würde ihnen sagen, dass sie ihm schließlich gerade eben das Leben geschenkt hatten, beide gemeinsam und gerade noch rechtzeitig. Er würde ihnen sagen, dass heute sein Geburtstag war. Und nein, nicht nur im übertragenen Sinne, heute war sein dreizehnter Geburtstag. Und sein allererster. Das sei ja ein Zufall, würden die beiden wahrscheinlich sagen, und er würde sagen: »Ja. Ein Zufall«, und das wäre dann seine dritte und letzte Lüge für dieses Jahr.

Und dann würde er ihnen erklären, wie dankbar er dafür sei, dass ausgerechnet sie beide nun seine neuen Eltern seien. Er würde ihnen erklären, dass nun alles gut werden würde oder ein wenig gut oder zumindest weniger schlecht, das hatte er sich ja alles notiert, das könnten sie nachlesen. Er würde erklären, wie schnell man sich zweifellos aneinander gewöhne, er sich an sie und sie sich an ihn und sie beide sich aneinander und dass es einem bald schon vorkommen würde, als wäre es nie anders gewesen. Zumindest, wenn man nicht lang genug nachdachte, und das würden sie einfach alle gemeinsam so halten. Sie würden immer rechtzeitig mit dem Nachdenken aufhören.

Er würde ihnen vieles erklären müssen, morgen und wahrscheinlich noch darüber hinaus. Aber sie würden es verstehen, sie würden nicken und verstehen, weil es doch einleuchtend war und wichtig und hoffentlich wahr.

Er war hier, am Ende seines Plans, und er würde keine weiteren Pläne mehr brauchen. Nie wieder würde sich etwas so fügen wie heute. Und das war wahnsinnig erleichternd. Ab jetzt wollte er nicht mehr wissen, was alles geschah. Das würde sich zeigen, unordentlich und holprig und rätselhaft. Und es würde ihm ab jetzt einfach zustoßen.

Er griff in den Rucksack, zog sein Notizheft heraus und schob es langsam durch eine der Lücken in der Brüstung hinter seinem Kopf. Kurz hörte er noch ein Flattern, dann war es verschwunden. Stattdessen hörte er Dimitri schnarchen, er hörte recht eindeutige Kussgeräusche aus der Richtung von Claudia und Fridtjof, er hörte das leise, holpernde Schnaufen Marie-Antoinettes. Er hörte, wie die drei Hendels näher aneinanderrückten, und links und rechts von ihm hörte er das Atmen seiner Eltern, noch nicht im Einklang, aber das würde sich finden, es war ja längst noch nicht hell.

Und ich sah, wie dem Jungen andauernd die Augen zufielen, wie er blinzelnd versuchte, sie offen zu halten, weil er noch nicht einschlafen wollte, weil er sich freuen wollte, auf heute und morgen und darüber hinaus. Alles lag bereit, alles wartete. Und er konnte doch ruhig schlafen. Ich war ja da.

Zuerst erschienen unter dem Titel
»Wie ~~ich~~ alles hätte werden können«
im Selbstverlag (Notizheft liniert, starke Gebrauchsspuren,
Paris o. J., Auflage: 1). Name und Wohlergehen des Autors
konnten nicht ermittelt werden.

1 2 3 4 5 20 19 18 17 16

ISBN 978-3-446-25096-3

Einbandgestaltung: Peter-Andreas Hassiepen/
Angela Kirschbaum, München
Satz: Satz für Satz, Wangen im Allgäu
Druck und Bindung: CPI Books GmbH, Leck
Printed in Germany

FSC
www.fsc.org
MIX
Papier aus verantwortungsvollen Quellen
FSC® C083411